DER JUNGE, DER NICHT WEINEN WOLLTE

DER JUNGE, DER NICHT WEINEN WOLLTE

Xaver Brüßel

Autobiografischer Roman

Bibliografische Information der Deutschen Nationalbibliothek:
Die Deutsche Nationalbibliothek verzeichnet diese Publikation in
der Deutschen Nationalbibliografie; detaillierte bibliografische
Daten sind im Internet über dnb.dnb.de abrufbar.

Überarbeitete Ausgabe

Coverbilder: www.pixabay.com
Covergestaltung: Xaver Brüßel

Mehr Informationen zum Autor: www.xaver-bruessel.de

Herstellung und Verlag: BoD – Books on Demand,
Norderstedt

ISBN: 9783755795131

Für meine Kinder:

Ihr seid das Wertvollste und Beste,
was mir je passiert ist!

Ich bin unendlich dankbar und stolz auf euch!

Ein lieber Dank geht an:

Simona

Du bist eine wertvolle Ratgeberin

Ein weiterer Dank geht an:

Ildi

Für deine Hilfe bei der Korrektur

VORWORT

Dies ist eine autobiografische Geschichte. Sie handelt von Michael, einem jungen Mann, der, von außen betrachtet, immer sehr optimistisch und zuversichtlich ist. Er ist im Allgemeinen sehr fröhlich, versprüht in seinem Umfeld meistens gute Laune und lacht sehr gerne. Er ist sehr hilfsbereit und gibt gerne, ohne etwas zu erwarten. Doch an seine wahren Probleme lässt er so gut wie nie jemanden teilhaben. Diese verarbeitet er auch selbst kaum. Viele Erlebnisse, die an sich nicht positiv sind, versteckt er hinter einem Lachen. Es geht so weit, dass er das selbst nicht einmal mehr bemerkt.

Er hat gelernt, seinen Schmerz hinter seinem Optimismus zu verstecken – und nicht wirklich zu verarbeiten.

Natürlich weiß er, dass sein Leben nicht perfekt verläuft. Wie jeder andere Mensch auch, hat er immer wieder mit einigen Rückschlägen zu kämpfen. Und im Verlaufe seines Lebens ist er nach solchen Rückschlägen immer wieder auf die Füße gefallen. Immer wieder findet er eine Lösung für seine Probleme. Trotzdem verläuft sein Leben nie wirklich einfach.

Ich habe ihn einmal gefragt: „Wenn du dich selbst mit einer Comicfigur vergleichen müsstest, welche Figur würde am ehesten auf dich zutreffen?" Er antwortete mir: „Ich denke, es wäre Donald Duck. Immer werden ihm Knüppel vor die Füße geworfen, hat ständig mit neuen Herausforderungen zu kämpfen, doch steht immer wieder auf. Mit dem Unterschied, dass sogar Donald Duck bei allen Schwierigkeiten, und auch wenn es Streit gibt, über all die Jahre seine Freundin Daisy Duck immer an seiner Seite hat."

Er hat stets und ständig das Gefühl, dass er mehr Hindernisse überwinden muss, als andere Menschen in seinem Umfeld. Und dieses ständige „kämpfen müssen" belastet ihn zusehends. Doch Hilfe anzunehmen fällt ihm sehr schwer und ist ihm zum großen Teil auch sehr unangenehm.

Als ich mit ihm über sein persönliches Modell des Lebens sprach, sagte er mir, dass er sein Leben auf drei Säulen stehen sieht: seine Familie, seine Partnerin und seine Arbeit. Doch er hat dabei eine wichtige Säule vergessen, wie ich in meinen Gesprächen mit ihm und seiner Geschichte erfahren habe: Musik. Ich sprach Michael darauf an: „Welchen Stellenwert hat Musik für dich in deinem Leben?" Er antwortete: „Einen großen. Ich verbinde so viele Emotionen mit Musik und Liedern. Sie begleitet mich schon mein ganzes Leben. Das liegt sicher auch in der Familie meiner Mutter, denn eigentlich alle meine Cousins und Cousinen spielen ein Instrument. Nur ich hatte nie das Durchhaltevermögen um eines wirklich richtig zu erlernen. Aber ich liebe Musik."

Musik war und ist also auch eine wichtige Säule in seinem Leben. Ich fragte ihn dann nach seinem Lieblingslied. Michael überlegte und sagte: „Das kommt auf den Moment an. Aber eigentlich habe ich kein Lieblingslied. Es gibt so viele!" Kurz danach fügte er hinzu: „Wenn es ein Lied gibt, das beschreibt, wie ich zur Musik stehe, dann ist es sicherlich John Miles mit: Music was my first love." Und während er das sagte, funkelten seine Augen.

Musik transportiert Emotionen, sagt man. Und bei Michael ist das mit Sicherheit ganz besonders so, denn er trägt sehr viele Emotionen in sich. Er lässt sie nicht immer raus, versteckt sie gerne auch mal, oder überspielt sie. Aber sie sind da und ein ganz fester Bestandteil seiner Persönlichkeit. Nein, diese Geschichte handelt weitestgehend nicht von Musik. Doch wenn man mit ihm über Musik redet, dann lässt er sehr viel mehr in sich hinein blicken und zeigt sein Inneres.

Eine Frage musste ich ihm dann noch stellen: „Was war das erste Lied, dass dich emotional sehr berührt hat?" Michael musste nicht lange überlegen und antwortete: „Von Andrea Jürgens: Und darum liebe ich euch beide. Da geht es um ein kleines Kind, das nicht verstehen kann, warum sich seine Eltern trennen. Schon damals war dieses Lied so unendlich traurig für mich, obwohl ich ja meine Eltern hatte. Und später wurde es noch emotionaler, als die Beziehungen zu meinen Frauen in die Brüche ging. Da waren meine Kinder jeweils etwa 6 Jahre alt. Ich habe ihnen nie das Gefühl gegeben, dass sie etwas für die Trennung konnten und immer gesagt, dass Mama und Papa sie immer lieb haben werden." Er hatte feuchte Augen, als er mir davon erzählte. Doch lassen wir ihn seine Geschichte selbst erzählen. Er gibt uns teilweise sehr tiefe Einblicke in seine Gefühlswelt und Gedanken. Und da es sich um eine sehr persönliche Geschichte handelt, habe ich die Namen der beteiligten Personen und einige Orte verändert.

Wenn du dich beim Lesen dieser Geschichte in einigen Dingen wiedererkennen solltest, dann rate ich dir dringend professionelle Hilfe in Anspruch zu nehmen. Genauso wie ich das dem jungen Mann aus der Geschichte ebenso rate. Doch Michael ist noch nicht so weit.

KAPITEL EINS

Meine frühe Jugend

Meine Mutter war fortan immer mit mir beschäftigt. So war ich nie in einem Kindergarten, oder einer vergleichbaren Einrichtung. Auch sonst kann ich mich nicht daran erinnern, Kontakt zu anderen Kindern gehabt zu haben, was auch daran liegen könnte, dass ich in den ersten 5 Lebensjahren fünfmal umgezogen bin. Als ich etwa vier Jahre alt war, lernte meine Mutter meinen späteren Stiefvater kennen. Sie heirateten, als ich fünf Jahre alt war. Ich kann mich noch daran erinnern, dass ich beim Standesamt mit dabei war und der Standesbeamte dann meinem Stiefvater und meiner Mutter gratulierte. Ich bin dann aufgestanden, zu ihm hingegangen und habe gesagt: „Du musst mir auch gratulieren, ich habe auch mit geheiratet."

Kurze Zeit später wurde meine Halbschwester geboren. Ein Jahr danach mein Halbbruder – für mich waren es aber immer meine „richtigen" Geschwister. Doch auch wenn ich jetzt wieder eine komplette Familie hatte und mich liebevoll um meine Schwester gekümmert habe, so war ich dennoch irgendwie alleine, da meine Geschwister mehr Zeit miteinander verbracht haben, als mit mir, was aufgrund des

Altersunterschieds auch verständlich war. Zu der Zeit hatte ich einen sehr guten Freund aus unserer Nachbarschaft. Dies war zugleich auch der erste Mensch außerhalb meiner Familie, an den ich mich erinnern kann. Wir haben regelmäßig zusammen gespielt und viel Spaß miteinander gehabt. Kurz bevor ich eingeschult wurde, zog die Familie meines Freundes jedoch weg. Ich weiß noch, dass ich in Tränen aufgelöst war als ich diese Mitteilung von meinen Eltern bekommen habe. Ich habe nie verstanden, warum mein bester Freund wegziehen musste. Und obwohl wir später versucht haben meinen Freund wiederzufinden, habe ich ihn dennoch nie wieder gesehen.

Rückblickend habe ich das Gefühl, dass ich immer noch sehr viel Zeit mit mir alleine verbrachte. Natürlich hatte ich auch Kontakt zu anderen Kindern. Ich erinnere mich, dass ich besonders mit der Tochter von Freunden meiner Eltern gespielt habe. Im Alter von etwa zehn Jahren habe ich dieses Mädchen das erste Mal geküsst. Und auch wenn sie gar nicht mein Typ war und ich sie auch gar nicht als attraktiv empfunden habe, so habe ich doch diese „Beziehung" sehr genossen. Sie war da als sich bei mir die ersten sexuellen Fantasien regten. Tatsächlich ging es sogar so weit, dass ich mit diesem Mädchen schon sehr früh, sagen wir, sexuellen Kontakt hatte. Der Beischlaf wurde zwar nicht vollzogen, aber wir waren schon sehr nahe dran. Und auch wenn sie mir emotional nicht so viel bedeutete, so fand ich es doch spannend, einige Dinge mit ihr auszuprobieren. Natürlich kam die Geschichte raus und ich bekam Ärger dafür. Meine Mutter nahm mich dann an die Seite und sagte: „Suche dir doch bitte eine ältere Frau, wenn du sexuelle Erfahrungen sammeln möchtest." Doch mein Interesse am weiblichen Geschlecht war erst einmal erloschen.

* * *

Zur selben Zeit hatte ich dann auch viel mehr Kontakt zu meinen Cousins. Überhaupt war die Familie meiner Mutter sehr groß und ich hatte viele Cousins und Cousinen. Doch die meiste Zeit habe ich mit einem Cousin verbracht, der etwa zwei Jahre älter war als ich. Darüber hinaus bekam ich über meine Familie Kontakt zu einer Religionsgemeinschaft und damit hat sich dann mein soziales Umfeld erheblich erweitert. Hier fühlte ich mich wohl und gut aufgenommen. Nahezu meine komplette Verwandtschaft mütterlicherseits war Teil dieser Religionsgemeinschaft. Und tatsächlich habe ich dort auch viele Freunde gefunden. Ab etwa 15 Jahren verbrachte ich kaum mehr Zeit mit mir allein, sondern habe viel mehr Kontakt zu anderen gehabt. Innerhalb dieser Gemeinschaft habe ich dann auch gelernt, vor Zuschauern zu sprechen. Dies half mir ein Teil meiner Zurückhaltung abzulegen und ein gutes Stück selbstbewusster zu werden. Somit konnte ich dann auch meine Referate vor der Klasse freier und ungehemmter halten. Doch von wirklichem Selbstbewusstsein war ich Lichtjahre entfernt. Und auch wenn ich diese Gemeinschaft schon lange verlassen habe, so bin ich für diesen Punkt immer noch sehr dankbar.

* * *

Ich möchte meine Jugenderfahrungen aber noch um ein paar Punkte ergänzen. Dies betrifft mein Verhältnis zu meiner Mutter und meinem Stiefvater. Meine Eltern waren äußerst streng. Und so kam es nicht selten vor, dass wir Kinder auch körperlich bestraft wurden. Ich würde nicht behaupten wollen, dass es eine Form von wirklicher Körperverletzung gab, doch derlei Erziehungsmethoden würden heute sicherlich eine Anzeige nach sich ziehen. Und auch aus einem anderen Grund war Gewalt ein Thema in meiner Kindheit. Mein Stiefvater hat wenigstens einmal meine Mutter so stark geschlagen, dass sie am ganzen Körper Hämatome davon trug. Zu der Zeit war ich etwa acht oder neun Jahre alt. Ich hatte eine wahnsinnige Wut auf meinen Stiefvater, aber ich konnte nichts dagegen unternehmen. Hätte mein Stiefvater meine Mutter, als ich älter war, jemals wieder geschlagen, so bin ich mir sehr sicher, dass ich meinen Vater dafür zur Rechenschaft gezogen hätte. Dieses habe ich ihm aber auch nie wirklich sagen können.

Überhaupt gab es nur sehr wenige Gespräche zwischen mir und meiner Mutter oder meinem Vater, in denen es um Emotionen ging. Und auch in der Pubertät habe ich lieber mit meinen älteren Cousins über meine Gefühlslage gesprochen. Aber auch dies kam eher selten vor. Letztlich habe ich meine Gefühle zumeist mit mir selbst verarbeitet. Irgendwie hatte ich immer das Gefühl, dass meine Eltern mich nicht wirklich verstehen würden und habe deswegen eher weniger mit ihnen darüber gesprochen. Trotz allem hatte ich immer das Gefühl, dass ich eine relativ sorgenfreie Kindheit hatte. Und diese hatte auch sehr viele schöne Momente, wenn ich mich allein an unsere zahlreichen Urlaube zurückerinnere. Rückblickend betrachtet war ich aber auch in meiner frühen Kindheit bis hin zur Pubertät weitestgehend introvertiert und habe Probleme mit mir selbst ausgemacht. Auch wenn später meine Cousins da waren und ich mit ihnen über einiges mehr hab sprechen können, liebevolle Zuwendungen gab es fast nur von meiner Mutter, aber auch hier eher seltener. Das ist vielleicht das, was ich am meisten an meiner Jugend vermisst habe.

KAPITEL ZWEI

Ende der Schulzeit und Ausbildung

Um noch mal auf meine Schulzeit zurückzukommen, möchte ich noch ein wenig ergänzen.

Das Verhältnis zu meinen Mitschülern, in allen Schulen, die ich besucht hatte, war über all die Jahre in den meisten Fällen eher etwas distanziert. So habe ich, außer zu meinen engeren Freunden, kaum Kontakt außerhalb der Schule mit meinen Mitschülern gehabt. Ich denke, dass sich kaum jemand wirklich ernsthaft an mich erinnern wird. Und so hatte ich bis heute keinen Kontakt mehr zu ehemaligen Mitschülern. Ich wurde nie auf ein Klassentreffen eingeladen und weiß auch gar nicht, ob jemals ein solches stattgefunden hat. Aber selbst wenn man versucht hat mich einzuladen, so wäre dieses sicherlich auch schwierig geworden, da ich, wie gesagt, relativ häufig umgezogen bin.

Meine Leistungen in der Schule waren durchweg immer irgendwo im Mittelfeld. Das lag zum Großteil sicher daran, dass ich immer wenig Lust hatte zu lernen und mir auch meine Eltern spätestens ab der Realschule nicht mehr bei meinen Hausaufgaben helfen konnten. Und auch wenn ich meine Hausaufgaben in der Regel immer hatte, so habe ich mir doch überlegt, welche davon wirklich notwendig sind und welche weniger. Ich habe relativ früh erkannt, dass meine Lehrer es sehr mochten, wenn man sich am Unterricht beteiligt. Und auch wenn ich eher schüchtern war, so habe ich doch immer rege am Unterricht teilgenommen. Auch das führte dazu, dass ich nicht mehr so viel lernen musste, da ich den Unterrichtsstoff schon sehr gut verinnerlicht hatte. Von meinen schulischen Leistungen hat es mir immer ausgereicht im Mittelfeld zu sein. Ich war kein Streber, aber auch in keinem Fach richtig schlecht (mit einer Ausnahme: auf Physik hatte ich so gar keine Lust und hab mir da auch im Abschlusszeugnis eine 5 erlaubt). Zum Ende meiner Realschulzeit hatte ich nur noch den Ehrgeiz, einen Abschluss zu bekommen, der es mir ermöglichen würde, anschließend das Gymnasium zu besuchen. Und dieses Ziel habe ich mit dem geringstmöglichen Aufwand erreicht. Jedoch war mir eigentlich schon klar, dass ich die Schule nach meiner mittleren Reife verlassen würde, um eine Ausbildung zu beginnen. Und das tat ich dann auch.

Ich hatte mich im Vorfeld darüber informiert, was ich mit meinem Abschluss lernen könnte und bei welchem Beruf ich weitestgehend nur meine Arbeit machen müsste. Ich wollte einen Beruf erlernen, bei dem ich möglichst mit wenigen Menschen zu tun hätte. Aufgrund meiner Interessen kam für mich eigentlich nur eine kaufmännische Ausbildung infrage. Mein Traumjob zu der Zeit wäre die des Datenverarbeitungskaufmanns gewesen. Doch leider stellte sich heraus, dass es in meiner Stadt nur einen Betrieb gab, der eine solche Ausbildung anbot und die freien Stellen nur mit Abiturienten besetzte. Meine zweite Wahl war Industriekaufmann gewesen. Doch auch für diesen Beruf habe ich nur Absagen von den jeweiligen Betrieben erhalten. Zwischenzeitlich „drohte" mir mein Vater, dass ich eine Ausbildung bei der Post machen müsste, wenn ich nicht rechtzeitig eine andere Ausbildungsstelle finden würde. Denn auch mit meinen Bewerbungen bzw. deren Anzahl habe ich es schleifen lassen, als ich zu einem Vorstellungsgespräch eingeladen wurde. Daraufhin habe ich mich an die dritte Option gewandt, die ich gedanklich hatte, um mich als Bürokaufmann zu bewerben. Und mit der Drohung meines Vaters im Hinterkopf habe ich dann auch Bewerbungen zum Einzelhandelskaufmann geschrieben, auch wenn ich dieses nie wirklich in Betracht gezogen habe. Glücklicherweise konnte ich dann doch eine Ausbildungsstelle als Bürokaufmann finden.

Als ich meinen Ausbildungsvertrag sicher hatte, teilte mir meine Mutter mit, dass ich mich fortan an den Lebenshaltungskosten beteiligen müsse. Wir vereinbarten, dass ich die Hälfte meiner Ausbildungsvergütung als Kostgeld abgebe. Ich war davon nicht begeistert, doch akzeptierte es letztlich.

* * *

An meinem ersten Tag als Auszubildender kam ich so in die Arbeit, wie ich mich auch vorgestellt hatte. Bei meinem Vorstellungsgespräch trug ich nämlich ganz klassisch einen Anzug mit Hemd und Krawatte. Bei dem Betrieb handelte es sich um einen Handwerksbetrieb für Elektro-, Sanitär- und Heizungsinstallation. Und mein Ausbilder hatte mir nach dem Vorstellungsgespräch nicht gesagt, wie ich mich dort anziehen soll. Also erschien ich im Anzug in der Arbeit. Ich bemerkte zwar, dass sonst keiner einen Anzug trug, wollte aber auch nicht mehr nachfragen, da mir das sehr unangenehm war. Nach etwa vier Tagen sagte mir mein Chef, dass wir keine Bank wären und ich doch bitte legere Kleidung tragen soll. Ich bekam einen feuerroten Kopf, doch ab da wusste ich natürlich, woran ich bin und kam dann mit T-Shirt, Jeans und Turnschuhen in die Arbeit.

Mein Chef stellte sich später als Choleriker heraus. Er hat mich oft nach Fehlern von mir in sein Büro gerufen und mich einige Male angeschrien oder mich auch des Öfteren mit herablassenden Worten bedacht. Und auch wenn ich der Meinung war, dass ich meine Arbeit im Großen und Ganzen sehr zuverlässig und gut machte, so habe ich ihm nie widersprochen. Besonders im ersten halben Jahr litt ich ziemlich unter den Ausbrüchen meines Chefs. Und mehr als einmal dachte ich darüber nach, die Ausbildung abzubrechen und hinzuschmeißen. Das tat ich aber aus Angst vor den Konsequenzen bei meinen Eltern nicht. Und wie so oft, sprach ich auch nicht mit meinen Eltern über meine Situation in der Arbeit und auch nicht darüber, dass es mir dort nicht gut ging. Lieber nahm ich es in Kauf, morgens mit zitternden Händen ins Büro zu kommen und abends nach der Arbeit mit einem großen Seufzer der Erleichterung das Büro wieder zu verlassen.

Ich wollte mir nicht ausmalen, was zu Hause passieren würde, wenn ich meinen Eltern mitteilen würde, dass ich den Job schmeißen wollte. Und das war wirklich keine Übertreibung. Ich bin tatsächlich jeden Morgen mit zitternden Händen ins Büro gekommen und habe am Abend, nachdem ich das Büro verlassen hatte, erst einmal richtig tief durchgeatmet. Aber wie man so schön zu der Zeit gesagt hat: „Lehrjahre sind keine Herrenjahre." Also habe ich meine Ausbildung trotz allem durchgezogen. Doch auch wegen meiner Ausbildung, bzw. dem Verhalten von meinem Chef, kam ich mir sehr minderwertig vor. Das vielleicht einzige Positive meiner Ausbildung für mein Selbstwertgefühl war, dass ich nach erfolgreichem Abschluss doch sehr stolz auf mich war, es durchgezogen und erfolgreich beendet zu haben.

Parallel zu meiner Ausbildung habe ich auch meinen Führerschein gemacht. Und auch hier war es für mich wie ein Déjà-vu. Denn auch mein Fahrschullehrer entpuppte sich in der praktischen Ausbildung als reiner Choleriker. So unbeschwert und lustig die theoretische Ausbildung war, so zeigte mein Lehrer in der praktischen Ausbildung ein ganz anderes Gesicht. Er konnte sich über kleinste Fehler furchtbar aufregen. So war ich vor jeder Fahrstunde nervös und angespannt. Das wirkte sich natürlich auch auf der Straße aus, denn dadurch war ich immer unsicher. Diese Unsicherheit hat meinen Fahrlehrer erst recht wieder dazu gebracht, mich runter zu putzen und heftig zu kritisieren. Auch hier zeigte sich immer wieder mein mangelndes Selbstbewusstsein. Erst nachdem mein Fahrlehrer krank wurde und eine andere Fahrschule eingesprungen war, verbesserte sich meine Situation und auch meine Leistung. Denn mein neuer Fahrlehrer war immer sehr entspannt und hat mich respektvoll und freundlich auf meine Fehler hingewiesen. Und mit dieser konstruktiven Kritik konnte ich sehr viel besser umgehen und auch verstehen, woran ich arbeiten musste.

* * *

Kommen wir zurück auf meine berufliche Laufbahn. Zum Ende meiner Ausbildung bat ich meinen Chef um ein Gespräch, damit er mir sagt, ob und wie es für mich in dem Betrieb weitergeht. Denn natürlich wollte ich nach meiner Ausbildung auch nicht ohne Job da stehen und mir die Möglichkeit offen halten, mich rechtzeitig für eine andere Stelle zu bewerben. Leider ließ mich mein Chef bei diesem Gespräch im Regen stehen und hat mir einfach keine Antwort darauf gegeben. Das einzige, was er sagte, war: „Darüber reden wir ein anderes Mal." Aber vor meiner Abschlussprüfung kam es zu keinem weiteren Gespräch. Ich hatte das Thema nicht mehr ansprechen wollen, um mir keine weitere Abfuhr abzuholen und mein Chef hat es offensichtlich nicht für notwendig erachtet.

Um meinen weiteren beruflichen Werdegang zu erklären ist es nicht ganz unwichtig zu erwähnen, dass ich mich ab meinem 14. Lebensjahr mit Computern beschäftige. Der zu der Zeit populärste Heimcomputer war der Commodore C64. Diesen wollte ich unbedingt haben. Daraufhin eröffnete mir mein Vater, dass dafür in der Familienkasse zu wenig Geld ist und ich mir diesen Wunsch selbst erfüllen müsse. Mit anderen Worten: Ich würde lange Zeit sparen müssen. Ich durfte aber auch keinen Job annehmen. Meine Mutter befürchtete, dass wenn ich Prospekte austragen würde und dazu später keine Lust mehr hätte, dann sie darauf hängen bleiben würde. Also blieb mir keine andere Wahl als sämtliches Geld, das ich von irgendwo bekommen habe, zu sparen. Doch ich habe es geschafft.

Als ich dann mit meinen Ersparnissen zu meinen Eltern ging, damit diese für mich nun meinen Computer kaufen könnten, weigerte sich mein Vater. Seine Worte waren: „Diesen Computer bekommst du nicht." Meine Enttäuschung war riesengroß. Auf meine Frage nach dem: „Warum?", erklärte mein Vater dann: „Ich möchte nicht, dass du den ganzen Tag nur spielst." In meiner Schulklasse hatten alle diesen Computer und ich wollte natürlich auch irgendwie dazu gehören. Und es war richtig, dass mit diesem Computer tatsächlich eigentlich nur gespielt wurde. Mein Cousin hatte zu der Zeit einen Atari ST. Und meine Eltern und Onkel und Tante haben sich wohl zu dem Thema ausgetauscht. Dann kam für mich die große Überraschung. Mein Vater teilte mir mit, dass er mir diesen Computer kaufen würde. Der Atari ST war jedoch etwa doppelt so teuer wie der C64. Ich habe also nur die Hälfte für meinen Computer bezahlt und die andere Hälfte meine Eltern. Und auch wenn sie die Zeit, die dich am Computer verbringen durfte, sehr reglementierten, so hat dies nicht meine Begeisterung daran trüben können.

Wie gesagt, ich bin sehr Computer-Affin und habe mich sowohl mit Programmierung als auch Technik beschäftigt. Und kurz bevor meine Ausbildung zu Ende ging, wurde in unserem Betrieb auch eine EDV-Anlage angeschafft. Das war für mich sehr positiv. Denn ab dem Moment hat wohl auch meinen Chef bemerkt, dass mir dieses Thema sehr liegt. Doch wie gesagt, hat er sich zu meiner Zukunft in seinem Betrieb nicht mehr geäußert.

Ein Freund von mir, der einige Jahre älter war als ich, kam zum Ende meiner Ausbildungszeit auf mich zu und fragte mich, ob ich nicht Lust hätte in der Firma, in der er arbeitete, auch anzufangen. Er arbeitete in einem Computerladen, der nur aus zwei Personen bestand: dem Inhaber, der sich um den Ein- und Verkauf kümmerte und meinem Freund, der die Computeranlagen zusammenbaute. Ich sollte dort im Verkauf anfangen, damit sich der Chef hauptsächlich um den Einkauf kümmern konnte. Nachdem ich mir den Laden angeschaut und mit dem Inhaber gesprochen hatte, haben wir dann über mein mögliches Gehalt gesprochen. Dieses sollte sehr viel höher ausfallen als zu der Zeit für einen Berufsanfänger üblich. Ich war von diesem Angebot sehr überrascht, aber es schmeichelte auch meinem Ego. So musste ich nicht lange überlegen und sagte ihm zu. Das Erstaunliche im Nachhinein war, dass ich für meine Berufswahl einen Job gewählt habe, bei dem ich nicht mit Kunden in Kontakt kommen wollte. Doch direkt nach meiner Ausbildung ging ich in den Einzelhandel, wo ich intensiv Kunden betreuen und beraten musste. Da dieses aber in einem Gebiet war, auf dem ich mich sehr gut auskannte, bereitete mir das überhaupt keinen Stress.

Mit dem neuen Job in der Tasche habe ich dann meinem Ausbilder mitgeteilt, dass ich nach bestandener Prüfung aufhören würde. Daraufhin bekam mein Chef erst einmal einen Wutanfall. Er meinte, ich könnte nicht aufhören, er wollte mich ja übernehmen und ich hätte nicht rechtzeitig gekündigt. Mit dem Selbstvertrauen, jetzt einen gut bezahlten Job zu haben, war es das erste Mal, dass ich meinem Chef Paroli geboten hatte. Ich teilte ihm sachlich mit, dass ich meine Ausbildung nicht kündigen muss, sondern der Ausbildungsvertrag mit Ende der bestandenen Prüfung ausläuft, da es sich um einen zweckgebundenen Vertrag handelte. Das hat mein Chef selbstverständlich auch gewusst. Doch wollte er mich mit seiner Art wieder klein halten und verunsichern. Und er war sehr überrascht, dass ich mich dagegen gewehrt habe. Letztlich sind wir darüber überein gekommen, dass ich das Warenwirtschaftssystem dort noch zu Ende einrichte und sind dann im Guten auseinander gegangen. Tatsächlich hat er mir an meinem letzten Arbeitstag für meinen Einsatz gedankt. Dies war umso mehr eine Art Genugtuung für mich als er nämlich immer der Meinung war: „Die Abwesenheit von Tadel ist Lob genug." Somit verließ ich zum Abschluss den Betrieb doch noch mit einem positiven Gefühl.

KAPITEL DREI

Meine erste große Liebe

Wie schon erwähnt, hatte sich mein soziales Umfeld mit Eintritt in die Religionsgemeinschaft stark erweitert. Nach Beginn meiner beruflichen Ausbildung habe ich mich in ein Mädchen verguckt, als ich knapp 17 Jahre alt war. Das Mädchen hieß Jennifer und war die kleine Schwester von einem Freund von mir. Außerdem hatten wir am selben Tag Berufsschule. Und obwohl sie ein Jahr älter war als ich, fand ich sie sehr attraktiv und liebenswert. Doch natürlich habe ich meine Gefühle für sie nicht geäußert. Irgendwann hatte ich nur mit meinem Cousin über sie gesprochen. Aber auch dabei habe ich ihm nur gesagt, dass ich sie sehr interessant finde.

Nachdem ich Jennifer über Monate hinweg regelmäßig drei bis vier Mal pro Woche gesehen habe, hat sich mein Interesse an ihr nur weiter verstärkt. Ich habe es genossen, in ihrer Nähe zu sein, mich mit ihr zu unterhalten und so viel Zeit wie möglich mit ihr zu verbringen. Es sollte aber natürlich auch nicht so aussehen, als ob ich großes Interesse an ihr hätte. Ich habe meine Emotionen und Gefühle ihr gegenüber zurückgehalten. Doch das fiel mir zunehmend schwerer. Ich habe viel über sie nachgedacht und auch darüber, ob es für uns eine gemeinsame Zukunft geben könnte. Und natürlich war ich immer im Zweifel, ob ich ihr Typ wäre und bei ihr eine Chance hätte. All das hat immer mehr dazu geführt, dass ich mich immer mehr zu ihr hingezogen fühlte und mich weiter in sie verliebte. Ich hatte nur nicht den Mut, ihr das auch zu sagen. Und natürlich habe ich das auch nicht ihrem Bruder, also meinem Freund, mitgeteilt.

Diese Gefühle habe ich fast ein Jahr mit mir herumgetragen. Eines Tages konnte ich mich aber nicht mehr zurückhalten und gestand Jennifer, dass ich mich in sie verliebt hatte. Ich war sehr, sehr, nervös und sicherlich bin ich auch ziemlich rot geworden. Und meine Ängste gingen in Erfüllung. Denn sie erteilte mir, wenn auch höflich und durchaus taktvoll, eine Abfuhr. An die genauen Worte von damals kann ich mich nicht mehr erinnern, sie sagte so etwas wie: „Ich denke im Moment nicht über eine Beziehung nach. Zuerst möchte ich meine Ausbildung beenden. Und eigentlich bist du mir auch zu jung." Für mich brach damit meine Traumwelt zusammen. Ich fühlte mich wie überfahren. Es war ein großer Stich in mein Herz. Meine Traumfrau hatte keine Gefühle für mich. Es gelang mir noch, die Situation mit geheucheltem Verständnis hinter mich zu bringen, aber natürlich tat mir das sehr weh und ich habe vor allem versucht, ihr aus dem Weg zu gehen. Das war aber nicht so einfach, da wir uns mindestens zweimal die Woche sahen. Und jedes Mal gab es wieder einen kleinen Stich ins Herz.

Ich habe mich daraufhin ziemlich zurückgezogen und war emotional völlig fertig. Dies ließ ich mir im Umgang mit meinen Freunden zwar nicht anmerken, doch wenn ich abends allein war, kam es nicht selten vor, dass ich vor Trauer weinte. Und auch diese Enttäuschung habe ich mit mir selbst ausgemacht und sonst so gut wie niemanden daran teilhaben lassen. Über neun Monate trug ich diese mit mir herum. Erst dann schaffte ich es, darüber hinwegzukommen und mir klargemacht, dass sie nicht die einzige Frau auf der Welt war.

* * *

Einige meiner Cousins und Freunde kamen einige Zeit später auf die Idee, öfter in die Nähe der Nordsee zu fahren. Nicht ganz ohne Hintergedanken. Denn in der Nähe war die besagte Religionsgemeinschaft auch vertreten. Und wir waren alles junge Burschen auf Brautschau. Also waren wir häufiger zu Gast in dieser Gemeinde. Hier haben sich ganz lockere Gespräche entwickelt und mir fiel es in der Gemeinschaft meiner Freunde auch leichter, mich mit anderen Mädchen zu unterhalten. Bei unserem zweiten Besuch machten dann meine Freunde den Vorschlag, den Nachmittag am Strand zu verbringen. Daraufhin sind einige junge Leute aus der Gemeinde mit uns dorthin gefahren, unter anderem auch ein paar junge Frauen. Dieser Nachmittag ist mir noch sehr gut in Erinnerung geblieben. Es war ein warmer Sommertag und wir alle waren sehr gut gelaunt. So haben wir ganz unverbindlich miteinander gesprochen, uns im Wasser ausgetobt und Zeit am Strand mit Ballspielen verbracht. Dort fiel mir dann ein Mädchen auf, die mir sehr gut gefiel und von der ich den Eindruck hatte, dass dies auch umgekehrt der Fall war. Als der Tag zu Ende ging, freute ich mich schon darauf, bald wieder in die Richtung zu fahren. Ich hatte zu der Zeit zwar schon meinen Führerschein angefangen, aber noch nicht beendet. Also war ich auf meine älteren Freunde angewiesen, wann diese wieder dorthin fahren würden. Ich musste nicht allzu lange warten. Mit mir und dem Mädchen entwickelten sich immer mehr Gespräche. Und so tauschten wir schließlich unsere Telefonnummern und Adressen aus.

Ich weiß noch gut, dass ich mit ihr drei oder vier Mal sehr lange telefoniert habe – bestimmt jedes Mal 2 bis 3 Stunden. Zur damaligen Zeit handelte es sich dabei um recht teure Ferngespräche und meine Mutter kam regelmäßig mit der

Telefonrechnung zu mir und verlangte, dass ich mich daran beteilige. Und so musste ich von meinem eh schon knappem Geld einige Male nochmal um die 100 DMark Telefongebühren übernehmen. Das nahm ich aber gern in Kauf. Natürlich haben wir auch Briefe geschrieben, wie es damals so üblich war, wenn man eine größere Distanz überbrücken musste. Später haben wir uns auch gegenseitig besucht. Zuerst war ich bei ihr zu Hause und anschließend kam sie auch zu mir. Allerdings hat der jeweils andere immer auswärts schlafen müssen, denn innerhalb unserer Gemeinschaft war es „verboten" vor der Ehe sexuellen Kontakt zu haben oder auch nur den Anschein dessen zu erwecken. Aber auch das hat uns nicht wirklich gestört. Wir genossen einfach die gemeinsame Zeit und nutzten sie, um uns besser kennenzulernen.

Mit der Zeit entwickelte ich Gefühle für dieses Mädchen und wenn wir uns sahen, sind wir oft Händchen haltend spazieren gegangen. Ich wollte den nächsten Schritt machen, denn ich wusste ja, dass ich ihr auch sehr sympathisch war. Ich schrieb ihr dann einen langen Brief und ihr darin mitgeteilt, dass ich mir eine gemeinsame Zukunft mit ihr sehr gut vorstellen könnte. Und ich war überzeugt davon, dass es bei ihr auch auf Gegenseitigkeit beruhte. Sie war die zweite Frau, in die ich mich verliebte und ihr das auch gesagt hatte. Um so enttäuschter war ich, als dann ihre Antwort kam. Denn mit einer erneuten Abfuhr hatte ich in diesem Fall überhaupt nicht gerechnet. Sie antwortete mir, dass ich ihr sehr sympathisch sei, aber sich bei ihr darüber hinaus keine weiteren Gefühle für mich entwickelt hätten. Somit war das für mich die zweite Abfuhr bei einer Frau. Ich war zwar verletzt und natürlich enttäuscht, aber dieses Mal habe ich es sehr viel schneller überwunden. Und auch wenn meine Freunde wussten, dass ich mich für dieses Mädchen interessiere – und sie war in vielen Gesprächen mit meinen Freunden ein Thema – so habe ich diese Abfuhr mal wieder verheimlicht und mit mir selbst ausgetragen.

Dass die Enttäuschung nicht allzu lange anhielt, war auch noch einem weiteren Umstand geschuldet. Denn mein Freund, in dessen Schwester ich mich ja zuerst verliebt hatte und mit dem ich auch danach weiterhin relativ viel Kontakt hatte, erwähnte in einem Nebensatz, dass Jennifer durchaus Interesse an mir hätte. Das war für ihn nur eine beiläufige Bemerkung wert, denn er konnte zu dem Zeitpunkt nicht wissen, dass mit mir und dem anderen Mädchen nichts mehr war und gedacht, dass mein Fokus voll und ganz auf dieses Mädchen liegt. Ich konnte jedoch meinen Ohren kaum trauen. Hatte ich mich verhört? Ich habe dann bei meinem Freund noch einmal nachgehakt: „Wie meint sie das?" Mein Freund antwortete: „Na ja, sie wird wohl bemerkt haben, dass du doch ein sehr netter Kerl bist." Ich war wie von den Socken. Aber ich wollte mir nicht schon wieder Hoffnung machen. Ich fragte noch mal genauer nach: „Ja, und was hat Jennifer dann über mich gesagt?" Langsam dämmerte es meinem Freund wahrscheinlich, dass auch ich immer noch Interesse an seiner Schwester hatte. Er antwortete mir dann: „Sie hat zu mir gesagt, dass sie es schade findet, dass du nun mit einem anderen Mädchen ausgehst und dass sie dich sehr gern hat." Und im Anschluss fragte er mich: „Aber was ist mit dir und deiner Freundin?" Ich habe ihm dann gesagt, was passiert ist und dass ich seine Schwester immer noch sehr attraktiv fand und mich freuen würde, mit ihr zusammen wieder etwas zu unternehmen. Er versprach ihr das auszurichten.

* * *

Und so kam es, dass wir wieder mehr miteinander redeten. Jennifer hatte in der Zwischenzeit ihre Ausbildung abgeschlossen und ich war kurz davor. Wir sind übereingekommen es langsam angehen zu lassen und uns Zeit dafür zu nehmen uns gut kennenzulernen und nichts zu überstürzen. Aber wir haben natürlich sehr viel Zeit miteinander verbracht, lange Gespräche geführt und uns oft getroffen. Für mich ging ein Traum in Erfüllung und ich fühlte mich im siebten Himmel. Und so sehr ich auch immer meinen Schmerz verborgen habe, so habe ich meine Freude doch auch gern mitgeteilt. Und so war ich auch damals schon immer der Typ, mit dem man viel lachen und Spaß haben konnte, auch wenn ich sonst eher schüchtern war.

Als ich dann endlich mit meiner großen Liebe zusammen war, habe ich das auch meinen Eltern erzählt. Meine Mutter hat meine Freude nicht wirklich geteilt. Sie war jetzt nicht dagegen, aber sie sagte mir, ich solle vorsichtig sein. Warum sie das sagte, wusste ich nicht. Ich habe zwar nachgefragt, aber ihre Antwort war dann: „Du musst tun, was du für richtig hältst." Dabei habe ich es erst einmal belassen. Merkwürdig fand ich es allerdings schon. Ich habe es damit abgetan, dass ich ihr ältester Sohn war und sie mich einfach schützen wollte.

Die Zuneigung zwischen mir und meiner Freundin entwickelte sich immer weiter und unsere Beziehung wurde immer enger. Daraufhin entwickelten sich natürlich auch sexuelle Interessen und wir haben immer wieder nach Möglichkeiten und Situationen gesucht, an denen wir auch Spaß haben konnten – obwohl das in unserer Gemeinde ja „verboten" war. Und spätestens nachdem wir das erste Mal miteinander geschlafen hatten, wusste ich, dass wir zusammen bleiben und auch heiraten würden. Und auch bei ihr war das ähnlich. So haben wir uns in einem gemeinsamen Urlaub mit ihren Eltern dazu entschlossen, uns zu verloben. Niemand wusste davon, dass wir das vorhatten. Wir kauften unsere Ringe im Urlaubsort und ließen anschließend die Bombe platzen. Jennifers Eltern waren doch sehr angetan davon, auch wenn sie sichtlich überrascht waren. Meine Eltern allerdings, und besonders meine Mutter, war ganz und gar nicht erfreut darüber. Sie freute sich zwar für mich, aber ich merkte, dass sie mir irgendetwas nicht sagen wollte. Als ich dann mit ihr alleine gesprochen habe, kam heraus, dass ihre Familie und die meiner Freundin vor Jahren einen bösen

Streit hatten. Und meine Mutter sagte mir, dass die Eltern meiner Freundin zwar nach vorne hin lächeln, aber hintenrum einem das Messer in den Rücken stecken können. Daraufhin habe ich natürlich verstanden, warum meine Mutter mir damals gesagt hatte, dass ich vorsichtig sein sollte. Aber das war nun kein Grund für mich, die Beziehung, oder auch die Verlobung, zu lösen. Mich ging der alte Streit ja auch nichts an. Wir haben dann gemeinsam unsere Verlobung gefeiert und unsere Beziehung weiterhin vertieft. Und etwa ein dreiviertel Jahr später haben wir geheiratet. Ich war 20 Jahre alt und meine Frau 21.

Mit der Hochzeit war mein Glück vollkommen. Das erste Mal im Leben hatte ich wirklich das Gefühl, endlich mal Glück zu haben und auch angekommen zu sein. All das hat sich gut und richtig angefühlt. Und ich war auch stolz, eine so hübsche und attraktive Frau an meiner Seite zu haben.

KAPITEL VIER

Meine Transformation zum Positiven

Wie sicherlich schon aus den vorherigen Erlebnissen hervorgegangen ist, war ich immer ein schüchterner und zurückhaltender und in gewisser Weise auch negativ denkender Mensch. Ich denke, dass sich das vor allem durch die Erziehung meiner Mutter manifestiert hat. Denn auch meine Mutter ist bis heute ein eher ängstlicher, zurückhaltender und, in sehr vielen Situationen, negativ denkender Mensch. Ich mache ihr daraus keinen Vorwurf. Denn auch sie hat in ihrer Jugend und Kindheit vieles erlebt, das jemanden erst einmal vorsichtig werden lässt. Auch sie war ein Scheidungskind, hat schon früh Gewalt erlebt und ihr Leben ist nicht wirklich leicht verlaufen. Somit war es auch kein Wunder, dass meine Mutter immer darauf bedacht war, möglichst viel Sicherheit um sich herum zu schaffen. Gleichzeitig war sie immer emotional und finanziell stark abhängig von ihren Partnern und besonders von meinem Stiefvater. Ich denke, dass die Angst und Unsicherheit vor einem Neuanfang sie auch damals davon abgehalten hatte, sich von meinem Stiefvater zu trennen, als er sie geschlagen hatte. Das ist für mich aber nur reine Spekulation, denn ich habe nie mit ihr darüber gesprochen. Tatsache ist jedoch, dass sie mich nie zu irgendwelchen Risiken ermutigte, oder auch nur dazu, Dinge mal selbst in die Hand zu nehmen. Und diese Erlebnisse und Prägung in der Jugend haben sicher auch einen großen Teil dazu beigetragen, dass ich nicht sehr viel Selbstvertrauen entwickelte.

Ich heiratete also mit 20 Jahren. Meine Ausbildung war beendet und ich hatte einen recht gut bezahlten Job. Und auch Jennifer hatte eine sichere Anstellung. Ich war emotional angekommen und glücklich wie noch nie zuvor. Der nächste logische Schritt für uns war dann, dass wir planten Kinder zu bekommen. Als meine Tochter zur Welt kam, war ich 22 Jahre alt und zwei Jahre später haben wir dann noch einen Sohn bekommen. Unser Leben verlief in geordneten Bahnen. Wir hatten nicht viel Geld, aber es war ausreichend und wir waren eine junge und glückliche Familie. Mit 24 Jahren habe ich mich dann selbstständig gemacht. Das war für meine Mutter erst einmal ein richtiger Schock. Für mich war es damals einfach nur konsequent, da ich mir ein halbes Jahr zuvor eine selbstständige nebenberufliche Tätigkeit aufgebaut hatte, bei der ich mehr Geld verdiente als in meinem Hauptjob. Doch ich bemerkte noch etwas. Das ständige negative Denken meiner Mutter nervte mich zusehends. Und ich war immer noch schüchtern, gehemmt und übervorsichtig in manchen Dingen. Und das ging so weit, dass ich keine anderen Personen kennenlernen wollte, wenn es nicht unbedingt notwendig war. Das bezog sich vor allem auf mein privates Umfeld, denn beruflich hatte ich ja auch immer wieder mit anderen Menschen zu tun. Trotzdem war diese Einstellung sowohl für mein soziales Umfeld, als auch für meine berufliche Tätigkeit eher kontraproduktiv. Also fasste ich eine Entscheidung: Ich wollte selbstbewusster werden und meine negative Denkweise ablegen.

Wie es der Zufall wollte (und heute weiß ich, dass es garantiert kein Zufall war, da es so etwas wie Zufälle gar nicht gibt) hat mich eines Tages ein Geschäftspartner angesprochen, ob ich nicht Lust hätte, an einem Seminar für Persönlichkeitsentwicklung teilzunehmen. Er hatte noch eine Karte übrig, da ihm jemand abgesagt hatte. Dieses Seminar fand 350 km von meiner Heimatstadt entfernt statt, aber die Kosten waren überschaubar und so sagte ich zu. Rückblickend war das sicher die beste Investition, die ich jemals tätigen konnte und das einzige, wofür ich meinem ehemaligen Geschäftspartner auch heute noch dankbar bin. Doch zunächst dachte ich darüber ganz anders.

Das für mich schockierendste Erlebnis auf diesem Seminar fand gleich zu Anfang statt. Zu lauter Musik und dem frenetischen Applaus der Zuschauer, die selbst auch alle aufgestanden waren und getanzt hatten, lief der Seminarleiter in die Halle. Ich blieb beschämt sitzen. Mein erster Gedanke war: „Wo bin ich hier nur gelandet?" Auch wenn sich die Ausführungen des Seminarleiters danach sehr logisch und auch nachvollziehbar anhörten, so gab es immer wieder Pausen, in denen die Zuschauer aufstanden, tanzten und für mich merkwürdige Verrenkungen machten. So war es dann doch gut, dass das Seminar so weit von mir zu Hause entfernt war, denn sonst wäre ich sicherlich aufgestanden und hätte es verlassen.

Alles in mir hat sich gegen dieses Seminar, und vor allem gegen diese Pausen, gesträubt. Eines der schlimmsten Dinge für mich war, dass alle um mich herum mitmachten und ich dadurch genötigt wurde, selbst auch an diesen Pausen aktiv teilzunehmen. Ich war zwar schon gewohnt vor Menschen zu sprechen und Reden zu halten, aber das, was dort stattfand, war ganz anders als alles andere, das ich jemals zuvor erlebt hatte. Dieses Seminar hat mich so weit aus meiner Komfortzone gerissen, dass ich das Gefühl hatte sämtlichen Halt zu verlieren. Doch bereits ab dem frühen Nachmittag bemerkte ich eine Veränderung. Von Stunde zu Stunde empfand ich das Seminar und deren Pausen als angenehmer und weniger stressig. Ich fragte mich zwar wie ich das zu Hause erklären sollte, denn was sich dort erlebte war für mich völlig unbegreiflich, aber ich begann es zu mögen. Nachdem wir spät am Abend wieder zu Hause waren und ich einige Tage später über das Seminar nachgedacht hatte, bemerkte meine Frau die ersten Veränderungen an mir. Das erste war wohl, dass ich aufgeschlossener wurde. Und auch ich selbst bemerkte, dass ich mehr darüber nachdachte, WIE ich etwas schaffen oder umsetzen kann, als mich zu fragen, OB ich es überhaupt könnte.

* * *

Nachdem ich diese ersten kleinen Veränderungen bemerkt hatte, buchte ich viele weitere Seminare. Ich war danach etwa ein Mal im Monat auf kleineren Seminaren, die dafür länger und intensiver waren. Das Ganze habe ich über etwa zweieinhalb Jahre gemacht. Und glaubt mir: Keines dieser Seminare war durchweg angenehm. Bei jedem Seminar musste ich, mal mehr, mal weniger, meine Komfortzone verlassen und erweitern. Doch dadurch hat sich meine Sichtweise auf die Welt, auf die Möglichkeiten und Chancen erheblich erweitert. Ich lernte Entscheidungen sicherer und schneller zu treffen, habe mehr und mehr an Chancen und Möglichkeiten gedacht als an Risiken, wurde im Umgang mit anderen Menschen immer sicherer und insgesamt sehr viel selbstbewusster. Ich hatte weitestgehend mein Ziel erreicht, ein positiv denkender Mensch zu werden. Und auch heute noch profitiere ich sehr häufig von dem, was ich damals gelernt habe.

Insgesamt habe ich in den zweieinhalb Jahren, in denen ich mich mit meiner Persönlichkeitsentwicklung beschäftigte, mehr über mich selbst gelernt, als in den 24 Jahren zuvor. Und auch wenn ich in einigen Bereichen meiner Persönlichkeit Defizite behalten habe, so kann ich heute ohne große Übertreibung sagen, dass ich wahrscheinlich heute nicht dastehen würde, wo ich bin und nicht die geistige

Gesundheit hätte, die ich heute habe. Die Wahrscheinlichkeit, dass ich ohne dieses Training heute als zerbrochene Persönlichkeit dastehen würde, ist immens hoch. Doch dazu kommen wir noch.

Ich bin durch diese Trainings immer selbstbewusster geworden, habe einen Großteil meiner Schüchternheit abgelegt (wobei es immer noch Bereiche bzw. Situationen gibt, in denen ich immer noch sehr schüchtern bin). Mein Auftreten wurde immer sicherer und ich begann für so manche Herausforderung kreative Lösungen zu finden.

Ich bin immens dankbar dafür, dass ich die Gelegenheit und die Möglichkeit bekommen habe, so intensiv über mein Leben, meine Gedanken, meine Zukunft und über mein Verhalten nachzudenken. Auch, dass ich die Mittel an die Hand bekommen habe, die meine Sichtweise auf die positiven Dinge im Leben lenkten. In einem Interview wurde ein Motivationstrainer einmal gefragt: „Wieso machen Sie sich Ihre Welt immer rosarot?" Die Antwort kam prompt: „Warum sollte ich sie mir schwarz und grau machen?" Der Reporter antwortete: „Weil das die Realität ist." Darauf sagte der Trainer: „Mag sein, doch das ist nur ihre Realität. Meine ist bunt." Und nicht nur dadurch wurde mir bewusst, dass wir immer die Wahl haben, etwas negativ zu sehen, oder zu versuchen, das Positive daran zu erkennen. Ich entschied mich, die meiste Zeit die Dinge positiv zu sehen. Und genau das hilft mir bis heute auch an schlechten oder schwierigen Situationen nicht zu zerbrechen, sondern zu überlegen, was ich Gutes aus dieser Situation mitnehmen kann.

KAPITEL FÜNF

Das Ende meiner Träume

Der Schritt in meine Selbstständigkeit war sicherlich einer der herausforderndsten Dinge in meinem Leben. Zuvor hatte mir immer jemand gesagt, was ich zu tun hatte und auf einmal war ich mein eigener Herr. Das hatte etwas sehr Befreiendes, jedoch war es gleichzeitig auch beängstigend, da ich nun kein festes Einkommen mehr hatte. Außerdem musste ich mich jetzt komplett selbst organisieren. Und genau das hatte ich nie gelernt. Ich war damals, und bin es auch heute noch, ein eher chaotischer Mensch. Und so fällt mir strukturiertes und organisiertes Handeln eher schwer. Zu Beginn meiner selbständigen Tätigkeit habe ich dieses sehr schnell gemerkt. Und auch wenn ich vor meiner Selbstständigkeit im selben Bereich arbeitete und mir dort auch nebenbei ein gutes Einkommen geschaffen hatte, so konnte ich dieses später nur unter großen Mühen aufrechterhalten. Auch weil der Druck, etwas verkaufen zu müssen, inzwischen deutlich höher war, da ich sowohl meine Familie ernähren musste, höhere Kosten hatte und ich auch auf kein sicheres Einkommen mehr zurückgreifen konnte. Und so merkte ich sehr schnell, dass diese Tätigkeit nicht das war, was mir wirklich Spaß machte. Doch auch hier kam mir wieder der „Zufall" zu Hilfe.

Ich lernte einen Erfinder kennen, der sich von mir eine Finanzierung zum Vertriebsaufbau seines Produkts gewünscht hat. Mit dieser Finanzierung konnte ich ihm jedoch nicht helfen. Keine Bank hätte ihm in seiner Situation einen Kredit gewährt. Doch ich fand eine Lösung hierfür. Ich habe einigen Bekannten und Freunden davon erzählt und diese haben dann in dieses Projekt investiert. Gleichzeitig war die Idee vom Aufbau eines neuen Geschäfts geboren.

Dieses Produkt hatte mich wirklich fasziniert und ich war überzeugt davon, dass es großes Potenzial hätte. Mir war nur klar, dass der Vertrieb mit nur einem Produkt sehr schwer lukrativ umzusetzen gewesen wäre. Und so habe ich mich mit dem Erfinder zusammengesetzt und mit ihm ein Lizenzabkommen getroffen. Dieses sah so aus, dass ich die exklusiven Vertriebsrechte an diesem Produkt erhalte und er selbst nur noch seine bisherigen Kunden belieferte. Daraufhin nahm ich einige weitere Produkte mit in den Vertrieb auf, die zu diesem Produkt passten und es ergänzten. Ich begann dann mit dem Aufbau einer Vertriebsstruktur. Aufgrund meiner Trainings, die ich bereits bis dahin schon absolviert hatte und auch meiner persönlichen Einschätzung meiner Belastbarkeit wusste ich, dass ich nicht zwei Geschäftsfelder gleichzeitig erfolgreich gestalten könnte. Außerdem hatte ich an meiner ersten Tätigkeit sowieso nicht mehr viel Freude.

Ich konzentrierte mich also komplett auf den Aufbau dieses neuen Geschäfts und ließ das andere langsam auslaufen. Die Risiken wurden dabei noch größer, denn nun musste ich mir ein eigenes Büro anmieten, Ware einkaufen, den Versand organisieren und mich auch um meine Geschäftspartner kümmern. Nur zur Verdeutlichung: All das habe ich weitestgehend allein gemacht. Ich hatte zu meiner Entlastung nur meine Schwiegermutter mit einem Minijob eingestellt. Ich hatte keinerlei finanzielle Rücklagen und auch wenn mein Businessplan von einer Förderbank als sehr positiv eingestuft wurde, bekam ich keine Kredite, um den Aufbau voranzutreiben. Die einzigen finanziellen Mittel hatte ich durch Freunde und Bekannte erhalten, die in mich und meine Idee investierten. Ich sagte ihnen nicht direkt, dass sie mit ihrem Geld in mein Unternehmen investieren würden, sondern versprach ihnen eine feste Verzinsung und Rückzahlung und erweckte eher den Anschein, dass es sich um eine Art Investmentfonds handeln würde.

* * *

Das alles bedeutete eine erhebliche psychische Belastung für mich, da mir sehr deutlich wurde, dass sich sehr schnell Erfolg mit diesem Geschäft haben musste. Zum einen musste ich natürlich meine Familie ernähren, die Bürokosten decken und hatte in gewisser Weise nun auch eine moralische Verpflichtung gegenüber dem Erfinder meines Hauptproduktes. Denn dieser war jedoch weitestgehend auch von meinem Erfolg abhängig. Ich schaffte es innerhalb sehr kurzer Zeit einen relativ stabilen Umsatz zu erzielen, der mir dann auch ein gutes Einkommen bescherte. Um das Geschäft voranzubringen, holte ich mir einen Geschäftspartner mit in mein Unternehmen, der in der Vergangenheit darauf spezialisiert war (und wie ich erfahren habe, auch heute noch ist) neue Vertriebspartner und Strukturen aufzubauen. Darüber hinaus hat er mit seinen Kontakten zum Aufbau weiterer Produkte für unser Sortiment beigetragen und für mein bzw. inzwischen *unser* Unternehmen einen großen Abnehmer für unser Hauptprodukt gebracht.

Für diesen Deal vereinbarte er, neben einer gleichberechtigten Partnerschaft, auch noch eine zusätzliche Provision pro verkaufter Einheit mit mir. Diese Provisionen sollten jedoch zunächst nicht ausgezahlt werden, sondern als Einlage in die Firma gehen. Hiermit wollten wir unseren finanziellen Grundstock erhöhen und so den Wareneinkauf als auch unsere Gehälter absichern. Die Vereinbarung über die Rückstellung der Provision als Einlage hielten wir jedoch nicht schriftlich fest.

Hierzu muss ich zwischendrin noch anmerken, dass ich immer ein sehr vertrauensseliger Mensch war. Ich stand immer zu meinem Wort und bin auch davon ausgegangen, dass Menschen, die um mich herum sind, genauso handeln.

Wie gesagt, lief das Geschäft recht gut und wir hatten eine stabile Vertriebsstruktur. Doch obwohl mein Geschäftspartner eigentlich darauf spezialisiert war, neue Vertriebspartner zu gewinnen, so tat er dies in unserem Geschäft nicht. Darüber hinaus kam er bei den Vertriebspartnern, die ich bereits gewonnen hatte, nicht gut an. In mehreren Gesprächen baten sie mich, die gemeinsamen Besprechungen ohne meinen Geschäftspartner abzuhalten.

Ich sprach mit ihm darüber, warum er keine neuen Vertriebspartner anwarb und er sagte mir dann, dass er weiterhin für ein anderes großes Unternehmen tätig war und er dort keine Vertriebspartner abwerben wollte. Das war für mich ein großer Schock, denn natürlich wollte ich ihn gerade für diese Tätigkeit in meinem Unternehmen haben. Er sollte nicht Partner anderer Firmen abwerben, aber er sollte doch für unser Unternehmen neue Partner gewinnen! Und er wusste von Anfang an, dass ich genau das von ihm erwartete.

* * *

Das Ende kam letztlich schleichend und dann mit einem großen Knall. Zunächst haben sich meine Vertriebspartner dazu entschlossen, sich einem anderen Unternehmen anzuschließen. Dies hat meine Umsätze jeden Monat mehr reduziert. Somit blieb mir zuletzt nur noch mein Großabnehmer für mein Hauptprodukt. Mein Geschäftspartner hat sich mehr und mehr zurückgezogen, bis ich ihn teilweise gar nicht mehr gesehen habe und auch telefonisch nicht erreichen konnte. Jedoch erhielt ich eines

Tages ein Schreiben von ihm, indem er mich aufforderte, die Umsätze mit meinem Großabnehmer offenzulegen. Dies tat ich. Daraufhin erhielt ich eine Rechnung von ihm, in der er die vereinbarten Provisionen einforderte. Da ich ihn, wie schon erwähnt, telefonisch nicht erreichen konnte, schrieb ich ihm zurück, dass wir vereinbart hatten, dass diese Provisionszahlungen als Rücklage im Unternehmen verbleiben sollten. Dieses war jedoch nur mündlich vereinbart. Als Nächstes erhielt ich dann von seinem Rechtsanwalt sowohl die Kündigung unserer Geschäftsbeziehung als auch die Aufforderung zur Zahlung der vereinbarten Provision. Ich war wie vor den Kopf gestoßen. Mit einer solchen Reaktion hätte ich im Leben nicht gerechnet. Ich war mit dieser Situation mehr als überfordert. Zum einen gab es keine finanziellen Rücklagen, die mich in die Lage versetzt hätten, dieser Forderung nachzukommen, zum anderen konnte und wollte ich mir auch keinen eigenen Anwalt leisten. Rückblickend habe ich in dieser Situation vollkommen alles ausgeblendet und überhaupt nicht reagiert. Mein Leben wäre danach vielleicht anders verlaufen, wenn ich mir hier professionelle Hilfe geholt hätte.

Von diesen ganzen Geschehnissen und Schwierigkeiten habe ich meiner Familie kaum etwas gesagt. Ich habe weder mit meiner Frau, noch mit meiner Schwiegermutter hierüber gesprochen. Ich wollte nicht als Versager dastehen. Schließlich hat sich meine Familie auf mich verlassen. Und obwohl ich eigentlich wusste, dass mein Unternehmen nicht mehr zu retten ist, habe ich dennoch alles versucht, um an Geld zu kommen. Als es dann darum ging, gemeinsam mit meiner Familie und meinen Eltern in den Urlaub zu fahren, habe ich auch das irgendwie möglich gemacht und mein komplettes Büroequipment an eine Leasinggesellschaft verkauft und von dort geleast. Das waren meine letzten Reserven, mit denen ich dann den Urlaub finanzieren konnte. Da meine Schwiegermutter bei mir im Büro arbeitete, hatte sie natürlich auch Einblick in meine Umsätze. Somit merkte sie auch, dass meine Firma in Schwierigkeiten steckte. Ich sagte ihr, dass es nur eine vorübergehende Umsatzschwäche sei und ich mich um neue Vertriebspartner bemühte. Außerdem habe ich ihr den Minijob gekündigt, da ja sowieso nicht mehr so viel zu tun war. Letztlich habe ich auch noch Geld aus dem Erbe von meinem Vater bekommen, im Glauben ich würde dieses für ihn in einen seriösen Finanzdienstleister investieren. Tatsächlich habe ich dieses Geld in riskante Aktien gesteckt, diese beliehen und so mit einem größeren Hebel investiert. Hier hatte ich die Hoffnung, dass ich so relativ schnell zu Geld kommen könnte, um sowohl mein Geschäft neu aufzubauen, als auch meinen Zahlungsverpflichtungen nachzukommen. Somit habe ich die meiste Zeit im Büro damit verbracht, mir den Verlauf von kleinen Biotech-Firmen anzuschauen, um darin zu investieren. Das funktionierte zunächst auch extrem gut, denn Biotech-Firmen waren als Anlage zu der Zeit sehr gefragt. So machte ich täglich zwischen 0,5 und 1 % Gewinn und blieb nie mehr als ein bis zwei Tage in einer solchen Aktie investiert.

Dann stieß ich auf ein vielversprechendes anderes Unternehmen, das sehr bald schon ein vielleicht bahnbrechendes Medikament auf den Markt bringen wollte. Die Aktie stieg innerhalb weniger Tage um etwa 50 % an Wert. Hier schöpfte ich tatsächlich neue Hoffnung, dass mein eher unrealistischer Plan doch noch Erfolg haben könnte. Und so entschied ich mich, auch in der Aktie investiert zu bleiben, obwohl ich übers Wochenende auf ein Seminar fuhr und während der Zeit den Aktienkurs nicht verfolgen konnte. Ich wollte nicht bei einem „günstigen" Preis aus der Aktien aussteigen und nach dem Wochenende wieder teuer einsteigen.

Das stellte sich als ein weiterer sehr großer Fehler heraus. Ich fuhr am Donnerstag auf das Seminar. Am Freitag lehnte dann die amerikanische Gesundheitsbehörde die Zulassung des vielversprechenden Medikamentes ab und fast gleichzeitig kritisierte ein Sprecher des Wirtschaftsministeriums in den USA zu Recht den Hype um die Biotech-Firmen und sprach von einer gigantischen Blase. Beide Nachrichten zusammengenommen bedeuteten einen massiven Kursabsturz meiner Aktien. Wäre ich vor dem Wochenende aus der Aktie ausgestiegen, so hätte ich einen Gewinn nach Abzug aller Kosten und auch der Investitionen von über 50.000 DMark realisiert.

Letztlich bin ich danach mit einem weiteren Verlust von etwa 80.000 DMark herausgegangen. Somit hatte ich auch das Erbe meines Vaters komplett verzockt. Das letzte bisschen Geld, das noch übriggeblieben war, ließ ich mir auszahlen, um damit den Lebensunterhalt meiner Familie bestreiten zu können. Alle diese Ereignisse brachten meine komplette Welt zum Einsturz und ich habe mich nur noch als Versager gefühlt. Mein letzter und einziger Halt war meine Familie, mit der ich jedoch über die Ausmaße meiner finanziellen Schwierigkeiten nicht wirklich sprach. Ich wusste, dass ich diese Schwierigkeiten nicht mehr lange verbergen könnte. Es war für mich ein Gefühl, als würde ich mich ständig auf einer ganz dünnen Eisschicht bewegen. Dabei wollte ich von Anfang an nur mit allem, was ich tat, ein geregeltes Auskommen für mich und meine Familie schaffen. Doch hierin versagte ich auf ganzer Linie.

KAPITEL SECHS

Der absolute Tiefpunkt

Meine finanziellen Schwierigkeiten im Beruf habe ich natürlich nicht komplett vor meiner Familie verbergen können. Als es eigentlich schon viel zu spät war, sprach ich mit Jennifer darüber, dass ich mit meinem Geschäft möglicherweise scheitern könnte. Um wenigstens einen Teil von dem, was wir uns schon erarbeitet hatten, zu retten, überschrieb ich ihr sämtliche Wertgegenstände. Somit sollte im Falle einer Pleite nicht alles verloren sein. Meine Frau reagierte mit überraschend viel Verständnis. Doch trotzdem brachte ich es nicht übers Herz, ihr die komplette Wahrheit zu sagen.

Als dann klar wurde, dass ich keine Chance mehr hatte, mit meinem Geschäft die Familie zu ernähren, habe ich es geschlossen und mich arbeitslos gemeldet. Kurze Zeit darauf habe ich eine Anstellung in einem großen Elektronikmarkt gefunden, mit dem ich meine Familie ernähren und auch die Raten meiner Gläubiger bedienen konnte. Denn auch meine Gläubiger haben von meiner finanziellen Situation nichts gewusst. Auch ihnen wollte ich nicht eingestehen, dass deren Geld verloren war. Ich habe also weiterhin so getan, als ob alles in Ordnung wäre und ihnen die versprochenen monatlichen Zahlungen überwiesen.

Somit hatte ich mit meiner Familie wieder ein festes Einkommen und war eine Zeitlang relativ beruhigt. Natürlich war das nur eine trügerische Ruhe, denn mein Schuldenberg war mittlerweile so groß geworden, dass ich diesen nur unter extremen Umständen hätte abbauen können. Nur noch eine Schwierigkeit mehr und das ganze fragile Gebäude wäre zum Einsturz gekommen.

Ich habe mich oft gefragt, warum ich alle Schwierigkeiten verheimlicht habe. Es war nicht mein Stolz, der mich daran gehindert hat, sondern die Angst davor, was passieren würde, wenn ich Jennifer mein Scheitern gestanden hätte. Ich wollte sie nicht enttäuschen und wollte auch nicht, dass sie mich als Versager sieht. Ich habe meine Familie über alles geliebt und meine Aufgabe in der Familie darin gesehen, alles zu tun, um sie glücklich zu machen und zu versorgen. Alles, was ich wollte, war meiner Familie ein angenehmes und sorgenfreies Leben zu ermöglichen.

Wie gesagt, war ich erst einmal beruhigt und hatte einen neuen Job. Dieser machte mir recht viel Spaß, auch wenn ich da schon wusste, dass ich diesen nicht allzu lange ausführen würde. Ich wollte einfach nicht wirklich im Einzelhandel arbeiten. Trotzdem habe ich auch diesen Job mit Ernsthaftigkeit und Hingabe gemacht. Mein Abteilungsleiter war so begeistert von mir, dass er mir nach bereits drei Monaten das Angebot machte, in einer anderen Filiale stellvertretender Abteilungsleiter zu werden. Hierfür bat ich mir erst einmal Bedenkzeit aus. Letztlich kam es nicht mehr dazu.

* * *

Etwa zwei Monate nachdem ich meinen neuen Job angetreten hatte, eröffnete mir Jennifer, dass sie sich in unseren Nachbarn, Andreas, verliebt hatte. Von dieser Nachricht war ich wie betäubt. Mir war schwindelig und mir zog es den Boden unter den Füßen weg. Für einen Moment lang war ich, so glaube ich, richtig weggetreten. Ich wusste nicht, was ich sagen und wie ich darauf reagieren sollte. Ich hätte vieles erwartet. Dass sie mir böse ist und enttäuscht von mir. Dass sie mich anschreit und streitet. Vielleicht sogar, dass sie erst einmal Abstand von mir haben wollen würde. Aber nicht damit! Das war für mich niemals auch nur eine Option in meinen Gedanken gewesen. Sie war doch die Liebe meines Lebens! Und auch wenn ich sehr vieles falsch gemacht habe, so wollte ich doch immer für den Rest meines Lebens mit dieser Frau zusammen bleiben! DAS war einfach zu viel für mich und noch dazu vollkommen unerwartet!

Ich hatte mich nach dieser Mitteilung eine Zeitlang weinend ins Schlafzimmer zurückgezogen. Bis Jennifer zu mir kam und mich tröstete und wir dann ins Wohnzimmer gingen um zu reden. Tatsächlich hielt sie während der ganzen Zeit meine Hand. Ich fragte sie, wie lange sie schon Gefühle für diesen Mann, dessen Familie auch mit uns befreundet war, hätte. Daraufhin sagte sie mir, dass das schon eine ganze Weile so war. Er hätte ihr immer den Hof gemacht und mit ihr geflirtet. Und auch wenn sie es Anfangs vollkommen blockierte, so fand sie dann später doch Gefallen an seinen Flirts. Ich erinnerte mich bei dem Gespräch daran, dass meine Frau einmal zu mir sagte: „Ich will nicht, dass Andreas so oft bei uns ist!" Auf meine Frage: „Warum?", antwortete sie jedoch nur: „Er sollte sich mehr um seine Frau und Kinder kümmern!" Damals hab ich es darauf bewenden lassen. Denn ich hätte niemals auch nur in Erwägung gezogen, dass sie damit etwas anderes gemeint haben könnte, als dass er nicht so viel Zeit mit MIR verbringen sollte. Nun sah ich es natürlich mit anderen Augen. Und da ich so viel Zeit und Energie damit aufgewendet hatte, meine Existenz irgendwie aufrechtzuerhalten, bemerkte ich auch nicht, ob und wie sich die Gefühle von Jennifer zu mir verändert hatten.

Eine Frage stellte sich mir jedoch noch: „Hattet ihr schon was miteinander?" Ihre Antwort darauf: „Nein, außer dass wir uns geküsst haben." Doch auch wenn diese Antwort nicht ganz so schlimm wie befürchtet war, so fühlte es sich für mich doch wie ein kräftiger Schlag ins Gesicht an! Und wieder brauchte ich ein paar Minuten, um das zu verarbeiten. Doch aufgeben wollte ich nicht! Und ich wollte jetzt das gesamte Ausmaß erfahren und besprechen, wie es weitergehen sollte. Daher holte ich Andreas dazu. Ich rief ihn an und machte ihm klar, dass ich jetzt und sofort mit ihm reden will, denn es war in der Zwischenzeit schon spät geworden. Er kam dann auch gleich rüber. Wie das Gespräch genau verlaufen ist, was und wie etwas gesagt wurde, weiß ich heute nicht mehr. Nur irgendwann kam das Gespräch darauf, dass wir alle viel zu verlieren hatten. Er mit seiner Frau, mit Kindern und ich mit meiner Familie genau so. Wir kamen dann überein, dass das eine vollkommen kindische Aktion wäre und wir alle bei unserer eigenen Familie bleiben sollten. Wie gesagt, wir waren auch miteinander befreundet und auch seine Frau hatte noch nichts davon gewusst. Auch hier kamen wir überein, dass das auch so bleiben sollte. Diese Vorschläge und das vernünftige Gespräch kam weitestgehend von seiner Seite aus. Und vielem konnte ich nur zustimmen und es kam in mir die Hoffnung auf, dass alles zu einem guten Ende kommen würde.

Alles sah danach auch wieder so aus. Ich redete viel mit meiner Frau, kümmerte mich auch mehr um meine Gesundheit (ich war in den Jahren nämlich fett geworden und wog zu der Zeit fast 130 Kilogramm bei 186 cm Körpergröße) indem ich regelmäßig laufen ging und in meinem Job lief es auch recht gut. Jennifer und ich hatten auch Sex miteinander. Ich war ihr gegenüber sehr aufmerksam, machte ihr viele Komplimente und brachte ihr auch Blumen mit. Alles fühlte sich für mich gut und richtig an und ich war in Jennifer verliebt wie eh und je.

* * *

Etwa fünf Wochen nach dieser Beichte meiner Frau verabschiedete ich mich morgens von ihr, um zur Arbeit zu gehen. Wir umarmten und küssten uns zum Abschied. Ich kann mich auch heute noch genau an dieses Datum erinnern. Es war der 7. September 2001. Ich arbeitete den ganzen Tag bis um 20:00 Uhr. Als ich an unserem Haus auf den Parkplatz fuhr, bemerkte ich, dass es überall in unserer Wohnung dunkel war. Ich dachte mir nichts dabei, denn schon vorher war Jennifer mit den Kindern ab und zu auch mal länger bei einer Freundin gewesen. Ich betrat also unsere Wohnung und sah, dass auf dem Telefon das Licht von unserem Anrufbeantworter blinkte. „Alles in Ordnung", dachte ich, „jetzt sagt sie mir, dass sie bei ihrer Freundin ist." Ich zog mir also Jacke und Schuhe aus, ging kurz aufs Klo und hörte dann den Anrufbeantworter ab. Doch die Nachricht, die ich dann hörte, war so ganz anders als erwartet. Diese Nachricht hat sich unauslöschlich in mein Hirn und mein Herz gebrannt! Es war etwa halb neun Uhr Abends als ich mein persönliches Waterloo erlebte, meinen absoluten Tiefpunkt, meinen schlimmsten Albtraum. Diese Nachricht bestand aus nur zehn Wörtern. Ich übertreibe jetzt überhaupt nicht, denn es waren wirklich genau diese Worte: „Mach Dir keinen Kopf, ich bin mit den Kindern ausgezogen."

Als ich vorhin beschrieben hatte, dass sich die Aussage von meiner Frau, sie hätte einen anderen Mann geküsst, sich für mich so anfühlte als, wenn man mir mit der Faust ins Gesicht geschlagen hätte, so kam diese Nachricht einem Unfall mit einem LKW gleich. Ich habe diese Nachricht noch bestimmt zweimal abgehört, nur um sicherzugehen, dass ich mich nicht verhört hatte. Doch die Nachricht blieb jedes Mal die gleiche. Ich rief Jennifer dann auf dem Handy an und habe nur eines gefragt: „Ist er mit ausgezogen und bei Dir?" Jennifer antwortete: „Ja." Ich konnte dann nur noch sagen: „Ok. Dann weiß ich Bescheid" und habe aufgelegt. Danach habe ich meine Eltern angerufen und ihnen gesagt, dass meine Frau ausgezogen sei. Sie kamen daraufhin kurze Zeit später zu mir. Mein Vater war der Meinung, dass wir keine Zeit verlieren und sofort das Schloss unserer gemeinsamen Wohnung austauschen sollten, damit Jennifer nicht einfach irgendwelche Sachen holen konnte. Nach etwa einer halben Stunde sind sie dann auch erst einmal wieder gefahren und wir haben besprochen, dass wir uns am nächsten Tag noch mal treffen.

* * *

Ich war natürlich extrem aufgewühlt und wollte unbedingt mit jemandem darüber sprechen, den dies auch anging. Also ging ich zu unseren Nachbarn rüber und klingelte an der Tür. Die 20-jährige Tochter öffnete die Tür und ich fragte sie, ob ihre Mutter zu sprechen sei. Sie antwortete: „Das ist im Moment kein guter Zeitpunkt. Mein Vater ist heute ausgezogen." Darauf sagte ich zu ihr: „Und genau deswegen muss ich mit ihr sprechen." Die Tochter verschwand in der Wohnung und kam kurz darauf zurück, um mich hineinzulassen. Ihre Mutter saß im Wohnzimmer auf der Couch und weinte. Ich weiß noch, dass sie mich ganz hoffnungsvoll angesehen hatte, da sie wusste, dass ihr Mann und ich immer einen guten Draht zueinander hatten. Ich denke, sie hat sich mehr Informationen von mir erhofft. Darüber, wo er ist und warum er ausgezogen war. Bis zu diesem Zeitpunkt hatte sie noch immer keine Ahnung, was wirklich passiert war. Das Erste, was sie zu mir sagte, war: „Andreas ist heute ausgezogen." Darauf antwortete ich ihr: „Ja, ich weiß. Er ist mit Jennifer zusammen ausgezogen!" Ich denke, dass ich in diesem Moment in ein Gesicht geblickt habe, das den gleichen Schmerzen ausdrückte, den auch ich selbst empfand. Wir redeten noch ziemlich lange und ich erzählte ihr auch von den Ereignissen der letzten Wochen. Und an diesem Abend habe ich gegen 22 Uhr mit dem

Rauchen angefangen. Meine Nachbarn rauchten alle und ich bat meine Nachbarin um eine Zigarette. Bis heute habe ich damit auch noch nicht wieder aufgehört.

* * *

Ich war fix und fertig. Ich konnte nicht mehr essen und zu Hause war ich nur noch traurig. Allein meine Arbeit hat mich tagsüber abgelenkt. Als vier Tage nach diesem Ereignis, also am 11. September 2001, die Anschläge auf das World Trade Center in Amerika stattfanden, habe ich diese nur mit geringem emotionalem Interesse verfolgt. Mein persönlicher 11. September fand schon vier Tage vorher statt. Da ich sowieso nichts essen konnte und zudem immer noch ziemlich dick war, beschloss ich, mich jeden Tag nach der Arbeit auf meinen Heimtrainer zu setzen und dabei fernzusehen. Doch bestand das Fernsehprogramm zu der Zeit ausschließlich aus Berichterstattungen zum 11. September. Da ich diesem überdrüssig war, ich empfand dieses Ereignis zwar als extrem schockierend, jedoch hatte ich mit meinen eigenen Problemen zu kämpfen, bin ich nach der Arbeit zu einer Videothek gefahren und habe mir einige Filme ausgeliehen. So saß ich dann bis zu drei Stunden am Tag auf meinem Trimmrad. Ich trank in der Regel Apfelschorle oder einfach nur Wasser und strampelte mir meine Pfunde herunter – über 30 kg Körpergewicht in 6 Wochen.

Die Nächte waren eigentlich immer das Schlimmste für mich. Bevor ich einschlafen konnte, habe ich mir immer und immer wieder ausgemalt, wie es wäre, wieder mit Jennifer zusammen zu sein. Habe über Dinge nachgedacht, in denen wir glücklich waren und darüber, ob ich noch mal eine Chance hätte, mit ihr zusammenzukommen. Ich schrieb seitenlange Briefe und mindestens einen davon habe ich auch abgeschickt, jedoch nie eine Antwort darauf erhalten. Nach etwa sechs Wochen habe ich mir dann eine einfache Frage gestellt: „Liebe ich Jennifer, oder liebe ich nur noch meine

Kinder?" und die Antwort, die ich mir selbst auf diese Frage gegeben habe, war für mich dann doch etwas überraschend. Ich kam zum Schluss, dass meine Frau mir so sehr weh getan hatte, dass ich sie nicht mehr wollte. Ich wollte nur noch meinen Frieden mit ihr und regelmäßig meine Kinder sehen. Ab diesem Moment habe ich dann meinen Ehering abgelegt und ihr einen letzten Brief geschrieben, indem ich ihr mitteilte, dass ich nicht mehr um sie kämpfen würde und sie auch nicht wieder zurückwollte.

Ich sagte Jennifer aber auch, dass sie niemals versuchen dürfe, mir meine Kinder wegzunehmen. Denn sonst würde es einen schmutzigen Rosenkrieg geben! Letztlich einigten wir uns der Kinder zuliebe und unser Verhältnis entspannte sich deutlich. Ich akzeptierte ihre Entscheidung und bald darauf gingen wir auch wieder freundschaftlich miteinander um. Sogar mit Andreas war ich später wieder befreundet.

Wenn ich heute auf diese Ereignisse noch einmal zurücksehe, dann waren an dieser ganzen Situation genau zwei Punkte wirklich positiv. Erstens habe ich im Kampf gegen meine Pfunde sehr große Fortschritte gemacht und zweitens habe ich mich von diesem Moment an von einem sehr introvertierten Typ in einen extrem extrovertierten Typ gewandelt. Seit der Zeit spreche ich mit anderen über Dinge, die mich beschäftigen. Sei es im positiven wie, auch wenn mich etwas belastet. Das heißt nicht, dass ich alle negativen Emotionen rauslasse, aber ich spreche über die Ereignisse und fresse nicht mehr alles in mich hinein.

KAPITEL SIEBEN

Das Leben geht weiter

Jahre später erzählten mir meine Eltern, dass so einige aus unserem alten Bekanntenkreis der Meinung waren, dass ich die Trennung psychisch nicht packen würde. Dass ich zusammenbrechen würde und mir eventuell sogar etwas antun könnte. Darüber war ich doch etwas erstaunt. Doch bestätigte es mir auch, warum ich mit meinem alten Bekanntenkreis und nahezu meiner gesamten Familie den Kontakt abgebrochen hatte. Zu dem „Warum" ich das getan hatte, werde ich später noch etwas erzählen.

Natürlich ging das Leben weiter, denn was für eine Option hätte ich sonst gehabt? Ich hänge am Leben und so gab es nie einen wirklichen Gedanken daran, dieses Leben zu beenden. Ich ging weiter zur Arbeit, trainierte zu Hause und hatte auch sonst viel Kontakt zu meinen Eltern und vor allem zu meiner Schwester. Meine Schwester war und ist meine wichtigste Bezugsperson. Mit ihr konnte ich über alles reden. Und sie hatte eigentlich auch immer Zeit für mich. Kurz vor Weihnachten war ich auch psychisch wieder ziemlich stabil und hatte auch endlich mal wieder Appetit. Und habe mich dann wieder von etwa 90 auf knapp über 100 Kilogramm

Körpergewicht gesteigert. Trotzdem war ich irgendwie im Überlebens-Modus. Es gab so vieles, was ich erledigen musste und wollte.

Als Erstes musste ich auch einmal die Wohnung loswerden, denn die Miete war für mich alleine nicht zu tragen. Aber mein Vermieter wollte mich nicht aus dem Mietvertrag herauslassen, da dieser auf meine Frau und mich lief. Und meine Frau wollte die Kündigung nicht unterschreiben. Aber aus diesem Vertrag herauszukommen, war eine meiner leichtesten Übungen. Wenn man einfach drei Monate lang keine Miete bezahlt, dann wird man schon vom Vermieter automatisch gekündigt. Und was sind schon drei Monatsmieten? Ich hatte eh schon genug Schulden. Außerdem bekam ich in der Zwischenzeit ein Jobangebot, das mich sehr reizte. Dazu musste ich sowieso umziehen, denn es lag etwa 45 km entfernt. Ich habe mir daraufhin eine kleine Wohnung gesucht, die ungefähr in der Mitte zwischen meiner neuen Arbeitsstelle und dem Wohnort meiner Kinder lag.

Mit der neuen Arbeit und der neuen Wohnung kam auch wieder etwas mehr Elan in mir hoch und ich fasste zwei Entschlüsse: erstens wollte ich ein Fitnessstudio besuchen, um mich körperlich wieder in Form zu bringen und so attraktiver auf die Frauen zu wirken und zweitens wollte ich einen Tanzkurs besuchen, um dort nette Damen kennenzulernen. Auf ewig alleine zu bleiben, kam für mich überhaupt nicht infrage. Der Gedanke, dass ich noch einen Haufen anderer, vor allem finanzieller, Baustellen hatte, kam mir überhaupt nicht. Dieses Thema verdrängte ich weiterhin sehr erfolgreich. Und das, obwohl meine finanziellen Belastungen jetzt natürlich noch erheblich höher wurden, da ich Unterhalt für meine Kinder zahlen musste.

Trotzdem schaffte ich es irgendwie zumindest, meine großen Gläubiger immer wieder zu besänftigen. Rechnungen, Mahnungen, oder andere Schreiben, die irgendwie nach Ärger aussahen, habe ich gar nicht erst geöffnet. Auch hier war klar, dass mit dieser Taktik alles nur schlimmer werden würde. Doch in dem Moment konnte ich es erfolgreich verdrängen.

* * *

Und noch ein Projekt nahm ich in Angriff: Das, was ich über Jahre gelernt hatte und was mir selbst ja sehr geholfen hat, nämlich die Steigerung meines Selbstbewusstseins, wollte ich nicht für mich behalten. Auch wenn ich beruflich gescheitert war, so war (und bin) ich immer noch von den Übungen und Hilfen aus den ganzen Seminaren überzeugt. Und so arbeitete ich ein 1-Tages-Seminar aus, mit dem ich auch anderen helfen wollte, ein selbstbewusstes Leben zu führen – und nebenbei natürlich auch noch etwas Geld zu verdienen. Und genau das habe ich getan. Zumindest gab es ein Seminar mit 10 Teilnehmern. Und die Rückmeldung hieraus gaben mir selbst auch sehr viel Selbstvertrauen und haben mich darin bestärkt, dass das, was ich bis dahin gelernt hatte, richtig und auch auf andere anwendbar ist. Dass es letztlich nur bei diesem einen Seminar geblieben ist, lag vor allem an der Zeit. Mein neuer Job nahm einfach sehr viel davon in Anspruch. Und daran, dass ich keine Lust und Kraft hatte, von der Vermarktung der Seminare über die Organisation bis zur Durchführung, alles selbst zu machen. Ganz abgesehen davon, dass ich weder für Werbung noch für Mitarbeiter Geld gehabt hätte.

Wie gesagt, lag mein Fokus privat zunächst einmal darin, wieder fit zu werden und Mädchen kennenzulernen. Und um das Ganze ein wenig zu trainieren und wieder unter Leute zu kommen, ging ich dann alleine in eine Diskothek. Zunächst war es sehr ungewohnt für mich, alleine fortzugehen. Tatsächlich hatte ich fast noch nie vorher eine Diskothek besucht. Doch nach einiger Zeit hatte ich viel Spaß daran und tanzte viel. Wohlgemerkt alleine. Ich überlegte trotzdem immer wieder ein hübsches Mädchen anzusprechen. Doch wusste ich nie, was ich sagen sollte und hatte auch nicht den

Mut dazu. Als ich jedoch schon weit nach Mitternacht wieder tanzte, bemerkte ich eine Gruppe von drei Freundinnen, die ebenfalls schon eine ganze Zeit lang tanzten. Ich dachte bei mir: „Wenn ich alle drei auf ein Getränk einlade, dann wirkt das nicht gleich so, als wenn ich sie anmachen würde." Also fasste ich meinen ganzen Mut zusammen, ging zu ihnen herüber und sagte: „Ihr tanzt ja auch schon eine ganze Weile, habt ihr nicht auch Durst? Darf ich euch etwas zu trinken ausgeben?" Sie bejahten dies und ich holte für uns alle etwas zu trinken. Wir stießen kurz miteinander an, dann ging wieder jeder seiner Wege. Ich war bestimmt knallrot, doch da ich vorher schon eine halbe Stunde am Stück getanzt hatte, fiel das nicht weiter auf. Trotzdem merkte ich, dass mir sehr heiß wurde. Aber ich hatte es geschafft, ich überwand meinen inneren Schweinehund und hatte diese Mädchen angesprochen. Das war alles, was ich wollte. Aber es fiel mir, sehr, sehr schwer. Ich merkte, dass ich immer noch viel zu schüchtern war, um erfolgreich Frauen anzusprechen.

Und ja, das fällt mir auch heute noch extrem schwer. Was das angeht, bin ich nach wie vor unsicher und schüchtern. Wenn ich für eine Frau etwas empfinde, oder mir vorstellen könnte, mit ihr eine Beziehung anzufangen, dann schaffe ich es einfach nicht, die Ruhe auszustrahlen, die ich sonst habe, wenn ich Menschen anspreche.

Auch aus diesen Gründen empfand ich meinen Plan, eine Frau in einem Tanzkurs kennenzulernen, wo man sich sowohl öfter sehen würde und darüber hinaus ganz ungezwungen Kontakt miteinander hätte, als erheblich einfacher und vielversprechender.

Fast direkt gegenüber meiner neuen Wohnung gab es ein Fitnessstudio, indem ich mich anmeldete. Und etwa 14 Tage später begann auch ein Single-Tanzkurs in der Tanzschule, in der ich auch früher schon tanzen gelernt hatte. Und somit verwirklichte ich meine beiden Pläne. Das Ergebnis sollte mich aber dennoch gehörig überraschen.

KAPITEL ACHT

Ein denkwürdiger Abend

Ich hatte mich also neu eingerichtet, einen neuen Job, mich für den Tanzkurs angemeldet und war nun Mitglied im Fitnessstudio. Und tatsächlich fiel es mir viel leichter, mit den Frauen im Tanzkurs in Kontakt zu kommen. Und auch im Fitnessstudio lernte ich viele neue Leute kennen. Tatsächlich fühlte ich mich durch das regelmäßige Training bald schon sehr viel besser. Ich nahm ab und sah nach kurzer Zeit besser aus. Besonders eine Trainerin gab sich viel Mühe, um mir mit Trainingsplänen und vielen Tipps und Tricks zu helfen. Gleichzeitig habe ich einen Teil meiner Ernährung umgestellt und somit auf gesunde Art und Weise abgenommen. Und auch im Tanzkurs lief es gut. Ich tanzte regelmäßig mit einer jungen Frau, die mir gut gefiel. Wir unterhielten uns gut und wollten auch mal etwas gemeinsam trinken gehen. Doch dazu sollte es nicht mehr kommen.

Als ich etwa vier Wochen im Fitnessstudio trainiert hatte, fragte mich meine Trainerin, die sich als Inhaberin des Fitnessstudios herausstellte, ob ich nicht Lust hätte, mit ihr und ein paar anderen Mitgliedern aus dem Studio in einer angesagten Diskothek auszugehen. Ich fand, dass eine gute

Idee auch um abseits vom Studio die Leute etwas besser kennenzulernen. Wir verabredeten den Zeitpunkt, wann wir losfahren wollten. Der Treffpunkt sollte das Fitnessstudio sein. Als ich dort ankam, stellte sich heraus, dass wir nur mit vier Leuten fahren würden. Ich bot an, zu fahren. Doch zwei von uns wollten selbst fahren, da sie woanders wohnten und nicht erst wieder vom Studio aus heimfahren wollten. Also blieben nur meine Trainerin und ich übrig, die das Angebot gern annahm, zumal auch sie nicht weit vom Fitnessstudio entfernt wohnte.

Es war ungewohnt Petra, nicht in Sportklamotten zu sehen, sondern in normaler Kleidung. Ihr Stil war aber auch hier modern und eher schlicht und vom Schminken hielt sie auch eher weniger. So kam sie bei mir schlicht-elegant und sehr sympathisch rüber, zumal sie auch meistens gut gelaunt war und gern und viel lachte.

Auf dem Weg zur Diskothek unterhielten wir uns ganz nett, aber auch nicht sehr tiefgründig. Ich fragte mich, warum sie bei mir mitgefahren ist und mich zu diesem Abend eingeladen hatte und dachte mir, dass sie das tat, weil ich ein neuer Kunde war. Wie auch immer, ich freute mich, in Gesellschaft anderer, wieder einmal etwas zu unternehmen. Die anderen beiden kannte ich zwar nicht sehr gut, doch waren auch sie sehr sympathisch und ich freute mich auf diesen Abend.

* * *

Es wurde tatsächlich ein sehr schöner Abend. Auch wenn die anderen beiden sich öfter in einen anderen Bereich verzogen hatten, so blieb Petra fast die ganze Zeit bei mir. Wir redeten viel und tanzten noch mehr. Und so verging die Zeit wie im Flug, bis es Zeit wurde, nach Hause aufzubrechen. Wie versprochen, fuhr ich sie dann nach Hause. Bei ihr angekommen gab es dann eine merkwürdige Situation: Wir standen vor ihrem Haus und sie machte keine Anstalten, aus dem Auto auszusteigen. Gefühlt standen wir schon viele Minuten dort und ich fragte mich, warum sie nicht einfach ausstieg. Ich sagte ihr das nicht, denn sie guckte mich an und lächelte beim Reden. Auf der einen Seite fühlte sich das für mich unangenehm an, auf der anderen Seite genoss ich es allerdings auch. Und der Abend war wirklich sehr schön. Letztlich verabschiedete sie sich aber dann doch von mir, doch bevor sie ausstieg, beugte sie sich noch einmal zu mir rüber und gab mir einen Kuss auf die Wange. Dann ging sie rein und ich fuhr reichlich verdutzt und auf dem schnellsten Weg nach Hause.

Was war das denn jetzt?", fragte ich mich. Wieder einmal gerieten meine Gedanken völlig durcheinander. Die ganze Situation war sehr komisch. Warum wollte sie nicht aussteigen? Wieso küsste sie mich (wenn auch nur auf die Wange)? Nichts von dem machte Sinn für mich! Es wäre nicht notwendig gewesen, einen neuen Kunden so zu behandeln und wir kannten uns auch noch nicht lang genug, um einen Freund auf diese Weise zu verabschieden. Außerdem wusste ich ja, dass sie einen Lebensgefährten hatte, mit dem sie gemeinsam das Studio führte. Tausend Dinge schossen mir durch den Kopf. Und eine Frage: „Wäre sie überhaupt mein Typ???"

Rein äußerlich war sie so ganz anders, als meine Exfrau. Sie hatte kurze, hellblonde, Haare, war durchtrainiert und hatte einen kleinen Busen. Meine Ex war eher etwas „fraulicher", mit langen dunklen Haaren und sehr viel mehr Oberweite. Letztlich habe ich wohl an diesem Abend mein „Beuteschema" für mich festgelegt. Ich entschied, dass das Äußerliche tatsächlich nicht so entscheidend war. Klar, ich möchte eine Frau an meiner Seite haben, mit der man sich auch zeigen kann und die ich als ästhetisch und hübsch empfinde. Doch ich bemerkte auch, dass eine Frau mit einem ehrlichen Lachen eine sehr viel schönere Ausstrahlung hat und für mich attraktiver ist, als eine, die vielleicht hübscher ist, aber immer nur griesgrämig schaut.

Also legte ich mich auf ein paar Punkte fest:

1. Sie muss ein ehrliches Lächeln haben. Und wenn sie dann noch viele Lachfalten um die Augen hat, umso besser.
2. Sie darf keine „Tussi" sein. Wenn ihr Schminken, Nägel machen, Schmuck, teure Klamotten oder Schicki-Micki-Restaurants zu wichtig sind, ist sie nichts für mich. Gepflegt, ja, aber nicht übertrieben. Lieber Jeans und Turnschuhe als Kleid und High-Heals. Zumindest die meiste Zeit. Mal chic machen, ist ja auch in Ordnung.
3. Sie muss meine Kinder mögen und umgekehrt. Wenn mich jemals eine Frau vor die Wahl stellt: „Mich, oder Deine Kinder", hat sie sofort verloren! Niemand darf sich zwischen mich und meine Kinder drängen!

Das war es schon im Groben. Und daran halte ich mich bis heute. Zumindest versuche ich es.

* * *

Kommen wir zurück zu diesem Abend, bzw. zu dem Chaos, den dieser in meinem Kopf angerichtet hatte. Ich wollte keine voreiligen und falschen Schlüsse ziehen. Schlafen konnte ich trotzdem nicht, da sich meine Gedanken im Kreis drehten. Als ich am Morgen dann der Meinung war, dass es spät genug sei, rief ich meine Schwester an und lud mich zum Frühstück ein. Natürlich brachte ich die Brötchen mit. Wir unterhielten uns ein wenig über das, was passiert war und meine Schwester gab mir den Rat, dass ich erst einmal abwarten sollte und gucken, was sonst noch passiert.

Auf dem Weg nach Hause erhielt ich dann aber schon eine SMS: „Danke für den schönen Abend. Das sollten wir bald mal wieder machen." Oh weh! Das machte es mir nicht wirklich leichter! Ich antwortete: „Ja, es war ein schöner Abend. Aber du verwirrst mich. Was war das am Ende? Warum hast du mich geküsst?". Darauf schrieb sie nur noch: „Wir sollten einfach mal telefonieren oder uns auf einen

Kaffee treffen". Ok! Dass das mein Gedankenchaos nur weiter steigerte, brauche ich an dieser Stelle wohl nicht weiter erwähnen, oder?

Und es verging einige Zeit, bis dieses Treffen zustande kam. In der Zwischenzeit bat sie mich, nicht im Studio mit ihr über den Abend zu sprechen. Und daran hielt ich mich. Auch wenn die Fragezeichen im Kopf nicht besser wurden, wenn ich sie sah. Denn irgendwie meinte ich, dass sich die Art, wie sie mich ansah und anlächelte, veränderte.

KAPITEL NEUN

Eine neue Hoffnung

Es vergingen knapp zwei Wochen, bis es dann zum Gespräch mit Petra kam. Wir verabredeten uns für einen Freitagnachmittag zum Kaffee bei mir in der Wohnung. Nachdem sie viele Menschen in der kleinen Stadt, in der wir wohnten, kannte und die „Gefahr", dass jemand sie in der nächstgrößeren Stadt auch erkennen könnte, auch recht groß war, war das für sie die beste Option. Zumal sie zu mir auch zu Fuß kommen konnte. Das hatte etwas Geheimnisvolles, verbotenes. Auch wenn ich es zu dem Zeitpunkt nicht recht nachvollziehen konnte, freute ich mich darauf, dass endlich etwas Licht ins Dunkle kommen würde.

Ich putzte also vorher meine Wohnung, räumte auf und holte etwas Gebäck zum Kaffee. Auch ein paar Duftkerzen stellte ich auf. Und dann kam sie. Ich gebe zu, dass ich mir sehr viele Gedanken im Vorfeld gemacht hatte. Und ja, nachdem was passiert war und ich mir Gedanken über mein „Beuteschema" gemacht hatte, gefiel sie mir auch sehr gut.

* * *

Ich war nervös, was das Treffen anging, aufgeregt und wollte endlich wissen, was das ganze zu bedeuten hatte. Zunächst hielten wir einfach nur Smalltalk, tranken Kaffee und aßen Kuchen. Ich merkte, dass es für sie auch etwas schwer und ungewohnt war. Aber das gab sich bald und wir fühlten uns beide wohl. Dann lenkten wir das Gespräch endlich auf den besagten Abend und ich fragte sie noch einmal, was das am Schluss war. Warum hat sie mich geküsst, obwohl sie einen Lebensgefährten hat und warum diese Geheimniskrämerei? Zuerst sagte Petra mir, dass sie ihren Lebensgefährten kannte, seit sie sechzehn Jahren alt war. Er war ihr erster Freund. Und mit ihm, und der Hilfe ihrer Eltern, hatte sie das Fitnessstudio aufgebaut. Aber sie liebten sich schon länger nicht mehr und beide taten in der Öffentlichkeit so, als wären sie zusammen. Für beide war es nur noch eine gemeinsame WG und ein „so tun als ob." Sie befürchteten wohl geschäftliche Nachteile, wenn das herauskam. Darüber hinaus ging es ihm gesundheitlich und psychisch nicht so gut, worauf sie auch noch Rücksicht nahm. Zumal sie da noch nicht ahnte, dass er längst eine andere hatte. Zur Erklärung: Die Stadt war klein, in der sie ihr Studio hatten und die Familie von ihr war sehr angesehen. Sie fürchtete daher den Tratsch und wollte zudem nicht, dass sich dieser nachteilig auf ihre Familie auswirkte.

Und dann sagte sie mir: „Ich hab mich in dem Moment in Dich verliebt, als du das erste Mal durch die Tür vom Studio gekommen bist." Da war ich erst einmal sprachlos. Wie war das möglich? Wir kannten uns ja gar nicht? Sie hat mir nicht erklären können, warum und wieso. Doch gestand ich ihr, dass ich seit dem Abend auch viel über sie nachgedacht habe. Dass es mir imponiert hat, was sie aus eigener Kraft geschaffen hat und dass mir ihre freundliche und liebevolle Art sehr gefällt. Wir haben uns dann auch mehr über mich unterhalten und ich habe ihr von meiner Trennung und meinen Kindern erzählt. Sie selbst hatte keine Kinder, denn für sie stand ihre Karriere erst einmal im Vordergrund. Über meine finanzielle Lage bin ich größtenteils hinweggegangen und habe ihr nur das Nötigste erzählt: dass ich selbständig war, es zu Problemen kam und nun einen festen Job hatte.

Es wurde spät und die Gespräche waren auf einer Seite sehr intensiv, auf der anderen Seite fühlte ich mich immer wohler – und sie auch. Als wir uns dann gegen Abend verabschieden wollten und schon vor der Wohnungstür standen, fielen wir uns in die Arme und küssten uns leidenschaftlich, wobei Petra anfing mich auszuziehen. Und so zögerte sich der Abschied dann noch deutlich in meinem Schlafzimmer heraus. Dass es dabei nicht schon zu echtem Sex kam und bei sehr intensivem, nicht jugendfreiem, Kuscheln blieb, hatte hauptsächlich zwei Gründe, wobei ich einen erst später erfahren sollte. Der hauptsächliche Grund war, dass sie einen Anruf von ihren Eltern bekam, die sie zum verabredeten Abendessen erwarteten hatten und welches sie völlig vergessen hatte.

Doch auch, ohne dass es zum Sex kam, waren Schwärme von Schmetterlingen in meinem Bauch ausgebrochen. Und auch wenn das alles wieder neu und so unverhofft kam, so wohlfühlte ich mich dabei. Ja, ich war verliebt. Und ja, auch überrascht, dass jemand wie Petra jemanden wie mich attraktiv fand und mich so nahm, wie ich war. Ich hatte ihr ja nichts zu bieten. Zumindest nicht mehr als mich selbst und meine Aufmerksamkeit, Zeit und Zuneigung.

* * *

Natürlich rief ich gleich am nächsten Tag meine Schwester an. Sie riet mir jedoch, es langsam angehen zu lassen und nicht gleich zu euphorisch zu sein. Doch das war leichter gesagt als getan, denn Geduld war nun wirklich nicht meine Stärke. Mit dem „langsam angehen lassen" war es jedoch leider recht einfach. Denn richtig treffen konnten wir uns erst wieder 2 Wochen später. Gesehen haben wir uns natürlich öfter im Fitnessstudio. Aber da ging halt nur Smalltalk und ein verliebtes Lächeln. Denn niemand durfte wissen, was da zwischen uns lief.

Doch eines Abends erhielt ich dann eine SMS von Petra mit dem Text: „Dein Engel ist nicht gern allein, möchtest Du nicht bei ihm sein?" Wow! Ja! DAS wollte ich. Und wie! Ich ging also am Abend zu ihr. Auch zu Fuß, damit es niemand mitbekam. Wir saßen auf ihrem Sofa, tranken etwas, redeten und küssten uns immer wieder. Und dann kam, was kommen musste. Wir liebten uns auf der Couch. Später „beichtete" Petra mir, dass sie Probleme mit Sex im Bett hatte. Sie wusste nicht genau, wieso, aber es widerstrebte ihr. Ich hatte mit dieser „Beichte" aber auch kein Problem. Warum auch immer nur Sex im Bett? An anderen Orten ist es doch viel spannender.

Nachdem ihr, sagen wir, Mitbewohner in einer Kur war, die einige Wochen dauern sollte, trafen wir uns immer öfter. Und wir kamen darin überein, dass sie ihm nach der Kur alles sagen würde und sich von ihm trennt. Die Zeit kam heran und ich wurde nervös. Was würde passieren? Ihr ging es ähnlich. Ich wartete den ganzen Abend auf die erlösende Nachricht. Doch die ließ auf sich warten. Doch schließlich trafen wir uns an dem Abend noch bei mir und wir redeten lange darüber, wie es abgelaufen war.

Es kam heraus, dass Petras Exfreund ähnlich fühlte wie sie und selbst schon längst eine neue Freundin hatte. Die Beiden vereinbarten die Trennung noch geheim zu halten, bis er eine neue Wohnung gefunden hätte. Niemand im Studio sollte wissen, was „intern" bei den Beiden passierte. Und so ging das Versteckspiel zwischen uns weiter – was mir immer schwerer fiel. Da war meine Freundin und ich durfte sie im Studio nicht mal umarmen. Aber ich nahm es hin. Etwa drei Monate ging das so. Dann wurde die Trennung der Beiden offiziell im Fitnessstudio bekannt gegeben, ihr Ex stieg aus dem Studio aus und zog fort. Nun, so dachte ich, wäre der Weg frei. Doch falsch gedacht. Petra wollte erst einmal etwas abwarten. Es sollte nicht so aussehen, als ob sie sich gleich dem Nächsten an den Hals werfen würde. Es gab zu der Zeit nur 2 Personen im Studio, die halbwegs gewusst hatten, dass zwischen mir und ihr etwas lief. Und die beiden waren voll auf meiner Seite. Offiziell zog sie zu ihren Eltern, aber Petra war jeden Tag bei mir und bekam auch einen Schlüssel zu meiner Wohnung. Und auch mit meinen Kindern verbrachten wir immer wieder gemeinsam Zeit. Was wirklich sehr schön war. Petra mochte meine Kinder und meine Kinder mochten Petra. Genau so hatte ich mir das vorgestellt.

* * *

Bald darauf heiratete einer meiner Cousins und er lud mich zu seiner Hochzeit ein. Zu der Zeit wusste niemand aus dem Teil meiner Familie, dass ich eine neue Freundin hatte, dass ich heimlich rauchte und damit ein Leben führte, dass in der Religionsgemeinschaft, in der sie sich befanden, nicht akzeptiert wurde. Ich war auf der Hochzeit und sie war auch wirklich sehr schön. Doch ich fühlte mich mehr und mehr fremd in dieser Gemeinschaft. Ich hatte mich schon nach der Trennung von meiner Frau davon distanziert – und wenn ich ehrlich war, auch schon davor. Ich blieb nur wegen meiner Frau in dieser Gemeinschaft – und glaubte auch nicht mehr daran, was sie dort predigten. Alles zog mich von dort weg.

Aber auch hier waren einige Konsequenzen zu fürchten. Denn wenn ich diese Gemeinschaft verlassen würde, so würde ich auch den Kontakt zu meiner Familie verlieren. Wollte ich das wirklich? Die Hochzeit brachte mir Klarheit. Wie gesagt, ich bin dieser Religionsgemeinschaft für viele Dinge dankbar. Doch die Regeln, Ansichten und Lehren waren mit meinen nicht mehr vereinbar. Ja, ich liebte meine Familie. Und auch ja, es würde mir schwerfallen, allem den Rücken zu kehren. Ich würde damit viele Brücken abreißen, die sich vermutlich nachher nicht mehr aufbauen ließen. Aber ich fasste den Entschluss und verließ die Gemeinschaft endgültig – und zog mich auch von meiner Familie zurück. Zu sehr großen Teilen bis heute.

Meine Eltern waren darüber sehr traurig. Aber sie waren die Einzigen, die trotzdem noch zu mir hielten. Also wurde meine Familie plötzlich sehr klein, denn außer meinen Eltern blieb nur noch meine Schwester und mein Bruder übrig (und natürlich meine Kinder). Meine Geschwister hatten sich schon Jahre vorher von der Gemeinschaft losgesagt. Für mich war es aber auch eine Befreiung. Endlich auch dort kein Versteckspiel mehr. Wieder eine Last weniger auf meinen Schultern.

Die Situation mit Petra wurde mir dann langsam zu viel. Ich wollte meine Liebe zu ihr nicht mehr verstecken müssen. Ich wollte nicht immer aufpassen müssen, was, wann und wo ich etwas zu ihr sagte. Und ich wollte nicht mehr, dass wir uns immer nur heimlich trafen. Aus Petras privatem Umfeld wussten auch nur ihre Eltern und Geschwister Bescheid. Das war alles ziemlich belastend für mich. Aber es lenkte mich auch gut von meinen anderen Problemen ab.

* * *

Und von heute auf morgen machte Petra dann Schluss mit mir. Sie hatte eine kleine Wohnung bekommen und holte ihre Sachen bei mir ab und gab mir meinen Schlüssel zurück. Ich war wie vor den Kopf gestoßen. Denn es gab eigentlich keinen Grund. Nun, um der Wahrheit die Ehre zu geben, sie machte nicht wirklich Schluss. Petra sagte nur, dass sie Zeit für sich bräuchte und dass sie überlegen müsse, ob das mit uns auch wirklich das ist, was sie wollte. Ok. Haarspalterei. Man kann es auch als „Beziehung beenden" auslegen. Vielleicht hatte Petra gespürt, dass ich mehr wollte. Denn gedrängt hatte ich sie nie.

Ich gab aber nicht auf. Ich war ja auch weiterhin im Studio, wir sahen uns regelmäßig und telefonierten auch öfter mal. Nach zwei Monaten gingen wir dann immer öfter gemeinsam spazieren und redeten sehr viel miteinander. Nach weiteren vier Wochen trafen wir uns auch wieder häufiger bei ihr und ich blieb auch öfter über Nacht. Und sechs Wochen danach waren wir wieder richtig zusammen. Und dieses Mal war es dann auch offiziell! Mein Glück war kaum in Worte zu fassen. Und das Schöne war, dass sich ganz viele von ihren Freunden und Bekannten und auch viele aus dem Studio mit uns freuten.

Fortan unternahmen wir sehr viel. Allein, aber auch mit vielen Freunden aus ihrer Clique. Und niemals stritten wir miteinander. Es war so harmonisch, so liebevoll, wie wir miteinander umgingen. Und meine Liebe zu Petra wuchs beständig. Doch da war ja noch etwas. Dieses Damokles-Schwert, das über mir hing und dessen Faden jederzeit reißen konnte. Doch das behielt ich für mich. Sie wusste ja, dass ich wenig Geld hatte. Aber wie es wirklich aussah, davon hatte sie nicht mal annähernd eine Ahnung. Es hat sie aber auch nicht interessiert, dass ich wenig Geld hatte, eine kleine Wohnung oder ein altes Auto fuhr. Petra war an mir interessiert. Das machte sie noch viel besonderer für mich. Und hätte mich damals jemand gefragt, hätte ich das ausgesprochen, was ich mir insgeheim gewünscht hatte: Diese Frau würde ich zu jeder Zeit heiraten!

KAPITEL ZEHN

Turbulentes Ende

Auch wenn ich die meisten meiner Schwierigkeiten vor meiner Freundin verbergen konnte und auch wenn wir sehr glücklich miteinander waren, so kam der unausweichliche Absturz. Er kam anders als erwartet. Und er kam nicht mit voller Härte. Aber es reichte, um meine Liebe zu Petra infrage zu stellen und letztlich unsere Beziehung zu zerstören. Aber der Reihe nach.

Ja, wir waren sehr glücklich. Aber es lastete auch auf meiner Freundin viel mehr Verantwortung, als zu der Zeit, in der sie noch mit ihrem Ex das Studio leitete. Ihr war die Arbeit immer wichtiger als ich. Das verstand ich. Es war ihre Existenz und sie trug auch die Verantwortung für ihre Mitarbeiter. Ich unterstützte sie dabei, so gut es ging. Doch immer öfter bemerkte ich, dass sie dann auch ihre Familie und Freunde mir „vorzog". Diese schienen ihr immer wichtiger zu werden und wir hatten weniger Zeit miteinander. Und auch mein Job verschlang mehr und mehr Zeit. Ich war auf Messen, musste teilweise an den Wochenenden arbeiten und war dann gefrustet, wenn sich Petra etwas anderes vornahm, wenn wir Zeit füreinander gehabt hätten. Wir stritten nicht. Ich bettelte nicht um ihre Zeit. Aber ich denke, sie hat meine Enttäuschung oft genug gespürt. Ich hielt das alles aus. Schließlich war sie immer noch die Frau, die ich liebte und wollte. Hätte ich mit ihr darüber reden sollen? Bestimmt! Doch ich tat es nicht. Ich stellte meine Bedürfnisse einfach etwas zurück und behielt auch meinen Ärger darüber für mich. Nach außen zeigte ich immer nur Verständnis.

Dann passierte etwas, was letztlich zu unserer Trennung führte. Ich hatte einen kleinen Autounfall. Nichts Besonderes. Ich bin Nachts bei Regen in einer Kurve einem Tier ausgewichen und dann in die Leitplanke geprallt. Ich rief meinen Vater an, der mich von der Straße zu einem nahegelegenen Feldweg schleppte. Danach fuhren wir an der Polizeistation vorbei, die an dem Samstagabend aber bereits geschlossen hatte und auch am Sonntag war sie nicht besetzt. Mein Vater fuhr mich also nach Hause und ich organisierte am Sonntag ein Auto, damit ich am Montag in die Arbeit fahren konnte. Bei meinem Auto war die Vorderachse so zerstört, dass das rechte Rad fast abgerissen war. Ich hab mir nichts weiter gedacht und wollte am Montag mit einem Polizisten im Studio sprechen, von dem ich wusste, dass dieser zum Training kommen würde. Aber das war schon zu spät. Denn Petra rief mich an und meinte, dass die Polizei im Studio war und ich mich dringend bei ihnen melden sollte. Und ich wusste, dass ihr das extrem unangenehm war! Ich hätte die beiden Polizisten verklagen sollen! Wie kommen die dazu, ins Fitnessstudio zu gehen und danach mir zu fragen? Wieso haben die dann auch noch meine Freundin angesprochen und ihr davon erzählt? Sie wusste ja noch nicht einmal etwas davon, denn an dem Wochenende war sie auf einer Fortbildung und wir hatten uns nicht mehr gesprochen. Egal. Ich hab es nicht getan. Doch die Polizei war der Meinung, ich hätte Fahrerflucht begangen und den Fall der Staatsanwaltschaft übergeben.

* * *

Die Staatsanwaltschaft legte meine Aussage zu meinen Gunsten aus, sodass ich meinen Führerschein behalten durfte, doch auch festgestellt, dass ich hätte sofort den Notruf anrufen und vor Ort auf die Polizei warten müssen. Hätte mir mein Vater ja auch mal sagen können. Haben wir aber beide nicht gewusst und uns falsch verhalten. Somit kam ich dann mit einer Geldstrafe davon und 6 oder 7 Punkten in Flensburg. Ja, und die Geldstrafe konnte ich nicht bezahlen. Ich zögerte es immer wieder raus. Aber ich meldete mich auch nicht bei der Staatsanwaltschaft, um eine Ratenzahlung zu vereinbaren. Ich tat, was ich immer getan hatte: Ich steckte den Kopf in den Sand und überließ alles der Zeit. Und so kam es, dass die Polizei eines Tages wieder bei meiner Freundin im Studio auftauchte und ihr mitteilte, dass sie einen Haftbefehl gegen mich hätten. Einen Haftbefehl??? Wegen was??? Wegen der unbezahlten Geldstrafe.

An dem Abend saßen wir dann gemeinsam bei mir zu Hause und überlegten, was ich tun könnte. Ich war fix und fertig. Alles wurde mir zu viel und ich wusste keinen Ausweg mehr. Und Petra beklagte sich natürlich darüber, warum ich ihr das nicht erzählt hatte. Und warum ich nichts getan hätte, um eine Ratenzahlung machen zu können. Ich fühlte mich wie ein kleines Kind. Und fing dann an, zu erzählen. Immer noch nicht alles, aber über Vieles, das schiefgelaufen war. Und sie war entsetzt darüber. Zu Recht. Und ich sagte dann mit Tränen in den Augen zu ihr: „Es ist besser, wenn wir uns trennen." Ich liebte sie immer noch. Aber ich wollte alles lieber alleine durchstehen, als sie mit in meine Probleme hereinzuziehen. Trotzdem hatte ich gehofft, dass sie mir widersprechen würde. Doch das tat sie nicht. Was sie aber tat war, dass sie die Sachen, die ich für ihre Wohnung gekauft hatte, mir abkaufte und mir noch etwas Geld dazu gab, damit ich diese Geldstrafe bezahlen konnte. Ich fühlte mich so klein. So unbedeutend.

Auch wenn ich noch zwei Wochen danach versucht habe, mit ihr zu sprechen, so hat sie abgeblockt. Es war vorbei. Ich blieb zwar im Fitnessstudio, aber unsere Beziehung war beendet. Und dieses Mal würde es für immer sein.

Tja. Und da stand ich dann. Ich war sauer auf mich selbst, ich war aber auch sauer auf Petra. Ich hatte ihr in ihren schweren Zeiten beigestanden. Hatte alles mitgemacht, ohne Rücksicht auf mich und meine Gefühle – und ihr war es nun peinlich, mit mir zusammen zu sein. Alles, was ich für sie getan hatte, alles, was ich für sie auf mich genommen hatte, zählte nichts mehr. Aber natürlich war ich nicht unschuldig daran. Doch hatte ich darauf gehofft, dass sie mich an die Hand nimmt und sagt: „Komm! Ich steh zu Dir! Wir schaffen das!" Doch dieser Rückhalt war das, was mir immer wieder in unserer Beziehung gefehlt hatte.

Ich ging, wenn auch nicht mehr so oft, weiterhin ins Fitnessstudio und ich ging mit Freunden feiern. Dann lernte ich jemanden über eine Dating-Plattform kennen. Das war zwar nur ein sehr kurzfristiges Intermezzo und eigentlich auch nicht mehr als eine Ablenkung von Petra, aber es zeigte mir, dass ich für die Frauenwelt durchaus attraktiv war. Von diesem einmaligen Wochenende wusste aber niemand. Doch ich begann mich für eine andere Frau zu interessieren. Monika war auch im Fitnessstudio, so alt wie ich und hatte selbst zwei Kinder. Und ich wusste, dass sie sich schon lange für mich interessierte. Das tat sie schon, bevor ich mit Petra offiziell zusammen war. Und dann, kurz vor Weihnachten, kamen Monika und ich tatsächlich zusammen.

Das Blöde war nur, dass sie mit Petra sehr gut befreundet war. Und so hielt diese „Beziehung" auch nur 2 Monate, denn Monika war die Freundschaft zu Petra wichtiger als die Beziehung zu mir. Klar, hätte man sich ja auch denken können, dass es keine gute Idee ist, mit einer Freundin der Ex etwas anzufangen. Hinterher ist man immer schlauer. Ich dachte allerdings, dass Petra nur sauer war, weil sie insgeheim doch noch etwas für mich empfand. Und vielleicht war das auch so. Doch spätestens ab dem Moment war das alles egal. Und mir wurden die Frauen egal. Nicht, dass ich keine mehr hätte haben wollen, aber ich merkte, dass mir an einer ernsthaften Beziehung nichts mehr gelegen war. „Die Frauen haben mich verarscht, jetzt bin ich dran!" Das wurde meine neue Einstellung.

* * *

Und diese neue Einstellung lebte ich dann auch. Kurz vorher sagte eine gute Freundin zu mir (und sie war wirklich nur eine gute Freundin, wir hatten nie etwas miteinander gehabt): „Du bist zu lieb. Du musst mehr Arschloch sein!" Jupp, wenn ihr das so wollt: Das könnt ihr haben! Interessant war dann auch, was mir dieselbe Frau ein halbes Jahr später sagte: „Ich hab dir zwar gesagt, dass du mehr Arschloch sein sollst, aber dass zu solch einem Arschloch werden sollst, habe ich damit nicht gemeint." Versteh einer mal die Frauen.

Die nächste Gelegenheit sollte nicht lange auf sich warten lassen. Auf der nächsten Dorfparty lernte ich Marie kennen. Die Schwester eines Bekannten von mir. Wir tranken einiges und begannen dann heftig miteinander zu flirten. Es wurde klar, dass wir beide mehr als nur knutschen wollten, also fuhren wir zu mir nach Hause und hatten Spaß. Danach ging wieder jeder seiner Wege. Völlig unverbindlich Spaß miteinander zu haben, wo beiden klar war, dass es nicht mehr werden würde. Klasse! Kannte ich noch nicht, war neu in meinem Leben – aber durchaus ein Konzept, an das ich mich gewöhnen könnte! Marie und ich blieben in Kontakt und schliefen immer wieder miteinander.

Ich hatte mir in der Zwischenzeit ein anderes, altes, Auto gekauft, doch auch das ging bald darauf kaputt. Und ich entschied, dass ich – auch aus Kostengründen – ein Auto erst einmal aufgeben und dafür dann in die Stadt ziehen würde, in der ich auch arbeitete. Ich ging also fort. Und Petra sah ich danach nie wieder.

So ganz konnte ich meine neue Einstellung zu den Frauen noch nicht umsetzen. Ich war aber erst einmal „geheilt" und wollte einfach keine neue Beziehung mehr. Ich fand eine schöne große Wohnung für mich, günstiger als die kleine andere Wohnung und richtete mich, wieder einmal, neu ein. Und ich konzentrierte mich nur noch auf meine Arbeit. Da ging ich nun voll und ganz drin auf. Die Arbeit war nicht weit weg von der Wohnung und die neue Stadt war auch ganz ok. Mit dem Umzug verließ ich dann auch mehr und mehr meine alte Clique. Wieder fast alles neu. Wieder keine wirklichen Freunde. Aber das kannte ich ja schon.

KAPITEL ELF

Rückfall zur Liebe und Befreiung

Ich war nun schon einige Jahre in meiner Firma. Ich hatte als Assistent vom Geschäftsführer einen verantwortungsvollen Posten und brachte mich mit meinem ganzen Wissen und Fähigkeiten in die Firma ein. Das sicherte mir den Respekt von meinen Kollegen und unseren Geschäftspartnern. Darüber hinaus wurde ich mit Aufgaben betraut, die mir sehr schmeichelten und mir sehr viel Spaß und Freude bereiteten. Ich übernahm Verkaufs- und Produktschulungen, verkaufte auf Messen und vor allem übernahm ich auf allen Vertriebsmeetings die Moderation. Mit anderen Worten: ich stand regelmäßig im Mittelpunkt und auf der Bühne. Was soll ich sagen? Ich genoss es!

Auch wenn ich oft unbezahlte Überstunden machen musste, so tat ich es mit Freude und Überzeugung. Mir schmeichelte auch die Anerkennung, die ich dafür von allen Seiten erhielt. Ich bezog einen großen Teil der Energie für meine Arbeit aus genau diesem Respekt und Anerkennung. Frauen waren erst einmal kein Thema für mich. Ich war auch viel damit beschäftigt, meine Gläubiger ruhig zu stellen. Aber auch dieses konnte ich weiterhin aufrechterhalten.

Mittlerweile waren schon mehr als 3 Jahre nach meiner Pleite vergangen. Und noch immer schien alles den Anschein zu erwecken, als käme ich damit durch. Klar. Ich hatte kaum Geld. Weit weniger, als mir zur Verfügung stehen würde, wenn ich arbeitslos wäre. Aber ich zahlte, was ging. Nur die Schulden wurden dadurch nicht weniger. Egal. Es lief. Was sollte mich das noch mehr kümmern?

Einige Monate nachdem Petra und ich uns getrennt hatten, fing eine Praktikantin bei uns im Betrieb an. Sie machte gerade eine Umschulung und sollte ein 6-monatiges Praktikum absolvieren. Franziska war sechs Jahre jünger als ich, schien nett zu sein, war den Kollegen gegenüber hilfsbereit und machte einen guten Job. Ich wusste, dass sie eine kleine Tochter hat und sich gerade von ihrem Mann getrennt hatte. Aber sie interessierte mich nicht weiter.

Ich machte weiterhin meine Arbeit und sie ihre. Wir sahen uns zwar täglich, hatten aber wenig Berührungspunkte – und ich einen Haufen Arbeit, den ich bewältigen musste. Eines Tages brauchte ich Hilfe bei der Organisation vom anstehenden Sommerfest unserer Firma. Ich würde wieder durch das Programm führen und auf der Bühne stehen und ich musste alles vorbereiten. Umsatz-Statistiken, erwähnen, wer alles neu dabei war, Prämien ausrechnen für die Vertriebspartner, prüfen, wer weitere Umsatzziele erreicht hat, Urkunden für diverse Ehrungen vorbereiten und vieles mehr. Franziska bot an, mich dabei zu unterstützen. Zumindest konnte sie mir einiges an Kleinkram abnehmen. Dabei kamen wir ins Gespräch und ich nahm sie das erste Mal als Frau war. Sie war kein Modell, aber sie hatte eine sehr attraktive Ausstrahlung. Sprachen wir schon über mein Beuteschema bzw. darüber, dass es das Äußerlich nicht wirklich gab? Daher fiel sie mir erst auf, als wir uns mehr unterhielten.

Es passierte wieder das in mir, was ich eigentlich nicht mehr wollte: Ich begann darüber nachzudenken, dass sie mir echt gut gefiel. Und darüber, dass ich sie näher kennenlernen wollte. Verdammt! Warum nur? Für Sex hatte ich ja immer noch Marie. Und damit war ich eigentlich auch zufrieden. Wieso kamen mir plötzlich wieder solche Gedanken?

* * *

Es ergab sich, dass wir gemeinsam von der Firma aus zum Sommerfest gefahren sind. Es fuhren mehrere von der Firma aus zum Sommerfest, doch sie fuhr mit mir. Und das allein fühlte sich schon wieder so gut an! Während des Sommerfestes hatte ich viel zu tun und konnte nur wenig mit ihr reden. Aber nach dem offiziellen Teil blieb noch genug Zeit und wir lachten viel. Auf dem Heimweg zurück zur Firma sagte Franziska dann: „Ich will noch nicht nach Hause. Es ist noch früh und meine Tochter ist bei ihrem Vater." Darauf schlug ich vor, dass wir noch gemeinsam in eine Diskothek zum Tanzen fahren könnten und das gefiel auch ihr. Hier waren wir dann wirklich das erste Mal allein. Wir tanzten und sie lächelte mich auf eine so strahlende Weise an, dass mir richtig warm ums Herz wurde. Doch auch dieser Abend wurde spät und die Zeit nach Hause aufzubrechen war bald schon da. Zugegebenermaßen war ich auch ziemlich müde, da ich schon früh am Morgen aufgestanden und der Tag sehr anstrengend für mich war.

Als wir dann kurz vor der Firma waren, sagte sie plötzlich: „Ich möchte kuscheln." Was jetzt? Warum sagt man so etwas? Ich blieb cool und antwortete: „Das kannst du ja gleich zu Hause in deinem Bett mit deinem Kuscheltier machen", und lächelte dabei. „Nein. Das möchte ich nicht. Ich möchte richtig kuscheln." Was zum Teufel? Hey! Wir kannten uns kaum und hatten uns erst an diesem Tag etwas mehr miteinander beschäftigt. Und außer einer freundschaftlichen Umarmung zur Begrüßung hatte es nichts gegeben. Und nach diesem Kommentar musste ich auch nicht mehr nachfragen, mit wem sie kuscheln wollte. War ja außer mir keiner mehr da.

Also fuhren wir zu mir. Das war mit etwas peinlich, denn ich war in der Vorbereitung auf das Fest einige Zeit nicht zum Aufräumen gekommen. Warum auch? Ich war ja allein in der Wohnung. Aber sie schien es nicht zu stören. Wir gingen also ins Bett, zogen uns (weitestgehend) aus und kuschelten. Aber Franziska schaffte es tatsächlich noch einen daraufzusetzen: „Aber nur kuscheln! Ich möchte nicht mit dir schlafen!" Scheinbar eine Frau, die wirklich sagt, was sie möchte. Also kuschelten wir. Ja. Kuscheln mit Küssen und Streicheln. Aber sonst blieben wir brav.

Am nächsten Tag fuhr ich sie, nachdem wir gemeinsam gefrühstückt hatten, zurück zur Firma. Muss ich erwähnen, dass ich mal wieder etwas verwirrt war? Meine Güte! Ich bin so anfällig! Da lächelt man mich mal sehr liebevoll an und ich schmelze dahin – und mit mir meine Vorsätze!

* * *

Wir sahen uns jeden Tag in der Arbeit. Doch Franziska und ich begannen auch mehr und mehr nach Feierabend etwas gemeinsam zu unternehmen. Es dauerte nicht lange, da waren wir fest zusammen. Sie wusste, dass ich eine Affäre hatte, aber ich hatte diese mit Marie sofort beendet. Auch Marie nahm es gut auf – wir hatten also tatsächlich nur gemeinsam Spaß und niemand wirkliche Gefühle für den anderen. Was selten vorkommt, wie sich noch in meinem Leben herausstellen sollte.

Und schon wieder war ich im „Liebeskarussell" gefangen. Ich wollte das doch nicht mehr. Aber dieses Mal war es anders. Es war das erste Mal, dass ich eine jüngere Partnerin hatte. Wir gingen viel fort, trafen uns mit Freunden und Kollegen und auch der Sex war anders. Besser. Intensiver. Und häufiger.

Es gab auch kein Verstecken. Jedem war klar, dass wir zusammen waren und wir zeigten das auch. Nur mit ihrer Tochter war es schwieriger. Bei ihr war sie zurückhaltender.

Die meiste Zeit haben wir etwas unternommen, wenn sie nicht dabei war. Sie hing an ihrem Vater und Franziska wollte ihr nicht das Gefühl geben, dass ich diese Rolle nun einnehmen wollte. Hätte ich auch nicht getan. Ich würde auch nie einem Vater sein Kind wegnehmen! Das würde ich bei mir nicht wollen und so behandel ich auch niemand anderen. Aber die Kleine war erst vier Jahre alt und hat das Ganze noch nicht verstanden. Sie mochte mich nicht wirklich, auch wenn ich immer nett und freundlich zu ihr war. Vermutlich lag es daran, dass sie Angst hatte, sie würde meinetwegen ihren Vater oder Mutter verlieren.

Ich ging wieder völlig in meiner Beziehung auf und wollte so viel Zeit mit Franziska verbringen wie möglich. Ich half ihr bei der Renovierung ihrer Wohnung und bei allem, wo sie Hilfe benötigte. Wobei sie sehr eigenständig und auf meine Hilfe nicht angewiesen war. Aber sie ließ mich machen.

Ich verstand mich mit ihren Eltern und ihrem Bruder sehr gut und wir hatten einen gemeinsamen Bekanntenkreis, mit dem wir viel unternahmen. Insgesamt hatten wir eine tolle Zeit. Doch irgendwann sagte mir Franziska, dass sie keine Beziehung mit mir möchte. Ja, sie war verliebt gewesen, doch für mehr reichte es ihr nicht. Ich denke aber, dass ihre Tochter da auch eine nicht ganz unerhebliche Rolle gespielt hatte.

Wir blieben befreundet und hatten immer wieder auch Sex miteinander. Eine „Freundschaft Plus" würde man heute sagen. Oder eigentlich so etwas wie eine „On-/Off-Beziehung". Denn so richtig konnten und wollten wir nicht ohne einander. Und ich genoss das. Ich wollte sie nicht loswerden. Und so kam ich gefühlsmäßig auch nicht richtig von ihr los. Das änderte sich erst, als mir klar wurde, dass eine gemeinsame Beziehung keine Zukunft hätte und auch ich viel besser damit fuhr, wenn es keine Verpflichtung geben würde. Und so konnte ich mich dann emotional von Franziska lösen und danach ging es mir damit auch gut.

Außerdem passierte nun doch das, was ich so lange

herauszögern konnte. Der Faden von meinem Damokles-Schwert riss.

* * *

Meine Eltern und auch mein größter Geldgeber wollten ihr Erspartes zurück. Beide gleichzeitig. Wobei das egal gewesen wäre, denn ich hätte niemandem auch nur einen Teil zurückzahlen können. Ich holte mir Rat bei einem Freund und der vereinbarte einen Termin bei einem Rechtsanwalt, den er kannte. Ich ging zu ihm und berichtete ihm die ganze Geschichte. Er hörte sie sich geduldig an und sagte dann nur: „Aus der Nummer werden Sie nicht herauskommen. Das Beste, dass Sie jetzt tun können, ist eine Selbstanzeige bei der Staatsanwaltschaft zu machen und zu hoffen, dass das positiv für Sie gewertet wird. Ich will Ihnen nichts vormachen. Auf den Tatbestand stehen 1 bis 4 Jahre Gefängnis und für mich sieht es nicht nach einem minderschweren Fall aus." Ein Schock! Gefängnis??? Er versuchte mich etwas zu beruhigen und versprach, sich für mich einzusetzen. Ich sollte alle Unterlagen besorgen, die ich dazu hatte und wir vereinbarten einen weiteren Termin. Er erklärte mir dabei dann, dass ich nicht vorbestraft sei und sich auch das günstig für mich auswirken sollte. Dann setzte er das Schreiben auf und ich fügte mich meinem Schicksal. Es gab noch ein oder zwei Rückfragen von der Staatsanwaltschaft und ich musste noch eine Aussage bei der Polizei machen. Und ich hatte Angst! Furchtbare Angst! Und ich konnte mit niemandem darüber sprechen! Ich schaltete nun vollends in den „Überlebensmodus" und dachte nur von Tag zu Tag.

Dann kam kurze Zeit später ein Brief von der Staatsanwaltschaft mit einem Strafbefehl. Ich las ihn. Ein Jahr Gefängnis mit 4 Jahren Bewährung und Rückzahlung an die Geschädigten in Höhe von 500 Euro monatlich sowie regelmäßige Besuche und Gespräche mit einem

Bewährungshelfer. Wie sollte ich mir das leisten können? Ich war meinen Kindern Unterhalts-verpflichtet und mein Einkommen war nicht so hoch, dass ich das hätte bezahlen können! Also ging ich damit wieder zum Anwalt. Der las sich alles durch und riet mir, den Strafbefehl anzunehmen. Ich müsste nicht in Gefängnis. Doch ich war anderer Meinung. Wenn ich die Auflagen nicht erfüllen würde, müsste ich doch ins Gefängnis und ich wusste, dass ich die Zahlung nicht erfüllen könnte! Doch auch hier beruhigte mich mein Anwalt und sagte, dass die Rückzahlung auch im Ermessen des Bewährungshelfers liegt und mir niemand eine Auflage für eine Bewährung auflegen könnte, die ich von vornherein schon nicht erfüllen könnte.

So kam es dann auch und ich war erleichtert. Endlich war diese riesengroße Last von meinen Schultern genommen worden und ich konnte etwas freier atmen. Durch die, wenn auch reduzierte, Bewährungsauflage war ich dann aber auch nicht mehr in der Lage, meine kleineren Gläubiger zu bedienen. Dafür blieb schlicht und einfach kein Geld mehr übrig. Und somit trudelten Mahnungen und Pfändungen ein und mit dem Gerichtsvollzieher trank ich regelmäßig Kaffee. Auch mein Konto wurde mir mehrfach dicht gemacht, doch mein Bankberater hatte auch dafür eine Lösung: Wir richteten einfach ein Pfändungsschutz-Konto ein und er riet mir, genau wie der Gerichtsvollzieher, dass ich mir Hilfe holen sollte. Doch ich tat das nicht. Ich war der irrigen Annahme, dass ich zu hohe Schulden für ein Insolvenzverfahren hätte und die Schulden meiner drei großen Gläubiger würden aufgrund des Strafbefehls sowieso dort nicht hineinfallen. Also beließ ich es dabei. Aber auch so hatte ich nun „geregelte Verhältnisse." Mir blieb zwar nicht viel Geld, aber das konnte mir auch niemand mehr nehmen. Und ich war einigermaßen frei und musste niemandem mehr davon erzählen. Zwar musste ich regelmäßig zu meinem Bewährungshelfer – und wollte auch in der Arbeit niemandem etwas davon sagen – doch ich fand immer eine

Ausrede, warum ich gerade an dem Tag ein paar Stunden frei brauchte.

Was mich an der Sache am meisten beeindruckte war, wie meine Eltern damit umgingen. Sie erfuhren zwar von mir, dass ihr Geld weg war und dass ich eine Selbstanzeige gemacht hatte, doch sie blieben relativ ruhig und gelassen. Doch ich konnte ihnen und auch meiner Schwester lange Zeit nicht mehr in die Augen sehen. Was war ich nur für ein Sohn und Bruder, der seine eigenen Eltern bestohlen hatte??? Doch trotzdem standen meine Eltern immer zu mir. Sie besuchten mich immer wieder und langsam konnte ich auch hier wieder Hoffnung fassen, dass eines Tages auch dieses ausgestanden sei. Doch auch meine Eltern hätten von dem Geld nicht viel gehabt. Der Grund, warum sie es von mir zurückhaben wollten war, dass sie ihre Wohnung nicht mehr finanzieren konnten und mein Vater seinerseits sehr viel Schulden aufgehäuft hatte. Mit dem Geld wollten meine Eltern einen Vergleich mit ihren Gläubigern aushandeln, doch so mussten sie in die Insolvenz gehen. Zumindest haben sich meine Eltern immer Rat geholt – wenn auch spät. Als das dann überstanden war, wurde auch mein Verhältnis zu ihnen und meiner Schwester besser.

KAPITEL ZWÖLF

Wilde Jahre

Eigentlich hätte ich traurig sein müssen. Eigentlich auch verzweifelt. Finanziell war ich ruiniert und durch meine Vogel-Strauß-Taktik war auch nicht daran zu denken, dass es besser werden würde. Und zudem war eine Beziehung nach der anderen zerbrochen. Man könnte meinen, dass ich auf ganzer Linie gescheitert war. Und so fühlte ich mich auch an vielen Tagen. Doch ich dachte gar nicht daran, aufzugeben. Ich machte immer weiter – egal wie schwer es war.

Meine innerliche Einstellung zu Frauen hatte sich verändert. Ich wollte weiterhin meinen Spaß haben, doch eine Beziehung kam für mich zu der Zeit nicht mehr infrage. Das erste Mal in meinem Leben genoss ich wirklich, dass ich Single war. Ich lernte weiterhin Frauen kennen. So ist mir noch eine bemerkenswerte Begegnung im Kopf hängen geblieben. Ich lernte eine Frau über das Internet kennen und wir schrieben viel, telefonierten häufig und dann verabredeten wir uns. Sie kam aus einer etwa 150 km entfernten Stadt. Das erste Date vereinbarten wir in der Nähe meiner Stadt. Wir gingen etwas essen und danach ins Kino. Anschließend küsste ich sie zum Abschied und sie fuhr nach

Hause. Das nächste Date fand dann in meiner Wohnung statt. Hier hatten wir auch einen schönen Abend und dieser endete in intensivem Kuscheln. Für das Wochenende darauf verabredeten wir, dass ich übers Wochenende zu ihr fahren würde. Gesagt, getan. Ich kam an und wir hatten einen schönen Tag und eine leidenschaftliche Nacht. Doch ich merkte, dass mir das zu eng wurde und ich keine Lust darauf hatte. Also schrieb ich meiner Exfreundin eine SMS mit der Bitte, dass sie mich anrufen sollte. Ich brauchte einen Vorwand, um vorzeitig abzureisen.

Ich fuhr also früher nach Hause als geplant und verabredete mich direkt mit Franziska, um darüber zu reden. Tja, viel geredet haben wir nicht. Wir sind fast direkt wieder im Bett gelandet. Und auch umgekehrt kam es ein paar Mal vor, dass ich ihr „Alibi" war, um aus einem Date zu flüchten. In dieser Beziehung waren wir echt ein Dream-Team.

Ich hatte zu der Zeit immer wieder neue „Bekanntschaften". Frauen, mit denen ich meinen Spaß hatte und mich austoben konnte. Rückblickend kann man fast sagen, dass ich alles genommen hab, was nicht bei drei auf den Bäumen war. Und die, die das geschafft hatten, habe ich mit einer Axt vom Baum geholt. Sinnbildlich gesprochen.

Einmal ist an einem Samstagmorgen eine Frau aus meiner Wohnung gegangen, am Mittag kam eine andere und am Abend kam dann noch eine weitere. Am nächsten Tag hat mich dann mein Nachbar darauf angesprochen, wie das sein könnte. Ich zuckte nur mit den Achseln und lächelte amüsiert: „Ist halt so." Aber das war dann doch die Ausnahme.

Da mein Bekanntenkreis aus ziemlich vielen jungen Leuten bestand, die gerne feierten und ich eine große Wohnung mit überdachter Terrasse hatte, bot ich meist an, bei mir zu feiern. Bedingung war nur, dass man mir am nächsten Tag beim Aufräumen hilft und die Getränke und Essen mitbrachte. Somit musste ich nicht fahren, hatte immer viel Spaß und – das war noch das Beste – irgendein Mädel blieb immer bei mir. Schließlich musste ja wer am nächsten Tag aufräumen. Das war schon eine schöne Zeit.

Außerdem fuhr ich öfter in eine Diskothek – und auch dort waren einige Frauen sehr willig. Und ja, ich habe das ausgenutzt. Ich denke mal, dass die eine oder andere Frau mich gerne wiedergesehen hätte, aber ich wollte nicht. Und wenn man mich nach meiner Nummer gefragt hatte, gab ich eine falsche an. Ich wollte Spaß. Nichts weiter. Witzig war jedoch, dass ich eigentlich nie in einer Diskothek eine Frau direkt angesprochen habe. Entweder ich war mit mehreren Leuten da und man hat sich dazugestellt und mitgeredet, oder mich haben die Frauen angesprochen.

* * *

So ging das immer weiter. Eines Tages lud mich Marie (meine ehemalige Affäre) zu ihrer Geburtstagsparty ein. Ich versprach an dem Abend Musik aufzulegen und ihr bei den Vorbereitungen zu helfen. Klar. Als alles vorbereitet war, stellte sich heraus, dass wir noch genug Zeit hatten bis die Gäste eintreffen würden. Diese haben wir dann genutzt, um ausgiebig unser Wiedersehen zu feiern, wobei allerdings auch ihr Bett zu Bruch ging. Abends kam ein Bekannter auf mich zu und fragte: „Du, meine Freundin würde gerne tanzen. Ich kann das aber nicht. Würdest Du mit ihr tanzen?" Klar hab ich das getan. Dass sie direkt an dem Abend mit ihrem Freund Schluss machen und zwei Wochen später bei mir im Bett liegen würde, damit konnte ja niemand rechnen, oder?

Aber diese Frau hat mich schon wieder gepackt. Juliane rief mich an und war ziemlich aufgelöst. Und so sagte ich ihr, dass sie gerne zu mir kommen könnte, um zu reden. Sie kam dann auch und weinte sich bei mir über ihr „Schicksal" aus. Oh Mann! Warum musste sie auch weinen? Ich kann keine Frau weinen sehen. Zumindest nicht, wenn sie mir sympathisch ist und das war sie. Ich nahm sie also in den

Arm und tröstete sie. Und damit nahm mein Schicksal mal wieder seinen Lauf. Ach ja. Nachdem ich sie getröstet hatte, lächelte sie mich so lieb an. Meine Achillesferse. Weinen ist schon blöd. Lieb und ehrlich anlächeln macht es nicht besser. Und in Kombination bin ich dann voll und ganz fällig. Ich bin so leicht zu haben. Selbst wenn ich es gar nicht will.

Ich blieb etwas mehr als 3 Monate mit Juliane zusammen. Sie war fast jeden Tag bei mir und eigentlich schon fast eingezogen. Aber ich bemerkte, dass ich diese Frau nie wirklich richtig lieben könnte. Juliane war hübsch, ja! Sie verehrte mich schon fast und tat alles, was ich wollte (nicht dass ich das ausgenutzt hätte). Und das gefiel mir auch sehr. So sehr, dass ich ihr nach 2 Monaten einen Heiratsantrag machte – und sie nahm ihn an! Ich denke, dass Juliane mich wirklich liebte. Aber es gab ein Problem: Sie hielt sich selbst für nichts wert. Ihr Selbstbewusstsein war eigentlich nicht vorhanden. Andauernd fragte sie mich, was ich an ihr finden würde. OK, sie war nicht besonders intelligent, aber auch nicht dumm. Und auch körperlich hatte sie immer wieder etwas an sich auszusetzen. Ich konnte das nicht mehr. Ich hab ihr immer gesagt, dass sie hübsch ist, dass sie total lieb ist, sich gut mit allen versteht. Aber sie hatte trotzdem immer wieder gesagt, dass sie mich nicht verdienen würde und sie nicht gut genug für mich sei. Tatsächlich bot sie mir sogar an, Sex mit ihr und einer Freundin von ihr zu haben – und das meinte sie total ernst! Ich gebe zu, dass ich das durchaus spannend gefunden hätte, aber ich konnte das nicht machen. Nicht mit ihr. Mit zwei fremden Frauen wäre es sicher etwas anderes gewesen, aber nicht mit meiner Verlobten!

Ich bemerkte, wie mir Julianes Verhalten und ihr ständiges „an sich selbst Kritisieren" die Energie raubte. Ich bekam heftige Rückenschmerzen und ich wusste, dass das von der psychischen Belastung mit ihr herrührte. Also beendete ich diese Beziehung und warf sie quasi raus. Ich bin dabei so behutsam vorgegangen, wie nur möglich. Ich wollte sie ja nicht verletzen. Aber ich musste mich schützen. Und was soll ich sagen? Sofort waren meine Rückenschmerzen verschwunden. Wieder ein Beweis dafür, dass ich mich auf nichts Ernsthaftes einlassen sollte. Lieber meinen Spaß haben und dann geht jeder seiner Wege. Ja. Und daran hielt ich mich dann auch.

* * *

Im Nachhinein war mir die Geschichte etwas peinlich, denn diese Frau war wirklich nicht sehr attraktiv. Wir hatten also Sex und sie sagte danach: „Du, bitte verstehe, dass du nicht bei mir übernachten kannst, so weit bin ich noch nicht." Ich antwortete nur: „Klar, das verstehe ich. Wir sehen uns", zog mich an und ging schnurstracks wieder in meine Stammkneipe. Innerlich hab ich mich halb tot gelacht. Erst hatten wir Sex miteinander, obwohl wir uns gar nicht kannten und dann „ist sie noch nicht so weit". Mir war es nur recht. Dort wieder angekommen, erntete ich doch von einigen spöttische und fragende Blicke. „Das hast du jetzt nicht wirklich gemacht, oder?", wollte der Wirt wissen. „Doch", sagte ich und grinste. Wie gesagt, ich wollte mich nur austoben.

Natürlich hatte ich nicht mit jedem weiblichen Gast dort was gehabt. Nicht mal annähernd. Mit einigen habe ich mich einfach nur nett unterhalten, was getrunken und gern gefeiert. So auch mit einer jungen Frau. Wir redeten ab und zu miteinander und sie war auch sehr häufig dort. Doch eines Tages tauchte dort eine andere Frau auf und es stellte sich heraus, dass es ihre ältere Schwester war. Auch mit ihr kam ich ins Gespräch. Ich sah Regina bald immer öfter in dem Lokal und ich redete gern mit ihr. Nicht mehr und nicht weniger. Irgendwelche amourösen Gedanken hatte ich nicht an sie. Aber ich bemerkte, dass sie gern lachte und meistens sehr gut gelaunt war.

Irgendwann kam Regina dann mal mit mir vor die Tür unseres Stammlokals, wo ich mit einigen anderen redete und rauchte. Sie nahm mich etwas abseits und fragte mich: „Darf ich deine Nummer haben?" Ich war einigermaßen überrascht: „Wozu willst Du meine Nummer haben?" Ich wollte nichts von ihr und meines Wissens war sie auch verheiratet. „Damit ich dich anrufen kann", antwortete sie. OK, DAS war ein Argument, dem ich mich nicht verschließen konnte. Ich zuckte mit den Achseln und gab sie ihr. Sie schrieb dann ab und zu mal, oder rief mich an. Immer etwas Belangloses bzw. Smalltalk. Es war wirklich nicht oft.

Eines Abends unterhielten wir uns mehr und länger in „unserer" Kneipe. Und da Regina nie Alkohol trank, bot sie an, mich nach Hause zu fahren. Das nahm ich gern an, denn so musste ich mir nicht ein Taxi bestellen. Bei mir zu Hause angekommen, stiegen wir beide aus. Ich wollte mich eigentlich schon von ihr verabschieden, als sie mich fragte: „Darf ich dich mal küssen?" Hallo??? Sie war verheiratet! Doch war das mein Problem? Nein. Ich war ja Single und konnte tun, was ich wollte. Also sagte ich: „Ja, klar." Sie küsste mich lange und dann fuhr sie nach Hause. Ich verstand es nicht, aber es machte mir auch nichts aus. Und ich war sowieso im „Nur-Spaß-Modus". Und den hatte ich so oder so. Aber es kam nun öfter vor, dass sie mich nach Hause fuhr und wir uns zum Abschied in den Arm nahmen und küssten. Zu mir in die Wohnung kam sie allerdings nicht.

* * *

Es war ein Jahr vor Ende meiner Bewährungszeit. Es war Sommer und ich hatte kein Auto. Urlaub kannte ich ja sowieso nicht. Die ganzen Jahre nach der Trennung von meiner Frau hatte ich so wenig Geld, dass ich mir den nie hab leisten können. Also blieb ich immer zu Hause. Für diesen Sommer fragte mich ein Bekannter, ob ich in dem Ausflugslokal, in dem er Koch war, nicht im Service aushelfen wollte. Ich sagte zu und somit war ich in meinem Urlaub immer drei bis vier Tage in der Woche in dem Lokal und schenkte Getränke aus. Auch nach meinem Urlaub habe ich dann an den Wochenenden oft gearbeitet und mir von dem Geld dann einen Roller gekauft. Ich wollte mobil sein, konnte mir aber kein Auto bzw. den Unterhalt für dieses Auto leisten. Als ich noch in dem Lokal nebenbei arbeitete, kam Regina aber auch öfter mal und holte mich von da ab und fuhr mich nach Hause. Das war schon ein netter Service.

Eines Abends sagte sie zu mir: „Mein Mann und die Kinder fahren bald in den Urlaub. Dann kann ich ja auch mal bei dir einen Kaffee trinken." Aha? Also, daher wehte der Wind? Kaffee trinken? Wohl kaum. Sie wollte also ihren Mann „los" sein, bevor sie zu mir kommen würde? Nun, ich tat nichts Unrechtes.

Der Urlaub kam und Reginas Mann war mit den Kindern im Urlaub. Und ziemlich bald dann fuhr sie mich wieder nach Hause und sie kam dann tatsächlich mit zu mir rein. Und weil ich ein anständiger Gastgeber bin, habe ich ihr auch einen Kaffee gemacht. Tatsächlich wollte sie auch einen Kaffee trinken. Aber es war ja eh klar, dass es beim Kaffeetrinken nicht bleiben würde und wir hatten an dem Abend noch Sex miteinander.

Sie hatte zwar ein hübsches Gesicht und ein schönes Lächeln. Sie war etwas fülliger. Nicht dick, aber auch nicht wirklich schlank. Sie hatte einen großen Busen und einen schönen Hintern – jedoch aber, für meinen Geschmack, auch relativ viel Bauch. Ich war immer noch schlank und, auch wenn ich nicht mehr zum Fitness ging, doch noch gut gebaut. Vielleicht hatte ich auch deswegen recht viel Erfolg bei den Frauen. Trotzdem fing ich mit Regina eine Affäre an und wir hatten fortan ziemlich regelmäßig Sex – und ich bemerkte, dass mich ihr Bauch immer weniger störte. Wir behielten diese Affäre auch nach der Rückkehr ihres Mannes aufrecht. So kam sie oft spät am Abend zu mir und fuhr aber auch mitten in der Nacht wieder nach Hause. Trotzdem blieb es nur eine Affäre für mich und ich traf mich auch weiterhin durchaus mit anderen Frauen. Wenn auch nicht mehr so oft.

Irgendwann fragte ich sie, wie sie es schafft, dass ihr Mann keinen Verdacht schöpfte. Regina antwortete mir, dass sie schon lange ohne ihn ausgeht. Und wenn er nach der Arbeit nach Hause kommt, kümmerte sie sich erst einmal um ihn und um die Kinder und sie schlief auch noch ab und zu mit ihm. Eigentlich interessierte mich das aber auch nicht wirklich. Wenn das auffliegen würde, wäre es ihre Angelegenheit und nicht meine.

KAPITEL DREIZEHN

Der Neuaufbau meines Lebens

Über drei Jahre hatte ich nun mehr oder weniger diese Phase, in der ich nur auf mich bezogen war und nur an meinen Spaß dachte. Ich war glücklich damit. Das dachte ich zumindest. Irgendwie merkte ich aber, dass mir etwas fehlte und eben dieser unverbindliche Spaß nicht das war, was ich wirklich bis ans Ende meines Lebens haben wollte. Und ich bemerkte das in meiner Stammkneipe. Denn dort gab es eine Frau, zu der ich mich mehr und mehr hingezogen fühlte. Ich kannte sie gar nicht und wir hatten uns nur ein paar Mal oberflächlich unterhalten. Ich wusste, dass sie Kinder hatte und ich fand sie hübsch. Erwähnte ich schon, dass ich Frauen unglaublich attraktiv finde, wenn sie ein strahlendes Lächeln haben? Und das hatte sie. Ich war auf dem besten Weg, mich zu verlieben — auch wenn ich nicht mal ansatzweise wusste, ob es auf Gegenseitigkeit beruhen würde.

Ich überlegte dann einige Zeit, was ich wirklich wollte. Und ich fand, dass es Zeit wurde, wieder geordnete Verhältnisse in der Liebe zu schaffen. Ich war wieder bereit, mich auf eine Beziehung einzulassen. Meine finanziellen Verhältnisse waren zwar immer noch extrem angespannt und ich hatte mich damit abgefunden, dass sich das auch nie wieder ändern würde, doch es war einigermaßen geordnet (ja, ich weiß: sich nicht um Rechnungen, Mahnungen und Pfändungen zu kümmern ist nicht wirklich geordnet). Es gab in meinem Leben immer nur 3 Säulen: Meine Kinder/Familie, meine Arbeit und eine stabile, glückliche Beziehung. Das waren und sind die drei Säulen, auf denen ich mein Leben aufgebaut hatte bzw. die mir sehr wichtig waren und sind. Und diese eine fehlende Säule wollte ich wieder aufbauen.

Doch bevor ich mich auf eine neue Beziehung einlassen konnte – und ich dachte dabei an diese andere Frau aus meiner Stammkneipe – musste ich erst einmal meine Affäre mit Regina beenden. Ich wollte nichts Neues anfangen, ohne vorher für klare Verhältnisse zu sorgen. Auch wenn es ungewiss war, dass mich diese Frau überhaupt wollen würde und auch wenn es bedeuten würde, erst einmal niemanden an meiner Seite zu haben. Doch ich wollte es so.

Also redete ich mit Regina darüber, dass ich keine Affäre mehr wollte und wir uns darum auch nicht mehr treffen würden. Ihre Reaktion darauf überraschte mich total. Ich merkte, dass es ihr mit dieser Aussage nicht gut ging. Regina sagte zu mir: „Ich mag dich sehr und Du willst mich wegschicken? Warum darf ich nicht einfach glücklich sein?" Oh weh. Hatte sie sich in mich verliebt und ich das nicht bemerkt? Für mich war es nur Sex. Und unsere Gespräche gingen auch nie in die Richtung einer Beziehung. Alles blieb immer oberflächlich und unverbindlich. Auch darum hatte ich nie eine Veranlassung, zu fragen, warum sie ihren Mann mit mir betrog. Es interessierte mich einfach nicht. Es war Sex. Nicht mehr, nicht weniger.

Ich sagte ihr: „Du bist doch verheiratet, hast deine Familie und wirst deinen Mann eh nicht verlassen." Worauf sie dann anfing, zu weinen. Keine gute Idee. Ich wollte sie nicht traurig und schon gar nicht weinen sehen. Also nahm ich sie in den Arm und tröstete sie. Nach einiger Zeit hatte sie sich wieder so weit beruhigt, dass wir weiter reden konnten.

Sie erklärte mir: „Meinen Mann liebe ich schon lange nicht mehr. Er kümmert sich nur um seinen Fußball und danach um seine Freunde. Wir kommen erst danach."

Das kannte ich doch schon irgendwo her. Das ging mir vor einigen Jahren ähnlich. Und mir dämmerte, warum es ihrem Mann nie komisch vorkam, dass sie immer allein fortging und erst spät in der Nacht heimkam. „Und dann ist da noch unsere Eigentumswohnung. Was wird daraus, wenn ich gehen würde? Was wäre mit den Schulden?", sie hatte immer noch gerötete Augen, als sie das sagte. Ich verstand ja, dass sie solche Gedanken plagten, doch ich würde nicht unter solchen Argumenten leiden wollen. Nicht mehr! Und das sagte ich ihr auch: „Ich bin aber für Heimlichkeiten nicht zu haben, verstehst du? Ich verstehe dich und dass du dir darüber Gedanken und Sorgen machst, aber das ist nicht meine Angelegenheit. Du musst wissen, was du willst – und dann auch mit den Konsequenzen daraus leben. Und wenn du das nicht kannst, dann versöhnst du dich am besten mit deinem Mann und bleibst bei ihm, oder du lebst weiterhin so weiter. Doch ich stehe dafür nicht mehr zur Verfügung." Ich wollte das einfach nur noch beenden. Und ich hatte ja an eine Beziehung mit Regina nie einen Gedanken verschwendet. Für mich war immer klar, dass sie nicht mehr als eine zeitweilige Affäre ist.

Sie weinte wieder und ich merkte, dass ihr das alles sehr nahe ging. Sie empfand offensichtlich deutlich mehr für mich, als ich für sie. Tja. Wenn Frauen weinen – da war doch was? Ich bin halt ein sehr mitfühlender Mensch und möchte, dass es jedem in meinem Umfeld gut geht. Und sie war in meinem Umfeld und auch wenn ich nie an eine Beziehung gedacht hatte, so war sie mir doch sehr sympathisch. Es gab ja einen Grund, warum ich sie immer wieder getroffen hatte. Ich konnte nicht anders, als sie wieder in den Arm zu nehmen.

„Würdest Du denn überhaupt eine Frau mit 2 Kindern nehmen?", fragte sie mich. Wieder so eine Frage, die eindeutig in eine bestimmte Richtung zielte. Ich musste aber nicht lange überlegen: „Ja, natürlich! Ich hab ja selbst 2 Kinder. Da kann ich doch nicht erwarten, dass jemand meine Kinder akzeptiert und selbst nur eine Frau suchen, die keine hat. Wir sind in einem Alter, wo ich damit rechnen muss, dass die Frauen, die ich kennenlerne, auch Kinder haben."

Ich war nun erst Recht der Meinung, dass sie ihren Mann nicht verlassen würde. Aber ich wollte sie auch nicht weinen sehen. Also sagte ich zu ihr: „Ich mag dich auch sehr. Aber wenn du deinen Mann nicht verlässt, wird es nichts mehr zwischen uns geben." Hatte ich das gerade wirklich gesagt? War mir klar, worauf ich mich da einlassen würde? Regina antwortete: „Gib mir bitte bis Ende des Jahres Zeit. Ich regel das." Ich war nicht davon überzeugt, aber ich sagte: „Ist in Ordnung. Regel deine Angelegenheiten, dann sehen wir weiter."

* * *

Ich gab also mein Liebesleben in „fremde" Hände. Und ich gab ihr die Zeit. Mir war nicht klar, ob sie wirklich ihren Mann verlassen würde und eigentlich habe ich das nicht erwartet. Für mich blieb der Status also erst einmal bei „Affäre". Doch ich bemerkte, dass ich mich mit dem Gedanken anfreundete, doch mit ihr eine Beziehung zu führen und so waren plötzlich andere Frauen kein Thema mehr. Nach diesem Gespräch schlief ich nur noch einmal mit einer anderen Frau.

Das Jahr neigte sich dem Ende zu und wir planten tatsächlich Weihnachten gemeinsam mit ihren Kindern zu verbringen. Das Problem war nur, dass Reginas Mann noch nichts davon wusste. Dafür aber ihre Eltern, die mit in dem Haus wohnten. Sie vertraute sich ihrer Mutter an, die ziemlich entsetzt darüber war. Zwar hielt sie ihren Schwiegersohn nicht für den besten Mann der Welt, aber dass Regina ihn verlassen wollte, ging ihrer Mutter dann doch zu weit. Ihr Vater war da etwas anders drauf. Er sagte nur: „Wenn du ihn nicht mehr liebst und einen anderen gefunden hast, dann sag ihm das und trennt euch." Und das tat sie dann auch.

Weihnachten kam und Regina verbrachte den Heiligen Abend mit ihren Kindern bei mir. Auch Silvester feierten wir gemeinsam und Anfang Januar zog sie mit den Kindern bei mir ein. Sie hatte es wahr gemacht und ich hatte Wort gehalten. Ich liebte sie zwar (noch) nicht und auch wenn es anders kam, als ich es geplant hatte, so war mein Wunsch nach einer richtigen Beziehung nun doch in Erfüllung gegangen.

In der Zwischenzeit hatte ich aber dann doch dazugelernt. Als klar wurde, dass es Regina wirklich ernst meinte, habe ich sie über meine finanzielle Situation aufgeklärt. Sie wusste, dass ich eine Bewährungsstrafe hatte und hatte mich auch schon zum Bewährungshelfer begleitet. Sie wusste, dass ich pleite war und erhebliche Schulden hatte. Ich wollte nicht wieder eine Beziehung auf Lügen aufbauen. Doch sie wollte mich unterstützen. Alles, was sie tat, zeigte mir, dass sie es wirklich ernst mit mir meinte und mit mir eine neue Familie aufbauen wollte.

Aller Anfang ist schwer, sagt man. Doch irgendwie war es seit dem Moment, in dem sie bei mir eingezogen war, sehr harmonisch. Und auch wenn wir inzwischen wirklich Alltag hatten, waren wir eigentlich sofort ein eingespieltes Team und sie hat mich in allen Belangen unterstützt. Geld hatten wir natürlich wenig. Aber sie bekam ja auch Unterhalt für ihre Kinder und mit dem zusätzlichen Kindergeld hatten wir letztlich mehr Geld zur Verfügung als ich vorher hatte. Und es war endlich wieder jemand da, wenn ich nach der Arbeit nach Hause kam. Jemand, der mich liebte. Ich wusste wieder, was ich in den vergangenen Jahren wirklich vermisst hatte. Dieses Gefühl, dass jemand auf DICH wartet. Jemand, der sich freut, wenn du da bist. All das habe ich richtig genossen. Und auch mit den Kindern lief es richtig gut. Ihr Sohn wurde gerade 4 Jahre und ihre Tochter war 11. Und beide sind mir schon sehr bald ans Herz gewachsen. Auch wenn es am Anfang etwas chaotisch war und wir uns in meiner Wohnung erst einmal auf den Zuwachs einstellen und einrichten mussten, so war es für mich gleich ein Gefühl endlich wieder eine richtige Familie zu haben. Und auch meine Kinder verstanden sich auf Anhieb gut mir ihr und ihren Kindern. Ich war tatsächlich wieder glücklich.

* * *

Es war natürlich nicht alles eitel Sonnenschein. Schon bald hatte Reginas Mann eine neue Freundin und ab dem Moment kümmerte er sich kaum noch um seine eigenen Kinder. Oft sagte er die Besuchswochenenden ab und verbrachte lieber Zeit mit dem Sohn seiner Freundin als mit seinen eigenen Kindern. Und auch der Unterhalt kam nicht immer pünktlich. Als wir ungefähr sieben Monate zusammen waren, trennte sich Reginas Noch-Ehemann von seiner Freundin, kündigte seinen gut bezahlten Job und ging zurück nach Ostdeutschland, wo er keine Arbeit hatte und später nur Hartz-4-Leistungen erhielt. Damit zahlte er auch keinen Unterhalt mehr für seine Kinder und wir erhielten nur Unterhaltsvorschuss vom Jugendamt, was weit weniger war. Aber auch das meisterten wir. Wir hielten zusammen und hatten uns. Ja, und ich lernte Regina zu lieben. Immer mehr. Und wir gingen nach wie vor gemeinsam in unsere Stammkneipe. Dort war man schon einigermaßen überrascht, dass wir nun zusammen waren, aber alle freuten sich auch für uns.

Finanziell gab es aber auch mehr zu regeln. Regina hatte ihre Wohnung verkauft, aber auch sie hatte noch weitere Verpflichtungen. Und in dem Zuge hatte sie dann gehört, dass es in unserer Stadt eine Schuldnerberatungsstelle gab, die kostenlos beriet. Zwar hatte man dort eine längere Wartezeit, doch das war ja nicht mehr das Problem. Sie überredete mich dort einen Termin zu vereinbaren. Ich tat es. Und während ich auf den Termin dort wartete, bekam ich einige „Hausaufgaben" auf. Ich musste jede Menge Unterlagen ausfüllen und Belege suchen. Ich sollte alle meine Schulden zusammenschreiben und auflisten. Das war das erste Mal, dass ich mich wirklich intensiv mit meinen Schulden auseinandersetzte. Ich schrieb, so gut es mir möglich war, alle Schuldner und die Summen auf – und das Ergebnis schockierte mich! Fast 300.000 Euro waren es insgesamt! Wahnsinn! Ich hätte im Leben nicht damit gerechnet, dass es so viel geworden wäre! Es überstieg bei weitem die Summe, dich ich vermutet hätte.

Der Termin kam und ich gab meine ganzen Unterlagen ab. Etwa 45 Gläubiger waren es insgesamt. Das Einzige, an das ich denken konnte, war, dass es für eine Privatinsolvenz zu viele Gläubiger und zu viele Schulden waren. Also rechnete ich auch nicht mit irgendeiner Lösung. Doch es sollte anders kommen.

Die Beraterin in der Einrichtung sah sich die Unterlagen an und fragte mich, ob diese hauptsächlich aus einer geschäftlichen Tätigkeit stammten. Ich erzählte ihr von meiner ganzen Situation und bejahte diese Frage. Daraufhin sah sie mich nur kurz an und sagte: „Eine Privatinsolvenz kommt für Sie nicht infrage." Damit hatte ich ja schon gerechnet, doch trotzdem war es in dem Moment niederschmetternd. Die Schuldnerberaterin war allerdings noch nicht fertig: „Für Sie braucht es eine Regelinsolvenz, nur dafür sind wir nicht zuständig." OK? Was hieß das jetzt? Dass ich doch viel Geld für einen Anwalt brauchen würde? Dann könnte ich eigentlich auch alles so lassen, wie es ist. Gedanklich war ich schon beim Existenzminimum bis zu meinem Lebensende. Doch ich lag schon wieder falsch. Die Schuldnerberaterin gab mir einen Brief mit, indem sie den Sachverhalt kurz zusammenfasste und sagte zu mir: „Stellen Sie beim Insolvenzgericht einen Antrag auf Regelinsolvenz und legen Sie diesen Brief mit bei. Das Gericht prüft dann, ob Sie die Voraussetzungen erfüllen und bestellt einen

Insolvenzverwalter." Ich dankte ihr ganz herzlich und ging wieder nach Hause.

Ich stellte den Antrag und bereits nach kurzer Zeit erhielt ich einen Brief vom Insolvenzgericht, in dem mir ein Insolvenzverwalter zugeteilt wurde. An den sollte ich mich nun wenden. Es folgten einige Termine bei diesem Anwalt und ich gab alle meine Unterlagen ab. Ich musste noch einige nachliefern, aber auch das ist mir dann gelungen. Zwar hatte ich keine wirkliche Ordnung in meinen Unterlagen, aber weggeworfen hatte ich nichts. Und so öffnete ich unzählige Umschläge und beschäftigte mich gezwungenermaßen noch weiter mit all diesen Schulden. Doch nach kurzer Zeit erhielt ich dann wieder Post vom Gericht, indem stand, dass das Insolvenzverfahren eröffnet wurde und jetzt mein Insolvenzverwalter über mein Einkommen und Vermögen verfügt.

Irgendwie fühlte sich das zuerst an wie eine Entmündigung. Und das war es ja auch. Doch schon sehr bald erkannte ich, welche Vorteile das hatte. Zunächst konnte ich mein Bankkonto wieder auf ein normales Girokonto umstellen. Alle Pfändungen wurden zurückgenommen, denn jetzt gab es ja den Insolvenzverwalter, der die Gläubiger bedienen musste. Diese Kleinigkeit war schon eine große Erleichterung. Zwar würde ich keinen Kredit von einer Bank bekommen und manche Verträge würde ich nicht abschließen können, aber das war ja auch vorher schon so.

* * *

Bald darauf endete auch meine Bewährungsstrafe. Ich verabschiedete mich zum Schluss von meinem Bewährungshelfer und dankte ihm für seine Hilfe. Er sagte zum Abschied nur, dass er nie wieder beruflich mit mir zu tun haben wollte. Ich lächelte und versprach, dass das bestimmt nicht mehr passieren würde. Wir hatten viele Gespräche in all den Jahren geführt und er wusste, dass ich nicht wirklich kriminell war, sondern aus Verzweiflung gehandelt hatte. Und es war mir eine Lehre, solche Fehler nie wieder zu machen.

Nun war mein Leben tatsächlich nach sehr, sehr, langer Zeit wieder geordnet. Meine finanziellen Angelegenheiten waren geregelt, meine Strafe gesühnt und ich hatte wieder eine intakte und stabile Beziehung. Alles, was ich mir zuvor habe kaum vorstellen können und jetzt doch Realität wurde. Und auch wenn ich wusste, dass es damit nicht zu Ende war – denn meine drei großen Gläubiger waren ja noch da – so hatte ich doch erst einmal einige Jahre relativer Ruhe vor mir. Solange die Insolvenz lief und ich mir nichts Neues zu schulden kommen lassen würde, wäre alles geregelt. Und es sollte sich sogar noch zum Besseren wenden! Meine Eltern waren schon vor mir in der Insolvenz. Und sie hatten nicht angegeben, dass meine Schulden an sie aus einer strafbaren Handlung kamen. Somit würden diese Schulden auch mit Ablauf der Insolvenz getilgt sein. Und auch der andere Gläubiger tat das nicht! Zwei von drei Gläubigern würden damit wegfallen und nur noch einer bleiben. Aber auch bei dem hatte ich über 60.000 Euro Schulden. Doch das war noch lange hin, bis ich da wieder dran denken musste.

Alles in allem schöpfte ich nach all den Jahren wieder Hoffnung. Ich konnte ein befreites Leben führen. Ich musste keine Angst mehr haben, dass irgendetwas auffliegen würde. Es war geregelt und ich konnte mich voll und ganz auf meine Familie und meine Arbeit konzentrieren. Ich denke, dass sich kaum jemand ein Bild davon machen kann, welch eine Last von mir genommen wurde! Und auch dafür liebte ich meine Freundin! Und auch sie musste in die Privatinsolvenz aufgrund der Schulden, die sie mit ihrem Mann zusammen gemacht hatten. Ihre Insolvenz folgte ein Jahr nach meiner, aber wir waren glücklich und versprachen uns, gegenseitig uns zu unterstützen und zusammenzuhalten. Und mit gemeinsamer Anstrengung konnten wir uns dann auch wieder ein Auto leisten.

KAPITEL VIERZEHN

Eine neue Familie

Wir unternahmen relativ viel dafür, dass wir wenig Geld zur
Verfügung hatten. Und wir verstanden uns alle gemeinsam
sehr gut. Auch meine Kinder waren sehr gerne bei uns. Alles
in allem war es sehr harmonisch. Aber trotzdem hatten wir
auch mal Meinungsverschiedenheiten. Die größte, bei der wir
immer wieder aneinander gerieten war, dass Regina eine
sehr schlechte Beifahrerin war und ziemlich viel kritisierte.
Eines Tages wurde ich so sauer, dass ich rechts ran gefahren
bin und zu ihr sagte: „Steig aus!" Sie sah mich an und ich
wusste, sie war auch sauer. Doch wieder sagte ich: „Steig
bitte aus!" Sie tat es dann. Ich stieg auch aus, ging um den
Wagen herum und stieg auf der Beifahrerseite wieder ein:
„Fahr du. Ich mag mich nicht mit dir ständig deswegen
streiten." Und ab dem Moment fuhr sie dann immer, wenn
wir gemeinsam unterwegs waren.

Unser Leben verlief weiterhin ruhig und entspannt. Wir
hatten viel Sex miteinander und so war es auch nur eine
Frage der Zeit, bis sie mir eröffnete, dass sie schwanger sei.
Wir verhüteten schon längere Zeit nicht mehr, auch wenn
wir es nicht unbedingt auf weitere Kinder abgesehen hatten.

Das war aber auch OK für mich. Und als Regina mir sagte, dass sie ein Kind erwartete, war das für mich eine sehr schöne Ankündigung. Zum ersten Mal nach langer Zeit dachte ich wieder darüber nach, zu heiraten. Wir sprachen darüber, ob sie sich das vorstellen könnte. Und auch sie war nicht abgeneigt.

Wir suchten uns ein paar Ringe aus und ich überlegte, wo und wann ich ihr den Heiratsantrag machen wollte. Ich fand es in unserer Stammkneipe am Passendsten, da wir uns auch dort kennengelernt hatten und einige gute Bekannte dort hatten. Ich nahm also die Ringe mit und wollte ihr dort den Antrag machen. Wir waren dort und ich war aufgeregt. Schließlich setzte ich eine feierliche Miene auf und fing an. Ich sagte ihr, dass ich sie liebe und mit ihr zusammen bleiben möchte. Doch viel weiter kam ich nicht, denn meine Freundin sah mich an und schüttelte den Kopf. Dann flüsterte sie mir ins Ohr: „Nicht hier." OK. Vielleicht nicht das beste Ambiente für einen Heiratsantrag. Also wartete ich auf eine bessere Gelegenheit und einen schöneren Ort hierfür. Allzu lange musste ich nicht warten.

Wir wollten ein gemeinsames Wochenende in Berlin verbringen, um dort eine Show anzusehen. Ausnahmsweise waren ihre Kinder das Wochenende bei Reginas Eltern und wir hatten ein Wochenende nur für uns allein. Also wollte ich ihr dort den Antrag machen – und ich hatte mir auch schon den Ort hierfür überlegt: den Berliner Fernsehturm. Ganz oben. Wir schauten uns also ein paar Sehenswürdigkeiten an und dann sagte ich zu ihr: „Lass uns auf den Fernsehturm gehen und die Aussicht über die Stadt genießen." In dem Fernsehturm gibt es ganz oben ein Restaurant. Dieses war aber immer sehr, sehr gut besucht, was ich nicht wusste. Trotzdem kamen wir irgendwie dahin, setzten uns an die Bar, tranken etwas und redeten. Und dann ging ich auf die Knie und machte ihr den Antrag. Dieses Mal kam es auch für sie überraschend und sie war glücklich. Ja! Besserer Zeitpunkt, besonderer Ort! Gut gemacht!

* * *

Wir heirateten im Sommer im ganz kleinen Kreis. So waren nur ihre und meine Eltern dabei, sowie unsere Kinder. Regina trug an dem Tag das erste Mal, seit dem ich sie kannte, ein Kleid. Sie trug sonst nur Jeans und Blusen oder T-Shirts. Ihr Kleid war ganz schlicht, wobei der kugelrunde Bauch schon besonders hervorstach. Wir feierten noch ein wenig und dann gingen wir wieder heim. Nun hatte ich fast alles, was ich wollte: Eine mich liebende Frau, meine Kinder, die finanziellen Angelegenheiten geregelt und würde bald wieder Vater werden. Alles schien perfekt!

Nicht ganz. Woran wir nicht gedacht hatten als wir heirateten war, dass ab dem Moment das Jugendamt für ihre Kinder keinen Unterhaltsvorschuss mehr zahlen würde. Also hatte ich zwar mehr Gehalt durch die bessere Steuerklasse, aber das wog natürlich nicht den Nachteil des Wegfalls vom Unterhalt auf. Doch hier konnten wir indessen Anträge auf Wohngeld und Kindergeldzuschuss stellen, sodass wir auch das hinbekommen haben.

Regina bekam in der Schwangerschaft Diabetes. Das sollte sich zwar nach der Geburt wieder richten, aber sie musste mehrfach am Tag ihren Blutzuckerspiegel prüfen und sich Insulin spritzen. Das wiederum machte dem Gynäkologen etwas Sorge, denn durch das zusätzliche Insulin bestand die Gefahr, dass das ungeborene Kind schneller wuchs und zunahm als normal üblich. Doch wirklich wissen konnte man das nicht, denn je größer die Babys im Bauch werden, umso schwerer wird eine Bestimmung der Größe und des Gewichts. Also kamen wir nach Rücksprache mit dem Gynäkologen und der Hebamme zu dem Schluss, dass die Geburt zwei Wochen vor dem errechneten Termin eingeleitet werden sollte.

Der Tag der Geburt kam und wir fuhren recht entspannt ins Krankenhaus. Die Geburt wurde eingeleitet und meine

Frau bekam wie geplant die Wehen. Doch irgendwie war mein Sohn der Meinung, dass die Zeit für ihn noch nicht reif wäre. Wenn die Wehe kam, rutschte er tiefer in den Geburtskanal, doch nach der Wehe auch wieder zurück. Das ging über Stunden und Stunden so. Wir kamen um 9 Uhr morgens in der Klinik an und um 5 Uhr am nächsten Morgen konnte meine Frau nicht mehr. Regina sagte nur: „Macht was ihr wollt, aber holt das Kind aus mir heraus!" Ich war ebenfalls die ganze Zeit bei ihr geblieben. Die Ärzte berieten sich und nachdem alles sorgfältig vorbereitet und besprochen wurde, durfte ich auch beim Kaiserschnitt dabei sein.

Und dann war es so weit: Erneut hatte ich einen neuen Erdenbewohner in meinen Armen. Und ich hatte ihn lange. Meine Frau war nach den ganzen Strapazen zu erschöpft, um ihn lange halten zu können – und so trug ich ihn die ersten drei Stunden seines Lebens in meinen Armen. Ein unglaubliches Glücksgefühl erfüllte mich. Auch wenn es im Laufe der nächsten drei Tage ein kleines Problem mit meinem Sohn gab. Er konnte seine Blutzuckerwerte nicht halten, eine Nachwirkung vom Insulin, das sich Regina spritzen musste, doch nach zwei Tagen auf der Kinderstation war er wieder im Normalwert und wir konnten ihn mit nach Hause nehmen.

Kurz vor der Geburt meines Sohnes änderte sich auch etwas in meinem Job. Dieser raubte mir mehr und mehr Energie und ich fühlte mich sehr ausgebrannt. Fast immer Sechs-Tage-Woche, fast immer an die 50 bis 60 Stunden gearbeitet und zudem ging es der Firma auch wirtschaftlich nicht so gut. Die Umsätze brachen dramatisch ein und wir bauten mehr und mehr Personal ab. Und schließlich kam es, wie es kommen musste: Ich erhielt kein Gehalt mehr. Es war einfach kein Geld dafür da. Das war ein erneuter Schlag ins Gesicht! Ich setzte mich so für die Firma ein und nun konnten sie nicht einmal mehr mein Gehalt bezahlen? Wie sollte ich jetzt meine Familie ernähren?

* * *

Zunächst redete ich mit meinem Vermieter über die Situation und er hatte Verständnis dafür. So war es kein Problem, dass ich die Miete aussetzen konnte. Wow! Ich hatte gelernt! Ich hatte über die Schwierigkeiten mit den Menschen gesprochen, die es betraf und sie hatten Einsicht und wollten helfen! Das hatte ich früher nie getan und bin immer vom Schlimmsten ausgegangen. Und auch meinen Insolvenzverwalter habe ich darüber in Kenntnis gesetzt. Trotzdem fehlte natürlich Geld und ich begann meine heißgeliebte CD-Sammlung zu verkaufen. Das brachte überraschend viel Geld, von dem wir erst einmal leben konnten. Doch der nächste Monat war nicht besser! Es gab wieder kein Geld. Nun wurde es doch sehr anstrengend! Ich sprach mit meinem Chef und er versprach, es im nächsten Monat zu zahlen. Wieder überlebten wir den Monat angestrengt und mit knapper Not. Doch dann kam die Kündigung. Mein Job war weg! Ich war fix und fertig! Nicht traurig, sondern einfach leer, ohne Energie.

Das Gute daran war, dass wir jedoch wenigstens Geld vom Arbeitsamt bekamen. Mein ausstehendes Gehalt habe ich aber nie bekommen und die Firma ging in die Insolvenz. 2,5 Monatsgehälter fielen aus. Ich weiß nicht mehr, wie wir das überstanden haben und wir hatten dann auch noch 1.000 Euro Mietschulden, die wieder zurückgezahlt werden mussten. Aber auch das haben wir geschafft.

Ich war erst einmal nicht in der Lage, mir einen neuen Job zu suchen. Ich war zu kraftlos dafür. Lieber beschäftigte ich mich erst einmal mit meinem Sohn, den mir meine Frau geboren hatte. Er war mein größter Schatz, wenn es auch nicht immer leicht war. Ich merkte nun doch, dass ich mit Mitte 30 nicht mehr ein so starkes Nervenkostüm hatte, wie mit Anfang 20. Das konnte zwar auch an der Situation mit meinem Job gelegen haben. Aber ich freute mich über unser gemeinsames Kind!

Nach etwa drei Monaten fing ich wieder an, mich zu bewerben. Doch die Arbeitsmarktsituation in unserer Region war bescheiden. Ich wusste auch nicht so recht, was ich machen wollte. Es vergingen noch 2 weitere Monate mit vielen Absagen. Es gab aber eine Ankündigung, die mich aus diesen Enttäuschungen sofort herausriss und mich absolut freudig stimmte. Regina sagte mir, dass sie wieder schwanger war! Wow! Ich war darüber sehr, sehr, glücklich. Ich wollte nie eine ungerade Zahl an Kindern haben. Entweder 2 oder 4 war meine Einstellung. Und immer mit wenig Abstand, damit die Kinder auch miteinander was anstellen können. Nur kein Nesthäkchen. Ich hatte nämlich in den vergangenen Jahren bereits bemerkt, dass der Sohn meiner Frau ganz anders behandelt wurde als seine große Schwester. Fürsorglicher, ängstlicher. Sie beschützte und bemutterte ihn immer. Ich fand das keine gute Idee für seine Entwicklung, aber sie war halt so. Und ich wollte nicht, dass mein kleiner Sohn so erzogen werden würde.

Eigentlich hätte es diese Schwangerschaft gar nicht mehr geben sollen. Denn Regina wollte sich nach der Geburt von unserem gemeinsamen Sohn sterilisieren lassen. Doch dazu kam es nicht. Er war ja auch erst zwei Monate alt und niemand hätte damit gerechnet, dass sie so schnell wieder schwanger würde. Ich kann mich aber noch gut an die Situation bei der Zeugung erinnern. Wir liebten uns und Regina sagte: „Mach ruhig, es kann nichts passieren." Sie war der Meinung, dass der Zeitpunkt vom Eisprung schon lange genug her war und sie nicht schwanger werden könnte. Da hatte sie sich wohl verrechnet. Mir war es mehr als Recht! Ich bekam wieder, was ich wollte. Noch ein Kind.

KAPITEL FÜNFZEHN

Aufbruch in ein neues Leben

Die Jobsuche blieb anstrengend und nicht erfolgreich. Das war etwas frustrierend. Ich wusste viel, hatte sehr viel Berufserfahrung in verschiedenen Branchen, jedoch keine akademische Ausbildung. Nicht studiert und auch wenig Referenzen über Weiterbildungen. Was schlicht daran lag, dass ich mir alles selbst beibrachte, was mich interessierte. Und mit der nun doch sehr großen Familie benötigte ich auch einen Job, der uns alle ernähren könnte. Dass Regina mitarbeiten würde, daran war wegen des Kleinen und ihrer Schwangerschaft nicht zu denken. Und ihr wisst ja mittlerweile, dass ich meine Hauptaufgabe in der Familie darin sehe, diese zu ernähren.

Dann erhielten wir eine Einladung von der besten Freundin meiner Frau – nach Bayern. Die beiden kannten sich seit ihrer gemeinsamen Ausbildung und hatten wenig persönlichen Kontakt, da die Entfernung von knapp 700 km doch ein ordentliches Hindernis war. Aber wir freuten uns und ich konnte neue Leute kennenlernen. Außerdem war es eine mehr als willkommene Abwechslung, um mal ein paar Tage herauszukommen und etwas anderes zu sehen. Kurz bevor wir hinfuhren, fragte mich Regina: „Wie wäre es, wenn wir auch nach Bayern ziehen würden?" Ich war völlig überrascht! Meine Frau hing sehr an ihren Eltern und ihrer Schwester. Ich hätte mir nie vorstellen können, dass sie einen Umzug in eine andere Gegend auch nur in Erwägung ziehen würde! Ich fragte darauf zurück: „Bist du sicher, dass du nach Bayern ziehen würdest? Da hätten wir niemanden, bis auf deine Freundin, die wir kennen und deine Eltern wären auch sehr weit weg!" Doch sie antwortete nur, dass sie gerne mal etwas anderes sehen wollte und es sich sehr gut vorstellen könnte in Bayern zu leben.

Wir fuhren also zu ihrer Freundin und als wir dort waren, haben wir auch über die Arbeitsmarktsituation dort gesprochen. In Bayern war diese deutlich besser. Es gab genügend Jobs. Also beschloss ich mich noch von dort aus auf ein paar Jobs zu bewerben. Es war eine schöne Zeit dort. Und für mich war es ein Gefühl, als wenn ich dort hingehören würde. Alles war so vertraut. Das lag auch daran, dass wir als Kinder sehr häufig Urlaub in Bayern und Österreich gemacht hatten. Und ich mochte die Mentalität der Menschen dort.

Kaum waren wir wieder zu Hause, rief ein Unternehmen an, bei dem ich mich beworben hatte. Sie wollten mich kennenlernen und mich zu einem Vorstellungsgespräch einladen. Ich war schon positiv überrascht davon. Doch wieder fragte ich Regina: „Wenn das klappen sollte, willst du WIRKLICH nach Bayern gehen?" Und sie sagte einfach: „Ja." Also vereinbarten ich ein Vorstellungsgespräch mit dem Unternehmen. Ich sprach mit meinem Berater beim Jobcenter darüber und er sagte die Kostenübernahme für den Weg dahin zu. Und die günstigste Möglichkeit dahin zu kommen, war mit dem Flugzeug. Witzig. Ich bin noch nie zu einem Vorstellungstermin geflogen. Wieder eine neue Erfahrung.

Ich bekam den Job. Und damit würde es eine weitere große Veränderung geben. Es war Frühjahr, Mitte März, als ich den Job antreten sollte. Daher beschlossen wir, dass ich erst einmal allein nach Bayern gehen würde und Regina und die Kinder im Sommer nachkommen sollten. Ihre Kinder sollten nicht mitten im Schuljahr wechseln. Außerdem mussten wir ja noch eine Wohnung suchen und alles organisieren. Und das tat ich von Bayern aus. Also nahm ich mir erst einmal eine günstige Pension vor Ort und begann meinen neuen Job. Und auch für diese Mehrkosten bekamen wir die Unterstützung vom Arbeitsamt. Diese sagten sogar die Umzugskosten zu, sofern wir innerhalb von 8 Monaten nach Antritt der Arbeit umziehen würden. Aber das war ja sowieso der Plan. Als ich dann wirklich nach Bayern fuhr, überkam mich eine eigenartige Euphorie. Als ich das erste Mal die Alpen sah, war es für mich, als käme ich nach Hause. Ich fühlte mich angekommen. Das hatte ich bei einem Umzug noch nie zuvor erlebt.

Es ergab sich, dass mir der Job zwar Spaß machte, ich verkaufte nun Webseiten für eine Internetagentur, doch einige Zusagen wurden nicht eingehalten. So sollte ich einen Firmenwagen bekommen, mit dem ich die Kunden besuchen sollte. Doch dieser kam nicht und ich musste mit meinem privaten Fahrzeug fahren. Immer wieder wurde ich vertröstet. Das war ein wirkliches Problem, denn meine Frau hatte zu Hause kein Auto und musste alles zu Fuß erledigen. Außerdem war ich mit der Art und Weise, mit der die Webseiten verkauft wurden, nicht einverstanden. Auch wenn das Produkt sehr gut war und der Preis auch angemessen, so war ich mit dem Vertrieb ganz und gar nicht einverstanden. Und deshalb kündigte ich den Job nach zwei Monaten wieder. Das sagte ich meiner Frau aber erst, als ich es getan hatte.

Jetzt musste ich mich erneut mit dem Arbeitsamt herumschlagen und mir erst einmal einen neuen Arbeitgeber suchen. Doch nach etwa 6 Wochen fand ich dann einen neuen Job in einem grundsoliden und jahrzehntelangem Familienbetrieb. Nur leider im Handel. Also richtig blöde Arbeitszeiten. Und das ganze noch in einem sehr anspruchsvollen Bereich, in dem ich mich mal wieder überhaupt nicht auskannte. Irgendwie „perfekt" für mich. Wieder etwas Neues lernen, wieder mein Wissen erweitern und eine neue Herausforderung angehen. Und bis auf die Arbeitszeiten freute ich mich auf diese neue Aufgabe.

* * *

Regina und ich suchten gemeinsam nach Wohnungen. Sie von zu Hause, ich von Bayern aus. Und es gab dann zwei Wohnungen, die infrage kamen. Eigentlich keine Wohnungen. Es waren beides Häuser. Schließlich brauchten wir viel Platz für unsere Kinder. Ohne dass meine Frau die Häuser live gesehen hatte, entschied sie sich für das Haus weiter auf dem Land. Es war zwar älter als das andere und das Dorf war kleiner, aber es sagte ihr von meinen Erzählungen und den Bildern her mehr zu. Also nahmen wir dieses Haus. Und die Gegend war wirklich sehr schön. Allein der Blick in die Berge war es wert, dorthin zu ziehen. Ich hatte von dort zwar etwa 40 km in die Arbeit zu fahren, aber dafür war es sehr günstig und es bot reichlich Platz für uns alle.

Der Sommer kam langsam und wir organisierten den Umzug. Auch hier musste meine Frau fast alles allein machen. Alles einpacken und vorbereiten. Aber sie beklagte sich kaum darüber. Ich organisierte das Umzugsunternehmen und sprach alles mit ihnen ab. Unser kleiner Sohn war während der letzten Phase bei meinen Eltern, damit hatte es meine Frau etwas leichter. Darüber hinaus stellte sich heraus, dass ihr größerer Sohn, der erst in der alten Heimat eingeschult worden war, Schwierigkeiten hatte, in der Schule mitzuhalten. Also beschlossen wir, dass er einfach noch einmal in der neuen Schule eingeschult werden würde. Somit hatte er zweimal das Vergnügen, mit Schultüte und allem drum und dran eingeschult zu werden.

Als das Umzugsunternehmen kam, war ich meinerseits allein. Die Möbelpacker trugen zwar alles in die Wohnung, aber ich musste dann alles aufbauen und weitestgehend schon einmal einräumen. Dabei stellten sich zwei Probleme heraus: Zum einen war unser Schlafzimmerschrank zu hoch für den Raum, denn in dem Haus waren die Zimmerdecken sehr niedrig. Damit hatte ich nicht gerechnet. Und zum Anderen hatte ich unser Bett beim Zusammenbau zerstört. Nun ja. Somit hätten wir dann mal ein paar neue Schränke und ein neues Bett.

Regina kam zwei Tage später mit ihren beiden großen Kindern an und meine Eltern kamen mit unserem kleinen Sohn einen Tag später an, um uns zu unterstützen und zu helfen. Ich war meinen Eltern sehr dankbar dafür. Sie blieben eine Woche und fuhren dann wieder nach Hause und unsere mittlerweile ziemlich große Familie war wieder vereint.

Anfang September kamen dann die Kinder in die Schule und Ende September war dann das nächste Großereignis für mich. Die Geburt meines vierten Kindes. Es wurde wieder ein Sohn. Und es war eine geplante Geburt, denn meine Frau hatte bei der Geburt unseres ersten Sohnes schon einen Kaiserschnitt und auch bei ihrer Tochter. Somit war klar, dass unser Sohn auch durch einen Kaiserschnitt zur Welt kommen würde. Und das in Bayern. Wir verstanden uns auf Anhieb gut mit dem Krankenhauspersonal und fühlten uns dort auch gut aufgehoben. Das war mit Sicherheit die entspannteste Geburt für mich, auch wenn ich natürlich auch hier aufgeregt war.

Alles verlief gut und ich hielt nach kurzer Zeit meinen Sohn in den Armen. Regina und ich hatten vorher mit dem Arzt besprochen, dass er im Zuge des Kaiserschnitts auch gleich die Sterilisation machen sollte und so war meine Frau noch einige Zeit länger im OP. Und ich hielt meinen jüngsten Spross im Arm, bis seine Mutter kam und ihn kurz hielt. Sie sah so glücklich, aber auch müde aus. Ich küsste sie und nahm ihr unseren Kleinen wieder ab, damit sie sich ausruhen konnte und somit hatte ich auch ihn die ersten Stunden seines Lebens für mich allein. Meine Welt war ziemlich perfekt. Was hätte ich mir auch noch mehr wünschen können? Wir hatten ein großes Haus in einer traumhaften Gegend, einen Job, der mir Spaß machte und waren eine glückliche Familie.

* * *

Leider war es nicht ganz so perfekt. Ich hatte zwar gewusst, dass ich meine großen Kinder – die mitten in der Pubertät waren – nun nicht mehr so oft sehen könnte, aber ich dachte nicht daran, dass ich sie gar nicht mehr sehen würde! Wir telefonierten zwar öfter und ich bot ihnen immer wieder an, die Zugfahrt oder den Flug zu uns zu bezahlen, doch es kam nie dazu. Regina war der Meinung, dass wir nicht hinfahren sollten. Das würde zu teuer und umständlich sein, da unser Auto für sechs Personen zu klein sei. Mit dem Zug wäre es noch viel umständlicher geworden. Und so wurde der Besuch meiner Kinder immer wieder verschoben. Auf die nächsten Ferien und immer weiter. Das bedrückte mich dann schon sehr, denn ich vermisste die beiden heftig. Ich fühlte mich schuldig, dass ich sie zurückgelassen hatte. Ich hatte allerdings auch den Eindruck, dass meine Exfrau einen großen Einfluss daran hatte, dass sie nicht zu mir kamen. Dieser Eindruck wurde aus mehreren Gesprächen mit meinen Kindern noch verstärkt, denn sie fragten mich plötzlich Sachen aus der Vergangenheit, die ihnen nur ihre Mutter erzählt haben konnte und bei denen ich nicht wirklich gut wegkam. Doch ich wollte kein Öl ins Feuer gießen und ihre Mutter auch nicht schlecht machen. Also sagte ich dazu nur, dass sie sich meine Version der Geschichte auch mal anhören sollten.

Beruflich lief es dagegen sehr gut. Nach 5 Monaten im neuen Job bot man mir eine andere Stelle im Unternehmen an. Ich sollte Abteilungsleiter außerhalb vom Verkauf werden. Hier hatte ich dann ein festes Einkommen und war nicht mehr abhängig von der Verkaufsprovision und hatte deutlich bessere Arbeitszeiten. Außerdem beinhaltete der

Posten auch noch einen Firmenwagen, sodass wir wieder zwei Autos zur Verfügung hatten. Er war zwar mit viel mehr Verantwortung verbunden und kostete auch viel mehr Kraft, doch dafür hatte ich mehr Zeit für meine Familie, was ein guter Ausgleich war.

Eineinhalb Jahre nach unserem Umzug nach Bayern verstarb mein Stiefvater. Er sollte eine neue Herzklappe bekommen und bereitete sich auf die bevorstehende OP vor. Eigentlich eine Routineoperation, bei der relativ wenig Schwierigkeiten erwartet werden durften. Die OP verlief auch gut. 4 Tage danach telefonierte ich mit meinem Vater und er sagte mir, dass er sich schon sehr lange nicht mehr so gut gefühlt hatte. Er durfte schon nach 2 Tagen von der Intensivstation herunter und auch mit meiner Mutter im Garten vom Krankenhaus spazieren gehen. Drei Tage später rief mich dann meine Mutter an und sagte, dass mein Vater gestorben sei. Ich war entsetzt. Wieso auf einmal? Es ging ihm doch so gut!? Er hatte plötzlich Schüttelfrost und kalte Schweißausbrüche bekommen und sollte dann noch einmal operiert werden und dabei ist er dann gestorben. Meine Schwester erzählte mir später, dass er das schon geahnt haben musste, denn er hatte vor seiner OP alle Versicherungsunterlagen und alles was wichtig gewesen ist, sortiert. Und wer meinen Vater kannte weiß, dass auch er es mit der Ordnung seiner Unterlagen nie wirklich genau genommen hatte.

Komischerweise war ich nicht wirklich traurig. Ich empfand eigentlich nichts. Es war, als ob man mir gesagt hätte, dass ein entfernter Verwandter gestorben wäre, mit dem man wenig zu tun gehabt hatte. Ich empfand eher Mitgefühl mit meiner Mutter, die sich ihr Leben lang auf ihren Mann gestützt und nie wirklich lange alleine gelebt hatte. Mein Vater hatte immer alles organisiert. Sie war immer „nur" Hausfrau und Mutter gewesen. Und nun musste sie von heute auf morgen alles selbst regeln. Meine Schwester half ihr dann dabei, ihr Leben wieder selbst in die

Hand zu nehmen und regelte mit ihr gemeinsam die Beerdigung und alles darum herum. Meine Schwester ist in unserer Familie überhaupt das verbindende Element. Ich denke, dass sie der liebste Mensch ist, den man sich vorstellen kann. Es ist etwas sehr Besonderes einen solchen Menschen als Tochter und Schwester haben zu dürfen.

Ich überlegte lange, ob ich zur Beerdigung fahren sollte. Denn einerseits empfand ich immer noch nichts und andererseits wollte ich nicht mehr die Leute aus der Religionsgemeinschaft sehen, die ich vor Jahren verlassen hatte und in der meine Eltern noch immer tief verwurzelt waren. Ich wollte auch nicht mehr auf die Eltern meiner Exfrau treffen und auch nicht auf all die anderen, die mir nicht zugetraut hatten, dass ich noch einmal wieder auf die Beine kommen würde. Also beschloss ich, nicht zu fahren. Bei meiner Schwester und Mutter redete ich mich damit heraus, dass ich kein Geld hätte um zu fahren und so blieb ich zu Hause. Bis heute habe ich kein schlechtes Gewissen deswegen – auch wenn ich mir durchaus vorstellen kann, dass mich deswegen einige Leute verurteilen.

Ich habe grundsätzlich ein Problem mit Todesfällen. Ich war zwar auf der Beerdigung meines Großvaters, aber danach nie wieder auf einer. Als meine geliebten Omas gestorben sind, blieb ich der Beerdigung jeweils fern. Ich trauerte auch nicht wirklich. Ich denke, der Tod, der mir am meisten nahe ging, war der meiner kleinen Schwester, auch wenn ich an sie keine Erinnerung habe. Und auch heute noch geht mir der Tod von Kindern nahe. Der von Erwachsenen weniger. Habe ich in dieser Hinsicht keine Empathie? Ich weiß es nicht. Vielleicht wäre das anders bei einem Menschen, den ich wirklich liebe und der mir zum Zeitpunkt seines Todes auch nahesteht. Doch möchte ich das nicht erleben! Weder bei meinen Kindern, noch bei meiner Schwester! Und mehr Menschen gibt es nicht, die mir so am Herzen liegen.

KAPITEL SECHZEHN

Es geht dem Ende zu

Bis auf die Tatsache, dass ich meine großen Kinder über Jahre nicht gesehen hatte, ging es mir gut. Ich war mit meiner Familie angekommen, ich war glücklich und hatte meine Ruhe. Und auch in meiner Insolvenz ging es auf das Ende zu und ich hatte mir in all der Zeit nichts mehr zuschulden kommen lassen.

Hin und wieder kam es zu Meinungsverschiedenheiten mit Regina. Sie beklagte sich einige Male, warum wir nicht in den Urlaub fahren würden. Na ja, zum einen, weil wir dafür schlicht kein Geld hatten und zum anderen: Wir lebten doch dort wo andere Urlaub machten! Wir fuhren regelmäßig an Bayerns größten See oder in die Berge. Ja, wir waren abends dann immer zu Hause, aber warum nicht? Es gab noch so viel in Bayern zu erkunden, wo wir noch nicht waren. Sie gab sich immer wieder damit zufrieden.

Was ich jedoch erst später erkannte war, dass immer, wenn wir einen Ausflug machten, sie die Arbeit mit der Vorbereitung hatte und dann auch wieder Essen kochen und putzen musste. Ich denke, sie wollte einfach mal weg und nichts tun müssen. Einfach mal raus, entspannen und nichts tun müssen. Aber wir hatten wirklich kein Geld dafür – auch wenn ich es ihr wirklich gern ermöglicht hätte.

Der Job brachte mich auch an meine Grenzen. Es war sehr kräftezehrend und anstrengend und ich merkte, dass ich diesen nicht bis zur Rente machen könnte. Ich war in der Abteilung auch im Fadenkreuz von so ziemlich jedem. Vom Verkauf, von den Kunden, von unseren Monteuren und von meinem Chef. Es gab so viele Baustellen, dass ich unmöglich alle bewältigen konnte. Und so konzentrierte ich mich auf die am heftigsten lodernden Feuer und wartete bei den anderen Baustellen so lange, bis auch diese brannten. Ich konnte einfach nicht mehr schaffen. Und gefühlt bekam ich auch nie wirkliche Unterstützung. Ich brannte auch hier langsam aus. Genau wie mein Vorgänger. Trotzdem setzte ich mich weiter ein und tat, was ich konnte.

Zu Hause hatte ich dann auch ein Hobby. Eigentlich hatte ich das schon immer. Ich spiele gern. Nein, kein Glücksspiel oder Casino. Ich spiele gern Computerspiele. Schon seit ich meinen ersten Computer bekam. Ich war nicht wirklich süchtig, aber ich verbrachte schon gern Zeit damit. Ich denke, dass ich in dieser Beziehung wirklich ein „Peter-Pan-Syndrom" habe, wie ich es selbst immer nenne: Ich will mir meine Kindheit ein Stück weit bewahren und nicht in allem immer erwachsen sein. Natürlich bin ich erwachsen, aber ein Stück weit bleibt da immer das kleine Kind in mir, der Schelm, der Junge, der einfach nur mal spielen will und neugierig ist. Und ich hoffe, dass ich mir das für immer erhalten kann.

Regina allerdings hatte eigentlich kein wirkliches Hobby. Und das war ab und zu auch ein Problem. Ich wollte am Computer spielen und sie störte es, dass ich meine Zeit nicht anders verbrachte. Ich sagte ihr, dass sie sich doch ein Hobby suchen sollte. Aber sie wollte nicht. Das kam erst später, als sie die Welt von Facebook entdeckte. Das heißt nun nicht, dass wir keine Zeit gemeinsam verbrachten, im Gegenteil. Doch meistens sahen wir nur gemeinsam fern, gingen spazieren oder kuschelten. Manchmal gingen wir auch aus. Doch richtig feiern, so wie früher, gingen wir nicht mehr. Klar, die Kinder waren zu jung, um sie allein zu lassen und Reginas große Tochter war selbst mehr an Feiern interessiert, als zu Hause auf ihre Geschwister aufzupassen und ihrem Sohn traute sie nicht zu, auf die kleinen Geschwister aufzupassen.

Also blieben wir mehr und mehr zu Hause. Und etwas veränderte sich. Meine Frau wollte meistens, dass ich mit den Jungs rausging, damit sie in Ruhe den Haushalt machen konnte. So war ich oft das ganze Wochenende mit den beiden Kleinen draußen und kam nur zum Essen nach Hause. Ich brachte die Jungs auch jeden Abend ins Bett. Es gab immer das gleiche Ritual und ich sang ihnen immer das Gleiche vor – und sie genossen es. Aber so oft ich Regina darauf ansprach, dass sie mitkommen sollte, um gemeinsam Zeit mit den Kindern zu verbringen, so oft kam die Antwort: „Ich kümmere mich die ganze Woche um die Kinder – jetzt will ich in Ruhe etwas tun." Ja, mir war schon klar, dass wir uns dabei entfremdeten. Aber ich konnte auch nichts dagegen tun. Auch dass wir gemeinsam essen gingen, kam nun immer seltener vor. Und auch der Vorschlag, dass wir wenigstens einmal im Monat zusammen fort gingen, wurde kaum in die Tat umgesetzt. Und so wurden unsere gemeinsamen kurzen Spaziergänge am Abend auch immer seltener.

Weitere Sorgen holten mich wieder ein. Meine Insolvenz ging zu Ende und ich erhielt die Restschuldbefreiung für alle meine Schulden, bis auf die von meinem größten Gläubiger. Das war sehr positiv, denn es bedeutete zunächst einmal eine große Befreiung. Doch nicht für lange, denn schon bald meldete sich der Anwalt des Gläubigers und es kam wieder eine Lohnpfändung. Nicht besonders toll, aber zu holen gab es bei mir aufgrund der Familienumstände nicht viel.

Außerdem wurde ich eines Tages ins Büro von meinem Chef gerufen. Er sagte mir, dass er einen neuen Verkaufsleiter eingestellt hatte. Dieses fasste ich allerdings sehr positiv auf, denn nachdem der alte Verkaufsleiter gekündigt hatte, herrschte bei den Kollegen im Verkauf das pure Chaos. Jeder machte gefühlt, was er wollte und nicht, was er sollte. Es würde wieder Ordnung in den Laden kommen. Und das passierte auch. Aber unser neuer Verkaufsleiter war viel mehr als das. Er sollte im ganzen Betrieb für Ordnung sorgen und so wurde ich bald danach wieder ins Büro gerufen. Nun sagte man mir, dass die Stelle, die ich innehatte, aufgelöst werden sollte. Und nachdem auch bei mir so viel Chaos geherrscht hatte, sagte man mir, dass ich zwei Möglichkeiten hätte: entweder ich suche mir einen anderen Job oder ich gehe wieder in den Verkauf. Ich war echt entsetzt und konnte erst einmal gar nichts dazu sagen und bat mir Bedenkzeit aus.

* * *

Zunächst redete ich mit dem Verkaufsleiter. Ich ging davon aus, dass die Idee, meine Stelle aufzulösen, von ihm kam. Bis heute weiß ich nicht, ob das tatsächlich so war, aber ich denke, er hatte in jedem Fall einen großen Anteil daran. Ich fragte ihn daher, ob er wirklich WILL, dass ich bleibe und ob er mich wirklich unterstützen würde, wenn ich wieder in den Verkauf ginge. Und er erklärte mir glaubhaft, dass er mich nicht loswerden wollte und mich im Verkauf auch unterstützen würde. Ich sagte ihm noch einmal eindringlich, dass ich auf jeden Fall gehen würde, wenn ich nicht seine Unterstützung in dieser Angelegenheit bekäme. Und wieder sicherte er sie mir zu. Und er hielt sich auch daran.

Zu Hause sprach ich dann mit Regina darüber. Ich sagte ihr, was vorgefallen war und wollte mit ihr besprechen, ob ich gehen oder bleiben sollte. Scheinbar hatte sie mir nicht wirklich dabei zugehört, denn später warf sie mir vor, dass ich diese Entscheidung alleine getroffen hätte. Tatsächlich sagte sie mir: „Du musst tun, was du für richtig hältst. Wenn du da bleiben möchtest, dann tu das. Aber du musst auch daran denken, dass wir die Kinder durchbringen müssen. Und ich will nicht schon wieder von den Ämtern abhängig sein." Damit war für mich klar, dass ich in der Firma bleiben würde und das sagte ich dann auch meinem Chef und dem Verkaufsleiter. Die beiden waren sichtlich erleichtert, dass ich blieb.

Natürlich brachte das wieder große Veränderungen mit sich. Ich war wieder im Verkauf und hatte somit auch andere Arbeitszeiten – und musste auch jeden Samstag arbeiten. Dafür erhielt ich zwar einen anderen freien Tag, aber ein zusammenhängendes Wochenende gab es nicht mehr. Und auch die Kinder konnte ich daher nur noch an drei bis vier Tagen in der Woche ins Bett bringen, statt jeden Tag. Außerdem bedeutete das, dass ich nun nur noch ein sehr geringes Festgehalt hatte und von den Verkaufsprovisionen abhängig war. Jeden Monat aufs neue. Jeden Monat, mit der Ungewissheit, wie viel Geld ich nach Hause bringen würde. Das war zudem eine nicht zu unterschätzende psychische Belastung.

Andererseits wurden mir von einem Tag auf den anderen die Sorgen genommen, die ich vorher immer hatte. Ich war nur noch für mich verantwortlich in der Firma und nicht mehr für alles und jeden. Das war eine sehr große Befreiung für mich. Und so bin ich immer noch der Meinung, dass es das Beste war, was mir passieren konnte – und im Nachhinein dankbar dafür, dass es so gekommen ist.

Nach kurzer Zeit lief es dann auch von den Umsätzen her gut und ich verdiente mehr Geld, als zuvor. Davon hatte ich jedoch nicht allzu viel, da ja immer noch die Lohnpfändung meines Gläubigers lief. Und ja, auch privat ging es durch diesen Wechsel nicht besser. Regina beklagte sich mehr und mehr, dass sie alles alleine machen müsse und ich kaum noch Zeit für sie und die Kinder hätte. Doch eigentlich hatte sie mich genauso kennengelernt. Ich war schon immer viel am Arbeiten gewesen und auch damals hatte ich teilweise die Wochen durchgearbeitet, besonders wenn Messen anstanden. Ich war auch damals lange in der Arbeit gewesen. Doch jetzt störte sie es mehr und mehr und wir stritten auch öfter. Denn ich war nicht mehr der Meinung, mir alle Vorwürfe gefallen lassen zu müssen und argumentierte dagegen. Und auch ums Geld ging es öfter. Meine Frau veränderte sich in den Jahren und wurde unzufriedener. Ich weiß nicht mehr genau, wann das anfing oder woran es lag. Ich habe immer versucht, der gleiche liebevolle und fürsorgliche Kerl zu sein, der ich schon immer war und bemühte mich um meine Ehe, im Rahmen meiner Möglichkeiten. Leider konnte ich ihr nicht jeden Wunsch erfüllen. Aber ich war immer da und hab sie in all den Jahren unterstützt und auch ihre Kinder wie meine behandelt und großgezogen. Letztlich habe ich meine anderen Kinder auch ihretwegen vernachlässigt. Aber das soll keine Entschuldigung oder Vorwurf sein. Ich stand zu meinem Versprechen, dass ich ihr bei der Hochzeit (und eigentlich schon vorher) gab.

* * *

brauchte nicht viel Fantasie, um darauf zu kommen, wofür sie sich verabredet hatten. Ich war sauer. Ich war enttäuscht und traurig. Regina bat mich, etwas dazu zu sagen, doch ich konnte kaum einen klaren Gedanken fassen. Sie sagte, sie wüsste nicht, warum sie das getan hatte und dass sie bei mir bleiben will. Ich sagte nur: „Ich muss erst einmal nachdenken und raus hier." Ich zog mir also wieder meine Schuhe und Jacke an und ging in ein nahegelegenes Wirtshaus, um darüber nachzudenken.

In der Zwischenzeit hatte sie sich auch einer Freundin anvertraut und ihr Lebensgefährte schrieb mir dann: „Komm zu uns, dann können wir auf ein Bier reden." Ich nahm das an und wir redeten darüber. Immer wieder schrieb mir auch Regina: „Komm bitte nach Hause", „wann kommst Du heim?", „verzeih mir bitte." Ich war sehr verletzt. Für mich war die Tatsache, dass sie sich mit dem Mann zum Sex verabredet hatte und ihm auch intime Bilder von sich geschickt hatte, gleichbedeutend damit, dass sie mich betrogen hatte. Es gab da eigentlich keinen Unterschied dazwischen, ob es nun passiert war oder nicht. Die Absicht zählte!

Ich ging wieder nach Hause, aber viel reden wollte ich nicht mehr. Ich ging bald ins Bett und schlief ein. Die Stimmung zwischen uns war mehr als gedrückt. Auch in der Arbeit erzählte ich davon und fast jeder meiner Kollegen war der Meinung, dass ich mich von meiner Frau trennen sollte. Dass das absolut ein No-Go sei und kaum zu entschuldigen. Doch ich wollte das alles nicht so einfach hinschmeißen. Ich wollte nicht schon wieder scheitern und ich wollte ihr eine Chance geben – und damit uns.

Zunächst einmal entwickelte es sich wieder besser zwischen uns. Aber so wirklich vergessen konnte ich den Vorfall nicht. Ich setzte es aber auch nicht gegen sie ein oder warf es ihr vor. Ich hatte ihr diesen „Ausrutscher" vergeben. Aber so richtig gut wurde es nicht mehr.

Danach habe ich dann entschieden, dass ich auch etwas Zeit für mich haben wollte. Ich sagte ihr, dass ich nun einmal die Woche in einen nahegelegenen Biergarten gehen würde. Und da hab ich auch nach kurzer Zeit sehr nette Leute kennengelernt. Es war für mich jede Woche wieder eine Art Auszeit für mich. Regina hatte nichts dagegen. Denn einerseits war dieser Biergarten nur 100 Meter entfernt, andererseits konnte sie sich darauf verlassen, dass ich nicht betrunken heimkommen würde. Und so hatte ich bald ein Ventil für den Stress auf der Arbeit und zu Hause. Ein paar Mal begleitete mich meine Frau, aber schon sehr bald nicht mehr. Aber ich war dort nicht allein. Hier war immer jemand da zum Quatschen. Und ich fühlte mich dort willkommen und sehr wohl.

Wie gesagt, ich hatte nicht mehr die Hoffnung, irgendwann meine Schulden loszuwerden. Und auch wenn ich jetzt den größten Teil meiner Schulden los war, so blieb doch ein großer Brocken übrig. Und das, was ich zurückzahlen konnte, war wenig. Doch dann änderte sich plötzlich etwas. Die Provisionsvereinbarungen in meiner Firma wurden geändert und es gab plötzlich sehr lukrative Prämien für bestimmte Umsatzgrenzen. So konnten wir alle deutlich mehr Geld verdienen. Das lag auch daran, dass nun alle Verkäufer angestellt wurden und vorher die meisten selbständig waren. Von daher mussten diese neuen Vereinbarungen so attraktiv sein, dass die Verkäufer nicht einfach woanders hingingen, sondern blieben.

Mein Chef kam eines Tages zu mir und wollte mit mir über die Lohnpfändung sprechen. Vornehmlich wollte er wissen, wie hoch die Schulden waren und sich eine Lösung überlegen. Er wollte keine Pfändungen haben und wollte mir ehrlich helfen. Er übernahm daraufhin die Gespräche und Verhandlungen mit dem Anwalt von meinem Gläubiger und handelte einen Vergleich aus. 20.000 Euro sollten gezahlt werden. 15.000 Euro sofort und 5.000 Euro über 25 Monate. Doch wie sollte ich das machen? Ich hatte kein Geld! Doch er sagte mir: „Ich leihe Ihnen das Geld für 2 Jahre und Sie zahlen es mir zurück. Dann sind Sie in einem überschaubaren Zeitraum Ihre Schulden los." Das war ein verlockendes Angebot. Aber es hatte auch einen Haken: Ich müsste über 2 Jahre jeden Monat 800 Euro zahlen! Doch ich ging auf das Angebot ein. Ich sprach mit meiner Frau darüber und wir dachten, dass wir einfach nur noch einmal 2 Jahre kürzertreten müssten und dann in Ruhe leben könnten.

* * *

Es war eine harte und anstrengende Zeit! Fast nicht zum Aushalten. Ich musste mehr Umsatz machen und hatte weniger Geld als vorher. Zwar erhielten wir noch Wohngeld, aber insgesamt war es dann doch noch mal weniger Geld. Ich strengte mich in der Zeit richtig an, Umsatz zu machen. Der Druck war heftig! Und mittendrin stieg Regina aus. Wir stritten fast täglich miteinander, meist über blöde

Kleinigkeiten. Aber es hörte nicht mehr auf. Und auch wenn ich immer noch hinter ihr stand und sie bei allem unterstützte, so war sie dazu nicht mehr bereit.

Es änderte sich so einiges. Sie war schon frühmorgens am Handy auf Facebook unterwegs, legte keinerlei Wert mehr auf Spaziergänge mit mir oder dass wir etwas gemeinsam mit den Kindern unternommen hätten. Es war Frühjahr und meine Frau bekam Probleme mit dem Unterleib und musste in die Klinik. Ich tat alles, um sowohl meine Arbeit, als auch die Kinder unterzubringen und trotzdem auch noch meine Frau zu besuchen. Und nachdem auch ihr altes Handy kaputtgegangen war, kaufte ich ihr ein neues. Nicht weil ich musste, oder weil sie mich darum bat, sondern weil ich es wollte. Und natürlich hoffte ich weiterhin, dass wir wieder zueinander finden würden.

Es entwickelte sich jedoch immer schlechter zwischen uns. Die Streitereien wurden immer heftiger und die Gründe immer banaler. Dann sagte sie mir, dass sie in den Sommerferien mit einer Freundin, ihrem Sohn, ihrem Lebensgefährten und uns zusammen für ein paar Tage in einen Freizeitpark fahren wollte. Ich sollte mitkommen. Aber es gab merkwürdige Andeutungen: Die Jungs könnten ja in einem Zimmer schlafen und die Mädels in einem anderen. Wie bitte??? Ich würde auf keinen Fall mit einem Mann mein Zimmer teilen! Und schon gar nicht, wenn meine Frau dabei ist!!! Und das sagte ich ihr auch genau so. Entweder wir würden zusammen fahren und schlafen, oder ich würde nicht mitkommen. Und ja, auch darüber stritten wir mehr und mehr.

Im Juli wurde es mir dann zu viel und ich zog aus dem gemeinsamen Schlafzimmer aus, in ein winziges freies Zimmer im Obergeschoss. Nur ein Schreibtisch und eine Matratze passte da hinein. Ich dachte, dass wir dann weniger streiten würden. Doch da lag ich falsch. Wir stritten trotzdem jeden Tag! Ich wollte das nicht. Nicht mit ihr und erst recht nicht vor den Kindern. Doch sie schaffte es, mich immer wieder so zu provozieren, dass ich auch laut wurde. Und dann kamen wir wieder auf unseren Urlaub zu sprechen. Doch ich sagte ihr: „Ich komme nicht mit in den Urlaub. Fahr mit deiner Freundin und den Kindern allein. Ich bezahle ihn, aber ich komm definitiv nicht mit!" Ich denke, dass spätestens damit das Tischtuch zerrissen war. Sie sagte mir dann auch, dass sie nicht mehr mit mir zusammen leben wollte und ich mir doch eine andere Wohnung suchen sollte. Das war das offizielle Ende unserer fast 10-jährigen Beziehung.

Ende August, kurz bevor mein größerer von den kleinen Söhnen eingeschult wurde, fuhren sie dann ohne mich in den Freizeitpark und ich kaufte mir in der Zwischenzeit ein kleines, billiges, Auto. Und ich hatte ein kleines Techtelmechtel mit einer etwas älteren Frau, die ich aus dem Biergarten kannte. Von beidem erzählte ich Regina nichts und das Auto parkte ich auch erst einmal woanders. Ich wollte deswegen nicht auch noch Theater haben. Aber ich übertreibe nicht, wenn ich sage, dass wir wirklich jeden Tag gestritten hatten. Mir taten dabei am meisten meine Kinder leid, die das natürlich mitbekamen und immer wieder zu uns beiden gingen und uns sagten, wie sehr sie uns lieben würden. Die Situation wurde immer unerträglicher und endlich wurde ein Zimmer in einer Firmenwohnung frei, es waren sogar zwei, und ich zog aus – wobei es meiner Frau damit nicht schnell genug gehen konnte.

Es war Anfang November, als der ständige Streit damit ein Ende fand, dass ich zum Streiten einfach nicht mehr da war. Ich zog aus, mit fast nichts. Ich ließ bis auf meine persönlichen Sachen, meinem Computer, einer Matratze und ganz wenig Haushaltssachen, alles zurück. Auch Dinge, die ich schon vor unserer Ehe hatte. Und so ging schon wieder eine Beziehung kaputt, in die ich so viel Hoffnung und Energie gesetzt hatte. Doch erst einmal musste ich zur Ruhe kommen.

KAPITEL SIEBZEHN

Ein erneuter Neuanfang

Da war ich nun. Allein in einer WG mit einer älteren Arbeitskollegin. Ohne wirklich viele Möbel. Ein paar waren in der Wohnung schon vorhanden und meine Kollegin stellte mir auch einen alten Fernseher zur Verfügung. Dafür war ich schon dankbar. Vor allem aber darüber, dass ich jetzt erst einmal Ruhe finden konnte.

Eine Couch bekam ich bald von einem anderen Kollegen und ein neues Bett kaufte ich mir auch. Ein Schreibtisch und ein paar Schränke waren ja schon da, sodass ich mit dem notwendigsten erst einmal starten konnte. Und auch für meine Jungs hatte ich ein Bett. Was braucht man erst einmal mehr?

Es ging mir schon sehr bald wieder besser. Dieses Mal hatte ich die Trennung von meiner Frau besser verkraftet, was aber auch daran liegen konnte, dass es einfach unglaublich viel Streit gegeben hatte und mir das sehr an die Nieren ging. Beruflich lief es auch gut. Zwar war das Geld weiterhin sehr knapp, denn durch die monatlichen Rückzahlungen und nun zusätzlich auch noch der Unterhalt an meine Kinder waren meine Belastungen nun noch höher als sonst. Doch ich kam über die Runden. Große Sprünge konnte ich nicht machen, aber es war genug um zu leben. Und viel machte ich ja sowieso nicht. Ich ging in die Arbeit, anschließend ein Feierabendbier mit den Kollegen und danach nach Hause. Auch die Miete war sehr günstig, sodass ich mir das einigermaßen leisten konnte. Und große Ansprüche hatte ich ja sowieso nicht, denn ich hatte über all die Jahre ja gelernt, mit wenig auszukommen.

Aber ich wollte auch weiterhin nicht allein bleiben. Also meldete ich mich auf einer Dating-Internetseite an und wurde indessen auch auf Facebook aktiver. Oder erstmals aktiv. Tatsächlich lernte ich zwei Frauen auf den Dating-Seiten kennen. Wobei es bei einer zwar zu intensiven Gesprächen und Telefonaten kam, es aber letztlich bei einem Date blieb. Bei der anderen Frau, die ich kurze Zeit danach kennenlernte, sah es vielversprechender aus. Nicht nur optisch, sondern auch von ihrer Art und Weise. Zwar war sie etwas älter als ich, doch das störte mich nicht. Auch wir redeten viel und lernten uns näher kennen. Ohne dass allerdings etwas zwischen uns „lief". Doch wir verbrachten gerne Zeit miteinander und verstanden uns auf eine Weise, die mich schon fast beängstigte. Sabrina war ohne Zweifel ein besonderer Mensch.

Wenn sie mir etwas riet, dann so, dass ich es sofort verstand und nachvollziehen konnte und das, ohne dass ich mir dabei belehrt vorkam. Und umgekehrt war das auch so. Es schien so, als ob uns etwas fast „magisches" verband. Und auch wenn sie mir nicht die Wahrheit über ihr Alter sagte, so fand ich das doch schnell heraus. Es machte mir auch nichts aus, denn mir kam es auf den Menschen an und darauf, was ich für ihn empfinden konnte und nicht auf sein Alter. Und nur mal nebenbei erwähnt: dafür, dass sie doch einige Jahre älter war als ich, sah sie verdammt gut aus. Niemand hätte sie so viel älter geschätzt. Wobei. Viel älter? Es waren 11 Jahre. Aber sowohl vom Körper als auch vom Geist her wirkte sie deutlich jünger.

Ja, ich hatte mich fast schon in Sabrina verliebt. Und wenn ich absolut ehrlich bin, dann war das schon so. Oder warum sollte man für eine Frau ein Liedtext umschreiben und dann das Lied aufnehmen, obwohl man nicht singen kann? Und damit dieses Lied doch wenigstens etwas gut klang, habe ich es in einem professionellen Tonstudio aufgenommen. Der Tontechniker tut mir heute noch etwas leid.

Dieses Lied mochte ich schon immer sehr gerne und hatte auch schon sehr lange die Idee, daraus eine deutsche Version zu machen. Doch erst als ich Sabrina kennenlernte, tat ich es dann auch. Meine Lieblingszeilen aus diesem Lied sind:

Wenn ich hier so lieg,

wenn ich nur so da lieg,

legst du dich zu mir und vergisst mit mir die Welt?

Lass dich drauf ein,

bevor wir zu alt sind.

Zeig mir den Ort, der vor Leben nur so blüht

Parallel hatte ich Kontakt zu Bekannten aus meinem Spiel, das ich spielte. Diese kamen aus der Nähe meiner alten Heimat und auch mit ihnen telefonierte ich regelmäßig. Ich kam also wieder in Kontakt mit neuen Menschen und ich war zufrieden. Und auch meine Jungs hatte ich regelmäßig bei mir – auch wenn ich traurig darüber war, dass ich sie nun nicht mehr so oft sehen konnte. Aber die gemeinsamen Wochenenden genossen wir dann trotzdem immer sehr, auch wenn ich vom Samstag nicht viel hatte, da ich ja arbeiten musste.

Im Februar war ich dann zu einer Hochzeit eingeladen – Rolf und Susanne, das Pärchen aus meiner alten Heimat, mit denen ich über mein Spiel Kontakt hatte. Ich war nicht nur eingeladen, ich war sogar Trauzeuge. Das war mir echt suspekt und kam sehr überraschend. Ich kannte diese Menschen nicht wirklich. Wir hatten vorher nur über das Spiel und per Telefon Kontakt gehabt. Ich sagte aber trotzdem zu. Und bin zu ihnen hingefahren.

Die Hochzeit war über die Maßen merkwürdig. Denn außer den beiden wusste wirklich NIEMAND etwas von ihrer Hochzeit. Nicht ihre Eltern, noch die Kinder oder irgendwelche Freunde. Außer mir und den beiden wusste keiner davon. Auch das fand ich sehr befremdlich. Aber es war deren beider Wunsch. Rolf und Susanne kannten sich schon 15 Jahre und Susanne hatte bereits aus früheren Beziehungen 5 Kinder. Die beiden waren schon einige Jahre zusammen und hatten zwei gemeinsame Kinder. Doch trotzdem sollte niemand von der Hochzeit erfahren. Und auch ihre Nachnamen behielten die beiden. Auch wenn ich diese Entscheidung nicht verstand, so war es trotzdem ein sehr schönes Wochenende und wir hatten eine gute Zeit. Ich war froh, dass ich die beiden kennengelernt hatte.

* * *

Etwa Mitte März stellte sich dann heraus, dass aus mir und Sabrina kein Paar werden würde. Sie war mit meinen Kindern nicht wirklich glücklich, bzw. mit dem Umstand, dass diese doch häufig und regelmäßig bei mir waren. Sie mochte Kinder und hatte beruflich viel mit Kindern zu tun, aber sie wollte privat lieber keine kleinen Kinder mehr um sich haben. Das respektierte ich natürlich, doch für mich war schon immer klar: Mich gibt es nur gemeinsam mit meinen Kindern.

Ja, ich war darüber enttäuscht und auch etwas verletzt, denn ich mochte (und mag) sie sehr gerne. Doch letztlich war sie immer nur einfach bedingungslos ehrlich zu mir. Und gerade das schätze ich so sehr an ihr.

Sabrina und ich verblieben also im Guten und wir sind heute noch extrem gut befreundet! Ja, ich darf sagen, dass sie meine wertvollste Ratgeberin ist und ich sie unglaublich mag. Und ich denke, dass das auch andersherum so ist. Wir verstehen uns einfach sehr gut. Und ich bin so sehr dankbar dafür, dass ich diesen Menschen kennenlernen durfte und dieser auch heute noch ein wichtiger Teil meines Lebens ist. In gewisser Weise hat sie sich also doch zu mir gelegt und mir einen Ort voller Leben gezeigt. Nur eben anders, als ich erwartet hätte.

Ich wurde auf Facebook viel aktiver und trat einer regionalen Single-Gruppe bei. Ich dachte, dass ich dort gleichgesinnte finden würde und mich mit ihnen austauschen könnte. Außerdem wollte ich auch mehr Leute kennenlernen und mal wieder rauskommen. Das alles war dort möglich und ich erinnere mich noch gerne an so einige schöne Momente und Partys zurück. Wirklich jemanden kennengelernt hatte ich dort nicht. Zumindest niemanden, mit dem ich eine Beziehung hätte führen wollen. Dafür lernte ich einige sehr nette Menschen kennen.

Es passte sehr gut ins Bild, dass ich nach der Trennung von Regina wieder öfter mit meinen großen Kindern Kontakt hatte. Wir telefonierten und schrieben uns. Und ich wollte sie unbedingt wiedersehen. Auch meine Schwester hatte ich schon längere Zeit nicht mehr gesehen. Ich schrieb dann zunächst mit meiner Schwester, ob ich nicht bei ihr vorbeikommen könnte und sie auch Platz für mich zum Schlafen hätte. Sie war sofort begeistert und wir verabredeten uns, dass ich Ostern zu ihnen fahren würde. Meine beiden Kinder wohnten in der Nähe und so sagte ich ihnen, dass ich dort sein und sie gerne treffen würde. Sie sagten, dass sie sich auch freuen würden, mich wiederzusehen und wir vereinbarten einen Treffpunkt in meiner alten Heimatstadt.

Sieben Jahre hatte ich die beiden nicht mehr gesehen! Sieben Jahre! Seit ich in Bayern lebte. Ich hatte ein furchtbar schlechtes Gewissen ihnen gegenüber, auch wenn ich sie immer zu uns eingeladen hatte. Wäre es nicht einfach mal möglich gewesen, dass ich allein zu ihnen fahre, wenn es schon für Regina ein zu großer Umstand war? All das fragte ich mich. Ich ließ zwei Tassen mit einem Bild von mir und meinen beiden kleinen Jungs drucken, die ich den beiden mitbringen wollte. Ich wollte, dass sie wussten, wie die Jungs aussahen. Als ich meine Kinder das letzte Mal gesehen hatte, war mein kleiner Sohn noch gar nicht auf der Welt gewesen und der andere noch ein Baby.

Es ist kaum vorstellbar, wie angespannt ich war, als unser Wiedersehen bevorstand! Ich war so nervös wie noch bei keinem Date mit einer Frau zuvor. Ich hatte keine Ahnung, wie sie reagieren würden, was sie sagen könnten oder mir vielleicht vorwerfen würden. Und dann trafen wir uns. Wir gingen in ein Café, um in Ruhe miteinander reden zu können. Meine Tochter kam allein und mein Sohn hatte seine Freundin dabei. Und auch wenn es zunächst etwas „komisch" war, so entspannte sich unser Gespräch doch schon sehr bald und wich einer richtigen Freude. Besonders ein Satz meiner Tochter hat mich durchatmen lassen: „Papa, mach dir nicht so viele Gedanken. Wir waren die ganze Zeit mit uns selbst beschäftigt. Ausbildung anfangen, erster Freund, ausziehen von zu Hause. Auch mit Mama hatten wir in der Zeit nicht so viel Kontakt." Das löste zwar nicht alle meine Sorgen ihnen gegenüber auf, aber es zeigte mir, dass sie mir nicht böse waren.

Es tat so gut, die beiden wiederzusehen! Ich war richtig glücklich! Wir gingen spazieren und sind Abends dann noch essen gegangen. Rundherum ein richtig gelungener Tag! Ich gab ihnen die Tassen und auch sie hatten für mich zwei Bilder von sich. Also hatten wir wohl gemeinsam denselben Gedanken – sind halt auch meine Kinder. Zum Abschied gaben wir uns noch gegenseitig ein Versprechen: Es dürfte niemals wieder so lange dauern, bis wir uns wiedersehen! Tatsächlich dauerte es gar nicht lang, denn am nächsten Tag waren wir alle wieder bei meiner Schwester vereint. Und auch sie freute sich riesig, uns alle wiederzusehen.

* * *

Ein paar Monate später meldete sich Susanne des Öfteren bei mir und klagte mir ihr Leid mit ihrem Mann. Und da ich ja Trauzeuge war, sah ich es als meine Pflicht an, zu helfen, wo es ging. Also redete ich ganz häufig mit ihrem Mann und versuchte zu vermitteln. Doch mehr und mehr blockte Rolf ab und mehr und mehr telefonierte ich mit seiner Frau. Und irgendetwas entwickelte sich in der Zeit zwischen uns. Sie war einer der liebsten Menschen, die ich kannte. Sie war zwar rein äußerlich nicht mein Typ, aber menschlich wirklich sehr schön.

Wir verabredeten uns eines Tages in der Nähe der Stadt, in der Susanne wohnte. Wir wollten reden und das nicht am Telefon. Und irgendwie ahnten wir beide wohl schon, dass es beim Reden nicht bleiben würde. Ich fuhr mit dem Zug in die Stadt und sie kam mit ihrer kleinen Tochter. Und tatsächlich redeten wir am Anfang sehr viel, doch schon recht bald nahmen wir uns in den Arm und küssten uns. Das fühlte sich auf der einen Seite sehr falsch an, aber auf der anderen Seite war es auch sehr schön. Und nachdem ihr Mann sie in der Zeit, in der sie zusammen waren, mehrfach betrogen hatte und sie in den letzten Monaten fast nur noch ignorierte und mit ihr stritt, beruhigte das sicherlich auch ihr Gewissen.

Beruflich lief es zwischendurch nicht so gut. Meine Umsätze ließen nach und ich wollte unbedingt Kosten einsparen, zumal ich ja auch noch die Schulden an meinen Chef zurückzahlen musste. Da ich direkt an der Arbeit wohnte und dort auch noch alle Geschäfte zu Fuß zu erreichen waren, verkaufte ich mein Auto, denn eigentlich stand es eh die meiste Zeit ungenutzt herum. Um meine Kinder zu holen, bzw. nach Hause zu bringen, durfte ich in der Zeit einen Firmenwagen benutzen.

Letztlich führte ich mit Susanne eine Art Fernbeziehung. Rolf wusste davon und sie waren auch offiziell getrennt. Trotzdem war ich nicht wirklich glücklich damit, da er auch in ihrer Wohnung wohnte und nicht auszog und sie ihn nicht auf die Straße setzen wollte. Es war also mehr als kompliziert. Zwar trafen wir uns einige Male – bei ihr, und sie kam auch zu mir – doch spätestens Ende Dezember warf ich das Handtuch. Ich war es leid, dass sie mich nur anrief, wenn er nicht da war. Dafür war ich mir zu schade. Ich wollte bestimmt nicht hinter so vielen zurückstehen. Und erst Recht nicht hinter ihrem Ex. Ich beendete also die Beziehung zu ihr, auch wenn es mir schwerfiel.

Im Herbst besuchten mich dann meine großen Kinder. Wir hielten also Wort und ließen nicht mehr so viel Zeit vergehen bis wir uns sehen würden — und ich freute mich riesig darauf. All die Jahre wollten sie mich nicht besuchen und nun machten sie sogar den Vorschlag, zu mir zu kommen. Meine Tochter kam mit ihrem Freund und mein Sohn allein. Ich dachte eigentlich, dass er seine Freundin auch mitbringen würde, aber er hatte sich in der Zwischenzeit von ihr getrennt. Ich sprach mit meiner Mitbewohnerin darüber, denn sie würde zu dem Zeitpunkt selbst nicht da sein, ob ich meine Tochter bei ihr einquartieren dürfte. Auch meine kleinen Jungs würden, zumindest am Wochenende, ebenfalls bei mir sein. Und so hatte ich dann genug Platz. Mein großer Sohn wollte bei mir im Zimmer schlafen, worüber ich mich noch mal mehr freute.

Wir hatten eine tolle Zeit zusammen, auch wenn ich zwischendurch arbeiten musste. Aber da nahmen die Großen einfach ihre kleinen Brüder mit und sind nach München gefahren. Ich hatte wegen meines kleinen Sohnes etwas Bedenken, denn er kannte seine großen Geschwister ja noch gar nicht, doch auch er war sofort zutraulich und freute sich, die beiden kennenzulernen. Zu Hause haben wir dann Gesellschaftsspiele gespielt und dabei viel geredet. Wir hatten so viel aufzuholen!

Meine Tochter hatte aber noch ein anderes Thema. Sie war schon einige Zeit mit ihrem Freund zusammen. Und auch wenn es in dem Moment kein Thema war, so fragte sich meine Tochter doch, was passieren würde, wenn ich eines Tages auf ihre Mutter treffen würde. Sie machte sich Sorgen darüber, dass wir dann wegen der Vergangenheit streiten würden. Doch ich war da anderer Meinung. Ich sagte ihr, dass es von meiner Seite keinen Stress und keine Feindseligkeiten geben würde und ich mir auch nicht vorstellen konnte, dass es umgekehrt der Fall sein würde. Das überzeugte meine Tochter jedoch nicht wirklich. Also nahm ich mein Handy raus und schickte Petra eine Freundschaftsanfrage auf Facebook. Mein Gedanke war, dass, wenn sie diese annehmen würde, es dann auch von ihrer Seite keinen Groll mehr geben würde. Es dauerte ungefähr dreißig Minuten, bis die Freundschaftsanfrage von ihr angenommen wurde. Das überzeugte dann auch meine Tochter. Seit dem bin ich auch mit Petra wieder im losen Kontakt.

Ich war einfach super glücklich, dass sie da waren und wir so viel Zeit miteinander verbringen konnten. Meine Kinder hatten mir so sehr gefehlt.

Aber mir fehlte dann doch noch etwas. Mir fehlte eine Partnerin. Ich sehnte mich nach einer Frau in meinem Leben. Doch es sollte nicht lange dauern, bis mir eine Frau begegnen würde, die mein Leben gehörig durcheinander würfeln sollte.

Vorher allerdings kam ein anderes, sehr erfreuliches, Ereignis: Es kam der Tag, an dem ich meine Schulden loswurde! Ich hatte alles an meinen Chef zurückgezahlt und war zum ersten Mal nach vielen, vielen Jahren frei! Was für ein Gefühl! Ich konnte mein Glück kaum fassen! Und hätte ich zu dem Zeitpunkt mehr verkaufen können und daher auch mehr Geld zur Verfügung gehabt, so hätte ich bestimmt eine Party geschmissen. So blieb es aber dann bei zwei bis drei Bier im Kreise von ein paar Kollegen.

KAPITEL ACHTZEHN

Turbulente 6 Wochen

In meiner Facebook-Gruppe lernte ich eine Frau kennen, sie hieß Diana, die mir schnell ans Herz wuchs. Tatsächlich hatte ich kurz auch schon einmal darüber nachgedacht, ob sie mehr für mich werden würde, als „nur" eine Freundin. Als ich mit ihr darüber redete, kamen wir dann aber doch darin überein, dass wir Freunde bleiben sollten und diesen Umstand genossen wir. Und auch das Verhältnis zu ihr fühlte sich eher an wie das zu einer kleinen Schwester als wie das zu einer Geliebten. Letztlich war das auch wirklich besser so, denn wir vertrauten einander Geheimnisse an, wie sie nur Freunde verstehen und bewahren können. Wir lernten uns auf einer Party von der Facebook-Single-Gruppe näher kennen und stellten schnell fest, dass wir über die gleichen Sachen lachen konnten und ebenfalls auf einer Wellenlänge lagen. Außerdem arbeitete Diana in meiner Stadt, sodass wir uns öfter sahen und viel redeten. Und das stellte sich noch als eine große Hilfe heraus, doch dazu später mehr. Im Moment ist es nur wichtig zu verstehen, dass wir über wirklich alles reden konnten und uns sehr verbunden fühlten.

Ein paar Monate danach, es war Ende April, gab es eine kurze kuriose Szene in meiner Facebook-Gruppe, die dazu führte, dass ich kurzfristig daraus (ungerechtfertigt) gebannt wurde. Da ich in dieser Gruppe aber sehr aktiv war, fühlte es sich irgendwie komisch und leer an, plötzlich nichts mehr schreiben zu können. Diana lud mich deshalb in eine andere, kleinere, Gruppe ein. Ich schrieb hier also meinen Begrüßungstext, um mich den Leuten kurz vorzustellen, war aber ansonsten eher darauf bedacht, wieder in die andere Gruppe zurückzukommen. Es stellte sich heraus, dass in dieser Gruppe auch viele Leute aus der anderen Gruppe waren. Unter anderem auch Walter, mit dem ich auch schon das ein oder andere Mal Kontakt hatte.

Nach einem Tag hatten zwei Frauen auf meinen Post geantwortet und auch Walter. Er freute sich, dass ich nun auch in dieser Gruppe war. Ich war höflich zu den beiden Frauen und schrieb zurück. Das Profilbild einer der Frauen erregte aber meine Aufmerksamkeit. Sie hieß Alexandra. Ich guckte mir ihr Profil etwas genauer an und war gleich von Anfang an fasziniert. Doch diese Frau schrieb erst einmal nicht zurück, sondern nur die andere. Ich blieb höflich und schrieb etwas distanziert mit ihr. Insgeheim wollte ich jedoch, dass diese andere Frau schreiben würde. Ich hatte hier zwar nicht viel Hoffnung, denn so wie sie aussah, wunderte es mich sowieso, dass sie Single sein sollte.

Doch sie schrieb zurück. Sie schrieb witzig, denn sie wollte unbedingt, dass uns jemand miteinander bekannt machte. Also schrieb ich in die Kommentare, dass Diana uns vorstellen sollte, denn sie kannte mich ja. Und Walter kannte Alexandra. Also stellten uns nachher beide vor. Es entwickelte sich ein reges Gespräch zwischen Alexandra und mir, das wir sehr bald auf einen privaten Messenger verlagerten. Hier schrieben wir einige Tage sehr häufig und ich fragte sie, ob wir nicht lieber telefonieren wollten. Das taten wir bald und telefonierten öfter über 2 Stunden und manchmal sogar noch länger. Wir redeten über alles

Mögliche, aber das, was sie vermutlich am meisten an mir reizte, war, dass ich tanzen konnte. Und sie so gerne mal wieder richtig tanzen wollte. Also verabredeten wir uns zu einer Tanzveranstaltung, die 4 Wochen später stattfinden sollte.

In der Zwischenzeit schrieben und telefonierten wir jeden Tag. Und schon kurze Zeit später ergab es sich, dass sie kurzfristig an einer Ü30-Party mit einer Freundin teilnehmen wollte und mich fragte, ob wir uns nicht da schon einmal treffen wollten. Diese Party war nicht weit von mir entfernt und nachdem ich sie gefragt hatte, ob das denn für ihre Freundin auch in Ordnung wäre, sagte ich zu.

Ich war, offen gesagt, sehr nervös vor unserem ersten Treffen. Was ich nicht schon alles erlebt hatte! Frauen faken entweder ihre Bilder, oder schummeln gerne mal ein wenig beim Alter oder ihrem Äußeren. Doch es war ja kein richtiges Date und ich könnte zu jeder Zeit nach Hause gehen ohne ein schlechtes Gewissen haben zu müssen, denn sie wäre ja nicht allein da. Doch ich erlebte eine Überraschung: Alexandra schummelte nicht bei ihrem Alter (sie war einen Monat jünger als ich), filterte auch nicht ihre Bilder und auch der Rest war einfach: *wow*! Ich sah sie und ab diesem Moment war ich noch sehr viel faszinierter von ihr. Ihr ganzes Erscheinungsbild war einfach total mein Geschmack!

Als wir uns sahen, redeten erst einmal ein wenig und tranken etwas zusammen. Dann fragte ich sie, ob wir nicht auch hier schon einmal zusammen tanzen wollten, also quasi üben für unseren verabredeten Abend. Sie freute sich über den Vorschlag, aber sie sagte auch, dass sie schon lang nicht mehr richtig getanzt hätte. Mir ging das ähnlich, aber ich meinte nur, dass wir es ja einfach mal versuchen könnten. Wir gingen also auf die Tanzfläche und dort wollte sie den Takt angeben und führen! Das ging bei mir aber gar nicht! Ich bin bestimmt kein Macho, aber beim Tanzen führt nur einer und das ist der Mann! Das sagte ich ihr auch. Sie war darüber etwas überrascht, denn sie kannte nur Männer, die nicht tanzten und wenn, die nicht führen konnten. Ich aber ließ das nicht zu und übernahm die Führung. Das beeindruckte sie dann noch etwas mehr und wir hatten einen sehr schönen Abend, an dem wir viel redeten, aber auch viel tanzten.

* * *

Bis zu unserem nächsten Treffen sollte es auch nicht lange dauern. Wir trafen uns in einem Café in ihrer Stadt und tranken Kaffee und aßen Kuchen. Auch für dieses Treffen konnte ich einen Firmenwagen benutzen. Ich erfuhr in der ganzen Zeit so einiges. Dass sie geschieden war, 4 Kinder hatte (wovon 2 aber schon groß waren und nur 2 noch bei ihr lebten), bereits Großmutter und aufgrund eines Burn-outs auch schon Rentnerin war und nur noch Teilzeit arbeitete. Eine Frau also mit Vergangenheit und trotzdem schien sie alles zu managen und geregelt zu bekommen. Das imponierte mir. Überhaupt mochte ich schon immer selbstbewusste Frauen, die mit beiden Beinen im Leben standen. Außerdem sagte sie mir, dass sie eine kleine Wohnung mit ihren Kindern hatte und daher im Wohnzimmer schlief. Auch, dass sie einen sehr leichten Schlaf hatte und immer mit Ohropax schlafen ging. Deswegen wollte sie auch keinen Mann in ihrem Bett haben, zumindest nicht, wenn sie schlafen wollte. Hmm. Das klang erst einmal nicht so gut. Wenn ich mit einer Frau zusammen wäre, dann würde ich auch die ganze Nacht mit ihr verbringen wollen. Aber ich verstand, dass das bei ihr etwas schwieriger sein würde. Und auch dass sie erwähnte, dass sie sich im Moment nicht vorstellen könnte, mit einem Mann zusammenzuleben, war erst einmal ungewöhnlich für mich. Aber klar. Ich würde ja auch nicht gleich mit jemandem zusammenziehen wollen. Dazu müsste man sich erst einmal ausgiebig kennenlernen.

Und Alexandra war keine Tussi. Sie kleidete sich modern, aber mit nicht viel Schnickschnack (mit Ausnahme von sehr viel Glitzersteinen an Bluse und Turnschuhen), hatte kaum

Make-up drauf und das Auffälligste an ihr war sicher ihre Kurzhaarfrisur. Aber dieses gesamte Paket haute mich einfach um. Sie gefiel mir extrem gut. Irgendetwas an ihr triggerte mich gewaltig und machte sie extrem anziehend für mich.

Bald schon verabredeten wir uns wieder. Wir wollten zu einer Schlagerparty gehen und verabredeten uns in der Nähe dieser Location. Ich fuhr mit dem Zug hin und die restlichen paar Meter fuhren wir dann mit ihrem Auto. Unterwegs war sie immer etwas nervös und machte dann letztlich auch ihr Handy aus. Sie sagte mir, dass sie von einem Polizisten gestalkt wurde und sie immer das Gefühl hatte, beobachtet zu werden. Ich fand das etwas komisch, aber ich konnte dazu auch nicht viel sagen. Nur, dass ein Polizist wohl kaum jemanden so überwachen könnte, ohne seinen Job zu riskieren. Das beruhigte sie aber keinesfalls, denn sie meinte, dass er ein hohes Tier bei der Polizei wäre. Sie war ein oder zwei Wochen mit diesem Mann zusammen gewesen und seit dem ließ er sie nicht so richtig in Ruhe. Wie gesagt, ich konnte dazu nicht viel sagen und dachte, dass sich das bestimmt bald geben würde.

Wir hatten einen sehr schönen Abend miteinander bei dieser Schlagerparty. Wir tanzten viel und eng und hatten eine schöne Zeit. Auf einmal nahm sie mich dann aber enger in den Arm, schaute mir in die Augen, strahlte mich an und küsste mich. Ich war völlig überrascht. Damit hatte ich nicht gerechnet, aber es fühlte sich einfach so gut und richtig an. Wir tanzten dann noch eine Weile, redeten und küssten uns. Am Ende vom Abend fuhr sie mich dann zum Bahnhof. Und ich war jetzt schon vollends verknallt in sie! Wow! Was für ein Abend und was für eine Frau!

* * *

Kurz vor unserem geplanten „ersten" Date lud ich sie ein, zu der Geburtstagsparty von einem Kollegen mitzukommen. Sie wollte erst nicht, da sie dort niemanden kannte, sagte dann aber doch zu. Ich holte sie ab und wir hatten einen wunderschönen Abend bei meinem Kollegen. Alle waren sehr freundlich zu ihr und obwohl sie niemanden kannte, hatte auch sie ein gutes Gefühl dabei. Ich fuhr sie nach der Party nach Hause und wir blieben vor dem Mehrfamilienhaus, in dem sie wohnte, auf dem Parkplatz stehen und küssten uns leidenschaftlich. Niemand von uns wollte gehen. Ich sagte dann nur: „Wenn du jetzt nicht aussteigst, fahr ich an einen weniger öffentlichen Parkplatz mit dir", und setzte ein verschmitztes Lächeln auf. Alexandra wollte nicht aussteigen, also fuhren wir auf einen Parkplatz an einem See, der zu der Zeit nicht mehr besucht war. Es war ja auch schon spät. An dem Abend hatte ich einen Van zur Verfügung, der reichlich Platz bot. Wir gingen nach hinten ins Auto und sie setzte sich auf meinen Schoß, während wir uns umarmten und küssten. Dann fragte sie: „Was willst du?", und ich konnte nur antworten: „Ich will dich!" Ich gebe zu, dass ich schon vorher gehofft hatte, dass es dazu kommen würde. Daher war ich auf die Situation vorbereitet und hatte ein Kondom dabei. Wir liebten uns leidenschaftlich und kuschelten danach noch einige Zeit, bevor ich sie endgültig nach Hause brachte.

Auch der bald darauf folgende Tanzabend war sehr schön. Überhaupt machte mir das Tanzen mit ihr sehr viel Spaß und auch wenn ich sonst nicht unbedingt ein Fan von Schlagermusik war oder bin, so konnte man dazu doch sehr gut tanzen. Außerdem war ich sowieso eher auf sie konzentriert als auf die Musik. Witzig war nur, dass dieser Abend eigentlich unsere erste Verabredung werden sollte – und nun waren wir schon so viel weiter.

Alles fühlte sich toll an und ich war sehr glücklich. Doch schon sehr bald sollte es sehr chaotisch werden. Oder eigentlich sofort. Eine Woche nach der Tanzveranstaltung bekam ich eine Sprachnachricht von ihr, in der sie mir sagte, dass sie nicht wisse, was sie will. Ich war erst einmal geschockt und wusste das Ganze nicht so recht einzuordnen. Was war passiert? Ich wollte mit ihr reden, doch das ging erst einmal nicht. Doch sie schrieb mir einen Tag später noch einmal. Darin erklärte sie mir, dass bei ihr die Schmetterlinge im Bauch nicht mehr würden und sie deshalb die Beziehung zu mir infrage stellt. Daraufhin verabredeten wir, dass wir uns entweder sehen oder doch noch mal telefonieren. Aber auch das ging wieder nicht, da sie krank wurde und es ihr außerdem psychisch nicht gut ging. Und das wollte ich respektieren.

Doch dann erhielt ich wieder per Messenger eine Nachricht, die etwas erklären sollte. Dort schrieb sie, dass sie die erste Nachricht mit den „Schmetterlingen" nicht aus freien Stücken geschrieben hatte, sondern von einem Typen unter Druck gesetzt wurde. Der, den sie kurz vor mir kennengelernt hatte. Das war der Polizist, von dem sie mir schon erzählt hatte. Er wohnte wohl weiter weg, hätte aber überall seine Kontakte und sie hatte Angst. Angst vor allem um mich, damit ich nicht damit hereingezogen würde. Ich wusste erst einmal gar nichts mehr. Wir wollten an dem Wochenende eigentlich auf eine Party gehen, doch nun kam so etwas! Drei Tage vorher! Ich hatte keine Lust mehr, zu dieser Party zu gehen! Und ich bat Alexandra per Sprachnachricht mich erst einmal in Ruhe zu lassen und sich nicht mehr bei mir zu melden. Sie respektierte das wohl, denn nach dieser Nachricht kam keine Antwort mehr von ihr.

Ich sprach die ganze Zeit über auch mit meiner besten Freundin Diana über die Situation mit Alexandra. Ich wusste mir keinen Rat und ich sagte ihr auch, dass ich nicht zur Party kommen würde. Sie versuchte mich zwar zu überreden, aber ich war einfach zu fertig, verwirrt und enttäuscht um mit Spaß dort hinzugehen. Und mit schlechter Stimmung wollte ich dort erst recht nicht auftauchen. Sie verstand mich und tröstete mich. Allerdings hatte sie auch nicht wirklich viele gute Worte für Alexandra übrig.

Doch ein anderer Bekannter aus der Facebook-Gruppe, Walter, schrieb mich einen Tag vorher an und fragte, ob ich hingehe. Ich antwortete ihm, dass ich dazu keine Lust hätte, aber er wollte gerne hin und kannte außer mir eigentlich niemanden. Ich mochte Walter, auch wenn wir nur flüchtig Kontakt hatten und so sagte ich zu. Er fragte dann noch einmal, ob ich wirklich hinkommen würde, er wollte ungern alleine dort auftauchen. Es war eine Party von „meiner" Facebook-Gruppe und ich würde dort auch mehr Bekannte treffen. Also sagte ich nun endgültig zu. Ich dachte, dass es auch eine gute Ablenkung für mich sein würde, um auf andere Gedanken zu kommen.

* * *

Die Erste, die ich auf der Party traf, war Diana und ihren Freund. Wir nahmen uns in den Arm und sie sprach mir tröstende Worte zu – und wir tranken erst einmal eine Kleinigkeit. Ich musste aufpassen mit dem Trinken, denn ich war mit einem Firmenwagen dorthin gefahren. Dann traf ich Walter. Er war in ein Gespräch mit zwei Frauen vertieft, doch als er mich sah, redeten wir erst einmal darüber, wie es ihm ging und was er so in letzter Zeit gemacht hat. Walter war alleinerziehender Vater und hatte ständig Ärger mit seiner Exfrau. Und ich war überrascht, dass er gleich mit zwei Frauen redete. Er war eigentlich der eher schüchterne Typ und wollte er nicht unbedingt, dass ich hinkomme damit er nicht alleine wäre? So was! Aber ich freute mich für ihn, dass er gleich mit anderen in Kontakt kam. Ich blieb erst einmal bei ihm und wir redeten mit diesen Frauen. Ganz unverbindlich, einfach nur Smalltalk, den man so auf Partys erzählt.

Als die beiden kurz mal austreten waren, nahm er mich etwas auf die Seite: „Du, ich muss dir was sagen", fing er an. „Ich sollte dich fragen, ob du kommst und wenn nötig, auch überreden. Darum hab ich so nachgebohrt." Oha! Ich ahnte, was da kommen würde und schlagartig wurde mir heiß! „Alexandra will dich hier unbedingt treffen und mit dir reden", ergänzte er. War ja klar! Ich hatte mich auf die Party gefreut, um mich abzulenken und nicht über sie nachzudenken und jetzt das! „Wann will sie denn hier sein?", fragte ich ihn. „So gegen acht", war seine Antwort. OK. Jetzt war es sieben und ich hatte noch eine Stunde, mich seelisch und moralisch darauf vorzubereiten. „Sie kommt mit einer Freundin, weil sie danach noch in den Schlagerhof gehen wollen", erzählte Walter weiter. Meine Partystimmung war erst einmal im Arsch. Was wollte sie mir sagen? Dass es komplett vorbei ist? Oder war da was anderes? So oder so würde es nun eine beschissene Party werden!

Ich ging rüber zu Diana und sagte ihr, dass Alexandra vorbeikommen würde, um mit mir zu reden. Sie war auch alles andere als begeistert und sagte mir nur, dass sie da wäre, wenn ich Hilfe bräuchte. Ich bat sie aber, höflich zu Alexandra zu sein und ihr nicht gleich ihre Meinung zu geigen. Sie versprach, dass sie gar nichts zu ihr sagen wollte, außer vielleicht: „Hallo."

Je näher der Zeitpunkt rückte, zu dem Alexandra da sein wollte, umso nervöser wurde ich. Ich sah sie dann auch schon von weitem, als sie kam – und stellte mich mit dem Rücken zu ihr, bevor sie mich sah. Walter stupste mich an: „Alexandra ist da." Ich nickte nur. Und einen Moment später kam Diana rüber und sagte: „Sie ist da. Wenn du mich brauchst, dann sag Bescheid." Ich antwortete: „Danke. Ich hab sie schon gesehen. Ich bleib erst einmal hier stehen." Walter ging zu Alexandra hin, um sie zu begrüßen. Und dann kamen sie zu mir rüber. „Hallo, Michael", sagte sie zu mir. „Hallo Alex. Wie geht es dir?", fragte ich sie, so gleichgültig klingend, wie es mir möglich war. Wir sahen uns an und für einen Moment war es fast schon peinlich. „Nicht so gut. Wie geht es dir?" Ich zuckte mit den Schultern: „Geht schon." Ich wusste nicht recht, was ich sagen sollte. Sie war ja diejenige, die mich sehen wollte und ich wusste noch immer nicht, was sie mir zu sagen hatte. Doch sie stellte erst einmal ihre Freundin vor (es war dieselbe, mit der sie damals auch bei unserem ersten Treffen auf der Ü30-Party unterwegs war) und redete auch erst einmal mit Walter. Mir war das alles unangenehm. Ich bekam sicher auch wieder einen roten Kopf. Und ich wollte in dem Moment auch nicht, dass irgendjemand auf der Party denken würde, dass das meine Freundin wäre. Eigentlich wollte ich es auch nur hinter mich bringen. Also sagte ich: „Du wolltest also, dass ich heute hierherkomme und hast Walter dazu benutzt sicherzustellen, dass ich auch wirklich komme?"

Ich denke, dass mein Tonfall irgendeine Mischung aus nervös-gereizter Gleichgültigkeit war. „Ja. Ich möchte mit dir reden – und das nicht am Telefon." „Du hättest mich auch anrufen können und mich selbst fragen können, ob ich herkomme und mit mir reden kannst", war meine Reaktion darauf. Warum musste immer alles so kompliziert gemacht werden? „Aber du wolltest doch, dass ich dich in Ruhe lasse – und das wollte ich respektieren." Ja, na klar! Aber das auf diesem Weg zu machen, war das etwa ein „in Ruhe lassen"? Egal. Ich wollte nur endlich Gewissheit und hatte keine Lust mehr auf dieses „um den heißen Brei reden", daher sagte ich zu Alexandra: „Ich bin da und du willst mit mir reden. Dann sollten wir das auch tun." „Ja", antwortete sie, „aber ich möchte mit dir etwas ungestörter reden."

Wir gingen ein paar Meter abseits der anderen Partygäste und setzten uns auf eine Bank. Walter und ihre Freundin saßen eine Bank weiter und fingen ihrerseits ein Gespräch an. Wohl eher gezwungenermaßen, denn Walter wollte auch, dass wir reden konnten und damit ihre Freundin sich nicht blöd fühlen musste, redete er mit ihr. Ich schaute immer wieder zu den beiden rüber und irgendwann dachte ich, dass Walter Gefallen an Alexandras Freundin fand. Doch das war für mich jetzt nebensächlich. Es ging um mich und Alexandra. Und Alexandra fing an, zu erzählen. Als erstes entschuldigte sie sich dafür, dass sie Walter eingespannt hatte. Sie sagte aber auch, dass sie Angst hatte, dass ich nicht kommen würde, wenn ich wüsste, sie würde mich sehen wollen. Dann redete sie darüber, was sie wirklich bewegte und ich merkte, dass es ihr ernst war. Sie erzählte mehr von diesem Polizisten, der sie stalkte. Wie es aussah, steckte da viel mehr dahinter. Er besuchte sie immer wieder ohne Vorankündigung, drohte ihr, wenn sie sagte, dass sie nicht mehr will und zwang sie wohl auch mir diese Nachrichten zu schreiben. Außerdem verlangte er auch von ihr, dass sie ihn mit in den Urlaub begleiten würde.

Aus ihr sprach Angst. Und ich nahm ihr das ab. Ich war schockiert und wusste nicht recht, was ich dazu sagen sollte. Das einzige war: „Alex, ich glaube nicht, dass der Typ Polizist ist! Der würde seinen Job und alles riskieren, wenn du ihn anzeigst! Und du hast doch sicherlich auch Chatverläufe und ähnliches, die das beweisen würden." Sie sagte dazu, dass er immer sehr vorsichtig war, wenn es um schriftliches oder Sprachnachrichten ging. Sie hatte auch Angst um mich und wollte mich nicht damit hineinziehen. Ich wollte sie beruhigen. Was sollte er tun? Sie erzählte von Mitteln und Möglichkeiten, die er wohl hätte und mit denen er ihr schon gedroht hatte bis dahin, dass er ihr oder auch mir etwas anhängen wollte. Ich konnte es nicht fassen! Was für eine Drecksau!!! Ihr so Angst zu machen, war schon echt heftig! Ich sagte daher: „Er kann mir nichts! Und wenn er dann auch noch andere Polizisten mit hereinziehen will, dann wird es noch schwerer für ihn. Ich denke nicht, dass die auch ihren Job riskieren würden für ihn." Ich redete noch mehr auf sie ein, um sie zu beruhigen und langsam schien das auch zu wirken. Sie sah mir in die Augen und nahm meine Hand. Ich war wie elektrisiert. „Schön, dass es dich gibt", sagte sie, „und danke, dass du mir zuhörst. Ich will dich nicht verlieren. Du bist mir zu wichtig geworden." Sie beugte sich zu mir rüber und wir küssten uns.

Zwei Stunden unterhielten wir uns insgesamt. Und dann wollte sie mit ihrer Freundin zu der anderen Schlagerparty gehen. Also eigentlich drängelte ihre Freundin jetzt. „Kommst du mit und tanzt mit mir?", fragte sie mich. Ich wusste in dem Moment nicht, was ich wollte und was nicht. Wollte ich? Ich war durcheinander und die Unterhaltung hatte viele Fragezeichen hinterlassen, die ich noch nicht verarbeiten konnte. Aber ich hörte mich sagen: „Ja, ich komme mit." Ich ging zu Diana rüber und sagte ihr, dass alles in Ordnung sei und ich jetzt erst einmal gehen würde und vielleicht später noch mal zurückkäme. „Wirklich alles OK?", fragte sie. „Ich denke schon. Ist alles ein bisschen viel gerade."

Wir gingen dann gemeinsam mit Walter und ihrer Freundin zu der anderen Party. Und wir tanzten miteinander und sie strahlte mich dabei wieder die ganze Zeit an. Es war so, als ob nichts geschehen wäre. Aber natürlich war es das. Trotzdem war es schön, sie zu sehen, mit ihr zu reden, zu tanzen und natürlich auch sie in den Arm zu nehmen und zu küssen. Alexandra und ihre Freundin und auch Walter verließen gegen halb eins die Party und wir verabschiedeten uns. Ich ging die paar Meter zu der anderen Party zurück, um zu sehen, ob Diana oder noch wer anders dort war. Aber außer ein paar flüchtigen Bekannten war niemand mehr da. Ich trank noch eine Cola und fuhr anschließend nach Hause. Auf dem Rückweg kam dann eine Nachricht von Alexandra: „Darf ich wieder mit dir schreiben?" Ich antwortete: „Du darfst alles!" Sie schickte mir dann noch ein paar Kuss-Smileys und schrieb: „Schlaf gut und träum was Schönes." „Du auch. Und danke, dass du da warst", antwortete ich ihr zum Schluss.

* * *

Danach war erst einmal wieder alles gut. Wir redeten viel darüber, wie der Abend verlaufen war und dass wir uns haben sprechen können. Alles war wieder so vertraut. Doch sie hatte wirklich große Angst vor dem Typen. Ich sagte ihr, dass ich ihr beistehen würde und sie immer auf mich zählen könnte. Ich ahnte noch nicht, dass das Chaos erst noch so richtig losgehen würde.

Der richtige Hammer kam dann zwei Tage(!) danach. Alexandra schrieb mir, dass der Polizist, der sie stalkte, vor Ihrer Tür stand und nicht gehen wollte. Wir telefonierten und sie sagte mir, dass er am Morgen zu ihr gekommen sei und in die Wohnung wollte, um mit ihr zu reden. Sie ließ ihn wohl hinein und merkte, dass es ihm nicht gut ging. Daraufhin fuhr sie ihn zum Arzt und dann noch ins Krankenhaus. Während er dort war, fuhr sie wieder nach Hause und merkte, dass das Auto von dem Typen nicht abgeschlossen war. Daraufhin hat sie die Gelegenheit ergriffen und sich etwas darin umgesehen. Unter anderem fand sie dort auch den Personalausweis von dem Typen und fotografierte ihn. Sie erzählte mir, dass sie wirklich Angst vor ihm hatte. Ich hatte allerdings mehr als Zweifel darüber, ob dieser Typ wirklich Polizist war. Das konnte ich nicht glauben!

Auf jeden Fall schickte sie mir das Foto von seinem Personalausweis und bat mich, bei der Polizei in seiner Stadt anzurufen und zu fragen, ob er wirklich Polizist sei. In der Zwischenzeit hatte sie sich in ihrer Wohnung eingeschlossen und guckte immer wieder auf den Parkplatz, ob der Kerl, Thomas hieß er, nicht wegfahren würde. Doch er blieb. Und ich sollte nun bei der Polizei anrufen? Was sollte ich denen sagen? Mir war ganz und gar nicht wohl dabei, aber ich tat es. Ich rief dort an und sagte, was ich wusste. Dass ein angeblicher Polizist vor der Tür meiner Freundin steht und sie stalkt beziehungsweise belästigt. Ich gab den Namen und das Geburtsdatum von ihm an und musste natürlich erzählen, wie ich zu diesen Daten kam. Schließlich guckte der Polizist, mit dem ich redete, in den Computer und sagte mir dann, dass er keinen Kollegen mit diesem Namen finden konnte. Das müsste zwar nicht bedeuten, dass er kein Polizist wäre, aber es war doch sehr unwahrscheinlich. Dann sagte er mir, dass ich die örtliche Polizei verständigen sollte. Sie könnten dann sehr schnell feststellen, ob es sich dabei um

Amtsanmaßung handeln würde und außerdem könnten sie dafür sorgen, dass der Typ zumindest verschwindet.

Ich rief also meine Freundin an und teilte ihr den Sachverhalt mit. Aber sie wollte die Polizei nicht rufen, da ihre kleine Tochter auch da war und sie ihr diesen Stress nicht antun wollte. Nicht wieder, denn ihr Exmann hatte sie auch gestalkt und damals musste die Tochter mit ansehen, wie die Polizei ihren Vater verhaftet hatte. Ich war hin- und hergerissen. Einige Male hatte sie mir erzählt, dass der Typ durchaus gefährlich wäre und mir detailliert berichtet, wie er ihr damit Angst machte. Sie auch körperlich angegangen war und ihr klarmachte, wie leicht er ihr weh tun könnte.

Daraufhin sagte ich: „Entweder ich komme jetzt vorbei, oder ich rufe die Polizei." Alexandra wollte weder das Eine, noch das Andere. Sie wollte mich nicht mit hereinziehen oder dass ich mich irgendeiner Gefahr aussetzen würde. Doch mein Puls und Adrenalin waren so hoch, dass mir das egal war. Ich holte mir die Autoschlüssel aus der Firma und fuhr zu ihr hin. Die ganze Zeit blieb sie am Telefon. Ich blieb nach außen hin ruhig und redete mit ihr. Zwischendurch bekam ich immer wieder mit, wie sie aus ihrer Wohnung heraus mit dem Typen sprach. Wie sie ihm sagte, dass er verschwinden und sie in Ruhe lassen sollte. Doch er ging einfach nicht. Ich brauchte 25 Minuten zu ihr und sie bemerkte erst kurz vorher, dass ich im Auto saß und zu ihr fuhr.

Nun, ich war noch nie ein Schläger gewesen. Ich habe in meinem Leben weitestgehend jede körperliche Auseinandersetzung vermeiden können. Nur in meiner Schulzeit war ich zwei bis drei Mal auch körperlich mit jemandem aneinander geraten und fühlte mich jedes Mal ängstlich dabei. Aber hier ging es nicht um mich. Jemand bedrohte und bedrängte eine mir sehr nahe stehende Person! Das konnte und durfte ich nicht zulassen! Ja, ich hatte etwas Angst. Aber viel mehr wollte ich eine geliebte Person beschützen! Niemand darf meine Kinder, Familie oder Freundin bedrohen!

* * *

Ich fuhr sehr forsch auf den Parkplatz vor dem Haus und sah, dass Alexandra mit dem Typen mittlerweile draußen war und dort mit ihm redete. Nun, sie sprach laut und bestimmt. Ich fuhr wirklich schnell an die Beiden ran und dachte für einen Moment, dass ich nicht mehr rechtzeitig anhalten könnte. Ich öffnete die Tür, stieg wutentbrannt aus und ging auf den Typen los. Dabei wunderte ich mich dann aber schon, wie so ein Typ in meiner Süßen so viel Angst auslösen konnte. Er war kleiner als sie, deutlich älter und seine Statur war eher schmächtig. Man sollte niemanden unterschätzen, aber er sah mir nicht so aus, als wenn er nur in Betracht ziehen könnte, sich mit mir anzulegen.

Ich ging also schnellen Schrittes auf den Typen zu und sprach ihn mit fester und lauter Stimme an: „Ich habe die ganze Zeit das Gespräch mit Ihnen und Frau B. mitgehört. Sie hat Ihnen mehrfach zu verstehen gegeben, dass sie ihre Ruhe vor Ihnen haben will. Können oder wollen Sie das nicht verstehen?", und ging dabei immer weiter auf ihn zu. Er war sichtlich überrascht und stieg sofort in sein Auto ein und schloss die Tür, aber er machte keine Anstalten loszufahren. Ich redete also weiter auf ihn ein: „Sie machen ihr Angst! Verschwinden Sie endlich von hier, oder ich rufe die Polizei!" Er hatte noch das Fenster geöffnet und antwortete tatsächlich: „Das hier ist ein öffentlicher Parkplatz und so lange meine Steuern und Versicherung bezahlt sind, kann mich niemand von hier vertreiben. Und die Polizei wird mir bestimmt keinen Platzverweis aussprechen." Darauf hatte ich ja schon fast gewartet. Ich wollte ihn provozieren, damit er mir gegenüber auch behaupten würde, er wäre Polizist: „Ach, Ihre Kollegen also? Sie meinen, dass Sie deswegen keinen Ärger bekommen würden?" Er sagte aber leider nichts dazu. Also setzte ich noch einen drauf: „Ich weiß, als was Sie sich Frau B. gegenüber ausgegeben haben. Und ich habe mit

der Polizei in Lindau gesprochen. Man kennt Sie dort nicht!"
Er schwieg weiterhin. Nichts sagte er dazu. Ich hatte also
recht: Dieser Mann war mit Sicherheit kein Polizist!
"Verschwinden Sie ganz schnell von hier, sonst können wir
das gerne mit der Polizei regeln." Er sagte nur wieder: "Ich
darf hier bleiben!" Also holte ich mein Handy aus meiner
Tasche und sagte: "Fahren Sie, sonst klären wir das anders!"
Und dann fuhr er tatsächlich.

Ich war angespannt und merkte erst jetzt, wie sehr das
Adrenalin in mir wirkte und wie aufgeregt ich wirklich war.
Jetzt musste ich erst einmal eine Zigarette rauchen. Im
Übrigen war es das erste Mal, dass Alexandra mich rauchen
sah. Sie wusste zwar, dass ich rauchte, aber ich hatte nie das
Bedürfnis in ihrer Nähe zu rauchen! Sie musste mich gar
nicht darum bitten, ich wollte es einfach nicht. Aber jetzt
brauchte ich die Zigarette. Wir setzten uns vor dem Haus auf
eine Bank und redeten über die Vorfälle und den Tag. Das,
was ich getan hatte, imponierte ihr. Sie hatte nicht damit
gerechnet, dass ich vorbeikommen würde und mich so für sie
einsetzte. Neun Uhr Abends war es da. Und ich ahnte noch
nicht, dass es noch eine sehr lange Nacht werden würde. Sie
brachte mir dann einen Kaffee und fragte mich, ob ich mit in
ihre Wohnung wollte. Ich antwortete ihr, dass ich es
respektiere, dass sie keinen Mann in ihrer Wohnung haben
wollte. Also blieben wir unten vor dem Haus.

Wir dachten, wir hätten es überstanden und er wäre
gefahren. Aber wir täuschten uns. Als es dunkel wurde,
sahen wir, dass er mit seinem Wagen wieder auf der Straße
an ihrem Haus vorbeifuhr. Gleich schoss das Adrenalin
wieder in mir hoch. Der Typ ging mir auf die Nerven! Was
erwartete er? Wollte er warten, bis ich fahren würde? Ich
schlug also vor, dass wir einen Spaziergang mit ihren
Hunden machen sollten. Ihre Hunde waren klein, also keine,
vor denen irgendwer Angst haben müsste, aber es war doch
ein guter Vorwand in der Gegend etwas herumzulaufen und
zu sehen, wo der Typ sich versteckte.

Wir liefen also etwas in der Nachbarschaft herum und plötzlich sah ich seinen Wagen in einer Nebenstraße stehen und ihn auf der Straße umherschlendern. Ich ging also wieder auf ihn zu und fragte ihn mit lauter Stimme, was er hier treibt und ob er nicht verstanden hat, was ich vorher zu ihm gesagt hatte! Er bat mich etwas leiser zu reden, doch ich dachte gar nicht daran: „Ich kann so laut mit Ihnen reden, wie es mir passt!" Ich blieb aber immer höflich. Ich beleidigte ihn nicht und duzte ihn auch nicht. Ich gab ihm keinen Vorwand, irgendetwas gegen mich verwenden zu können. Aber ich ging immer dicht auf ihn zu. Auch wenn er wohl nicht direkt Angst vor mir hatte, so war ihm das doch sehr unangenehm. Er ging dann wortlos zu seinem Auto, stieg ein und fuhr wieder los.

Das ganze ging noch ein paar Mal so. Immer wieder hatte er sich woanders hingestellt. Und dann gab es doch noch ein kurzes Gespräch mit ihm. Er sagte zu Alexandra: „Ich hab noch ein paar Sachen bei dir, was ist damit?" Sie antwortete ihm dann nur: „Ich hol dir die Sachen raus, dann kannst du sie mitnehmen." Und ich ergänzte: „Das können wir auch gleich machen. Nehmen Sie Ihr Zeug und verschwinden Sie!" Sie brachte ihm dann eine Tasche, die er mit zu ihr gebracht hatte und er packte sie in sein Auto. Ich ging wieder sehr dicht an ihn heran: „Nun sehen Sie endlich zu, dass Sie verschwinden und Frau B. nicht weiter belästigen." Er stieg ein und ich stand immer noch sehr dicht an seinem Auto. Einen Moment lang hatte ich Angst, dass er versuchen könnte mich zu überfahren, aber er fuhr nur seinerseits schnell los.

Es war schon spät, etwa 11 Uhr Abends als er wieder wegfuhr. Alexandra war geschafft vom Tag und den Ereignissen. Und sie war müde! Ich wollte sie aber nicht allein lassen. Ihr Sohn war noch unterwegs und ich fragte sie, wann er heimkommen würde. Sie meinte, er müsste jeden Moment da sein. Ich versprach, dass ich so lange auf ihn warten würde, bis er da ist und erst dann nach Hause fahren würde. Etwa 20 Minuten später kam dann ihr Sohn und das war das erste Mal, dass ich ihn sah. Er war sechzehn. Kein Alter, bei dem er mit einer Auseinandersetzung fertig werden würde, aber doch alt genug, dass er zumindest seiner Mutter beistehen und notfalls die Polizei rufen könnte. Und er versprach auch, dass er diese rufen würde, falls noch etwas passiert.

* * *

Ich fuhr also nach Hause. Ich war etwas mehr als die Hälfte der Strecke gekommen, als mich Alexandra anrief und mir sagte, dass der Typ wieder aufgetaucht sei. Er hatte wohl kleine Steine an ihr Fenster geworfen und machte ihr wieder Angst. Ich drehte sofort um! Jetzt war der Spaß endgültig vorbei! Ich fuhr also so schnell es ging wieder zurück und hatte wieder die ganze Zeit Alexandra am Telefon. Als ich zu ihr kam, sah ich zunächst niemanden. Doch dann sah ich sein Auto: Er kam mir entgegen. Ich drehte sofort um und fuhr hinter ihm her. Er musste mich gesehen haben, denn er beschleunigte stark. Das Auto, mit dem ich unterwegs war, war ein Smart. Nicht das richtige Auto um jemanden zu verfolgen, besonders wenn der andere viel mehr Power unter der Haube hat, als mein Wagen. Doch ich blieb an ihm dran. Plötzlich bog er auf einen Parkplatz ab, parkte sein Auto und machte die Lichter aus. Ich fuhr an ihn ran und er stellte sich schlafend. Merkwürdig, nach so einer Hetzjagd so schnell schlafen zu können. Aber ich wollte auch nicht an sein Auto heran oder es aufmachen. Ich vermied alles, was er mir nachher als Bedrohung, oder eine Art von Hausfriedensbruch hätte auslegen können. Ich wartete noch einen Moment, dann fuhr ich zu meiner Freundin.

Alexandra bat mich am Telefon noch darum, mit ihrem Sohn zur Polizei zu fahren. Ich versprach ihr, auch das zu tun. Lieber wäre es mir gewesen, sie wäre mitgekommen, aber sie war zu aufgewühlt und fertig, um auch das noch zu tun. Also ging ich mit ihrem Sohn zur Polizei, um Anzeige zu erstatten. Eines der ersten Dinge, die mich der Polizist fragte, war, warum Frau B. nicht selbst gekommen sei. Ich erklärte ihm, dass sie völlig fertig sei und dazu heute nicht mehr in der Lage wäre. Doch der Polizist sagte, dass sie selbst Anzeige erstatten müsste und dazu am nächsten Tag in die Wache kommen solle. Aber er verhielt sich korrekt und fragte uns nach dem Sachverhalt. Außerdem fragte er mich, in welchem Verhältnis ich denn zu Frau B. stehen würde. Ich wusste ja, dass sie ihren Kindern von mir erzählt hatte, aber ich wusste auch, dass sie mich als einen guten Freund beschrieben hatte und als ihren Tanzpartner. Also sagte ich, dass Frau B. eine gute Freundin von mir sei. Ich erzählte alles, was an dem Tag vorgefallen war und beschrieb die Situation so gut wie möglich. Auch ihren Sohn befragte der Polizist. Er sagte aus, dass die beiden eine Beziehung hatten und dass er sie nun belästigte. Auf die Frage: „Seit wann ist die Beziehung der beiden denn vorbei?", antwortete dann ihr Sohn: „Seit heute Morgen." Wie bitte? Was erzählte der Junge da? Mir hatte sie erzählt, dass sie nur zwei Wochen zusammen gewesen waren und er sie dann immer nur gestalkt hatte und Angst machte. Jetzt sagte er, dass die Beziehung bis jetzt noch ging? Ich war mir sicher, dass er das einfach nur nicht besser wusste und seine Mutter ihm auch nicht alles erzählt hatte. Abschließend erklärte der Polizist, dass sie eine Streife schicken würden, um dafür zu sorgen, dass meine Freundin Ruhe haben würde. Sie fragten mich noch, wo ich den Herrn zuletzt gesehen hatte und versprachen, auch dort einmal nachzusehen.

Ich brachte Alexandras Sohn anschließend wieder nach Hause. Wir rauchten noch ein, zwei Zigaretten (seine Mutter wusste davon, tat aber nichts dagegen – und ich konnte es ihm wohl auch nicht verbieten) und unterhielten uns ein wenig. Ich wollte noch ein wenig da bleiben, bis ich die Polizei sehen würde. Diese fuhr aber erst einmal an der Straße vorbei und in die Richtung, aus der ich den Typen das letzte Mal gesehen hatte. Auf dem Rückweg kamen sie dann aber auch an das Haus gefahren. Sie hielten an und ein Polizist stieg aus. Wir gingen zu ihm rüber und er fragte mich, ob wir die seien, die vorhin Anzeige erstattet hätten. Ich bejahte das. Und der Polizist sagte, dass der Kerl nicht mehr da gewesen sei, wo ich ihn gesehen hatte, sie aber weiterhin Streife fahren wollten. Sie hatten ja alles von ihm, das Autokennzeichen und seine Daten hatte ich ihnen mitgeteilt.

Ich fuhr also wieder nach Hause. Halb drei war es, ich war voller Adrenalin und musste am nächsten Morgen gleich wieder arbeiten. Aber ich konnte nicht gleich einschlafen und musste erst einmal herunterkommen. So etwas hatte ich vorher auch noch nie erlebt! Was für eine Geschichte. Mir kam es vor, als wenn ich in einem Krimi mitgespielt hätte. Aber ich hätte es zu jeder Zeit wieder getan. Nicht weil ich es gewollt hätte, sondern weil ich es für notwendig hielt – und zu 100 % hinter meinen geliebten Menschen stehe.

Als ich am nächsten Tag in der Arbeit meine Erlebnisse schilderte, waren alle völlig entgeistert. Ich denke, so eine Geschichte erzählt man auch nicht jeden Tag. Und auch Diana wusste nicht, was sie dazu sagen sollte.

* * *

In den folgenden Tagen ging es immer wieder auch um diesen Thomas. Alexandra schrieb mir, bzw. leitete mir alles weiter, was sie von ihm bekam. Sie war auch bei der Polizei, hatte ihm ein Kontaktverbot aussprechen lassen und ihn angezeigt. Doch er ließ nicht locker. Mich nervte das ziemlich, aber ich hielt mich zurück und stand ihr bei. Es stellte sich natürlich heraus, dass er kein Polizist war und zudem fuhr er auch noch ohne Führerschein. Aber für seine Behauptung, er wäre Polizist, hatte Alexandra keine Beweise.

Ich hatte das Wochenende meine Jungs bei mir, sodass wir uns für den Sonntagabend verabredeten. Unsere Gespräche drehten sich dann wieder mehr um uns und was wir noch so alles miteinander anstellen wollten. Und ja, es ging dabei eher um körperliche Liebe. Als ich dann am Sonntag zu ihr fuhr, nachdem ich meine Jungs nach Hause gebracht hatte, sollte ich das erste Mal wirklich ihre Wohnung betreten. Ich war schon einmal ganz kurz bei ihr im Flur gestanden, als ich sie abholte, aber dieses Mal wollte sie unbedingt, dass ich zu ihr kam. Wir hatten einen schönen Abend bei ihr auf der Couch und als dann ihre Tochter im Bett war, küssten wir uns intensiver und leidenschaftlicher – und liebten uns dann auch.

Wenn ich gedacht hatte, dass diese Ereignisse uns enger zusammenschweißen würden, so täuschte ich mich gewaltig! Denn nach diesem Sonntag wurde wieder alles anders. Ich bemerkte, dass sie „komisch" wurde, auch wenn es alles andere als lustig war. Sie redete wenig mit mir und alles war einfach anders als sonst. Von jetzt auf gleich. Ohne Vorwarnung und ohne Grund. Ich redete mit Diana darüber und sie riet mir, die Finger von ihr zu lassen und die Sache zu beenden. Vielleicht hatte sie recht. Hatte mich Alexandra nur benutzt, um den Typen loszuwerden? Brauchte sie mich nun nicht mehr, da ihr Peiniger sie nun nicht mehr belästigen durfte? Es machte fast den Anschein, denn am Dienstagabend erhielt ich eine sehr lange Sprachnachricht von über 12 Minuten! Darin machte sie mir klar, dass ich nicht der wäre, den sie bräuchte. Sie würde mich mögen, aber mehr auch nicht. Und wieder sagte sie, dass sie nicht wisse, was sie will. Schon bevor ihre Nachricht kam, hatte ich ihr einen langen Brief geschrieben. Ich wollte ihr darin klarmachen, dass ich das ganze hin und her nicht mehr aushalten würde und unsere Geschichte beenden wollte, wenn sie nicht ganz klar Stellung zu mir beziehen würde. Das hatte sich danach zwar erübrigt, aber ich schickte ihr den Brief dann trotzdem. Und danach blockierte ich sie bei Facebook und auch im Messenger. Sie hätte mich dann nur noch per E-Mail oder Telefon erreichen können. Aber das tat sie nicht.

Ich war fertig. Fix und fertig! Nur um das noch mal zu erklären: ALLE Ereignisse fanden innerhalb von sechs bis sieben (!) Wochen statt. Von dem Moment an, wo wir uns kennenlernten. Das war keine Achterbahnfahrt der Gefühle, das war ein Höllenritt!!! Ja, ich mag mehr als naiv und viel zu schnell in die Sache hereingegangen sein. Aber es war wie ein Strudel, dem ich mich nicht entziehen konnte und auch nicht wollte! Und ich habe bis heute noch keine Antwort darauf gefunden, was mich so an dieser Frau fasziniert und getriggert hat!

KAPITEL NEUNZEHN

Ruhe? Fehlanzeige!

Mal wieder war ich am Boden zerstört. Und dieses Mal bekamen das auch meine Kollegen zu spüren, denn ich war wirklich traurig. Sie zeigten Mitgefühl, doch helfen konnte mir von ihnen natürlich niemand. Mein Rückhalt war Diana. Sie war für mich da und wir redeten sehr viel. Ich half ihr, als sie Schwierigkeiten mit ihrem Freund hatte, den sie auch erst kurz hatte und bei dem sich auch schon gleich am Anfang herausstellte, dass er psychisch nicht belastbar war, und sie war für mich da. Wir waren eigentlich immer füreinander da.

Nach diesen Ereignissen wollte sie mich gleich wieder auf andere Gedanken bringen und lud mich darum zu einer Party ein, die am Wochenende stattfinden sollte. Was??? Ich hatte gerade jemanden verloren, von dem Diana genau wusste, was ich für sie empfand und nun sollte ich wieder auf eine Party gehen? Drei Tage, nachdem das passiert war? Doch Diana blieb hartnäckig und erzählte mir, dass dort mehrere ihrer Freunde da sein würden und ich jetzt erst Recht an etwas anderes denken müsste, als an Alexandra. Ich wollte wirklich nicht, aber ich merkte, dass es Diana ein

Anliegen war, dass ich unbedingt mit sollte. Sie machte sich richtig Sorgen um mich und wollte, dass es mir schnell wieder besser ging.

Ja, ich war enttäuscht und über die Maßen verletzt! Und das machte mich sauer! Was hatte ich nicht alles für Alexandra getan und mich so sehr für sie eingesetzt und sie ließ mich einfach fallen! Diana hatte recht! Ich wollte nicht mehr darüber grübeln und mich weiterhin über eine Frau ärgern, die mich nicht wollte! Wer mich nicht will, der hat mich nicht verdient! Ich bin mehr wert als ein Zeitvertreib! Hatte ich mir nicht schon vor langer Zeit geschworen, dass ich nicht mehr hinter irgendetwas zurückstecken wollte? Ich bin es Wert, vorn zu stehen! Mit diesen Gedanken zog ich mich aus meiner Lethargie und sagte zu.

Diana und ich wollten uns vor der Location treffen und dann gemeinsam zur Party gehen. Es war eine 90er Jahre Party und ich freute mich auch schon auf die Art der Musik. Ich war früher als verabredet da, musste aber nicht lange warten. Diana kam mit ihrem Freund und wir fielen uns erst einmal in die Arme. Es tat gut, jemanden, dem ich vertrauen konnte, in meiner Nähe zu haben. Und auch ihren Freund begrüßte ich herzlich. Bald darauf kamen dann noch ein paar mehr Leute. Einige davon kannte ich schon, andere wiederum noch nicht. Diana stellte uns alle einander vor und besonders einer Freundin von ihr. Danach gingen wir auf die Party.

Mit dieser Freundin von Diana entwickelte sich dann im Raucherbereich ein nettes Gespräch. Dabei kam heraus, dass der Mann, der sie begleitet hatte, ein Nachbar von ihr war und sie gedrängt hatte, ihn mitzunehmen. Und sie war total genervt von ihm. Scheinbar machte er ihr Avancen, aber sie fand das einfach nur nervig. Im Laufe des Gesprächs fragte sie mich dann, was ich beruflich machen würde. Und ich antwortete verschmitzt: „Ich mache Frauen glücklich." Sie musste lachen: „Inwiefern?", fragte sie nach. „Ich plane und verkaufe Küchen." Das fand sie dann wohl nicht mehr ganz so komisch, denn sie sagte darauf: „Na, mich würde eine

Küche nicht glücklich machen. Die muss man immer putzen." Sie ging dann wieder rein. Tja. Scheinbar war mein Humor dann doch nicht so der ihre.

Ich hatte eine gute Zeit an dem Abend und es war auch eine Frau da, die schon länger mal ein Auge auf mich geworfen hatte. Ich kannte sie nur flüchtig, wir hatten uns ein paar Mal auf einer Single-Party gesehen und etwas gesprochen. Sie kam aber nicht für mich infrage. Sie war älter und sah auch so aus. OK, so viel älter war sie nicht, aber trotzdem hatte ich kein Bedürfnis, mit ihr etwas anzufangen. Aber sie war nett und freundlich und hielt sich gerne in meiner Nähe auf. Tatsächlich küsste ich sie zum Abschied auf den Mund, wie wir das auch schon vorher gemacht hatten, aber das war es dann auch schon – und ich bereute gleich, das getan zu haben. Wie auch immer. Mit der Freundin von Diana, sie hieß Stefanie, hatten wir dann auch noch ein nettes Gespräch zum Abschluss und in der Runde tauschten wir dann auch unsere Handy-Nummern aus. Außerdem lud mich Diana in ihre Freundes-Gruppe in einem Messenger ein. Diana war die Letzte, die sich von mir verabschiedete und ich sagte zu ihr, dass diese Stefanie ja ganz nett wäre. Sie guckte mich verschmitzt an und sagte: „Das ist sie. Sie ist wirklich sehr lieb. Du solltest dir so jemanden wie sie suchen." Suchen? Ich wollte niemanden „suchen"! Und schon gar nicht jetzt! Ich konnte mir alles vorstellen, aber bestimmt keine Beziehung!

* * *

Ich war müde und fuhr nach Hause. Ich hatte die Tage zuvor nur wenig und schlecht geschlafen. Und ich freute mich, dass ich am Sonntag endlich mal ausschlafen konnte. Doch irgendwie wurde nichts daraus, denn schon am frühen Morgen vibrierte ständig mein Telefon. Es waren jede Menge Nachrichten aus der Messenger-Gruppe, die ausgetauscht wurden. Und jedes Mal, wenn dort etwas geschrieben wurde, vibrierte mein Handy. Ich war immer noch müde, wollte aber wissen, was dort abging. Die Gruppe wollte an dem Sonntag etwas unternehmen und sie diskutierten, wann und wo. Oh Mann! Musste das sein?

Ich stellte erst einmal die Gruppe stumm, damit mein Handy nicht immer vibrierte. Ich diskutierte ein wenig mit, als sich herausstellte, dass sie am Nachmittag gemeinsam Eis essen gehen wollten. Sie fragten mich, ob ich mitkommen wollte. Nach einiger Zeit sagte ich zu. Ich hatte aber immer noch kein Auto und an einem Sonntag konnte ich mir auch nicht einfach eines leihen. Ich würde also wieder mit dem Zug fahren müssen. Gleich boten sich zwei an, mich von München aus mitzunehmen. Einmal die Frau, die eh schon ein Auge auf mich geworfen hatte und die andere war Stefanie. Das gefiel mir schon besser. Ich fuhr also nach München mit dem Zug und die beiden holten mich dann ab. Wobei ganz schnell klar wurde, dass ich nun doch mit der anderen mitfahren musste, denn Stefanie hatte ihre Tochter und ihren Enkel dabei.

Ich hatte mich ja schon damit abgefunden, dass ich nur noch Frauen mit Kindern kennenlernen würde, aber dass ich jetzt das zweite Mal hintereinander eine Oma kennenlernte, damit hatte ich nun wirklich nicht gerechnet. Aber auch Stefanie war zwei Monate jünger als ich.

Wir fuhren also zum Treffpunkt und waren wieder fast in derselben Runde zusammen, wie am Abend zuvor. Wir aßen Eis und unterhielten uns fröhlich. Ich konnte es aber nicht lassen, mir Stefanie ab und zu mal etwas genauer anzusehen bzw. auf sie zu achten. Sie war fröhlich und machte mir einen sympathischen Eindruck. Von daher war ich auch nicht böse als dann der Vorschlag kam, gemeinsam noch spazieren zu gehen und anschließend etwas zu essen. Es würde also wieder ein längerer Tag werden, doch ich hatte Spaß daran. Wir redeten alle miteinander und jeder mal mit jedem. Es war eine sehr nette Truppe an Leuten und bis auf eine Person war mir jeder sympathisch.

Als wir dann zum Essen gingen, hoffte ich insgeheim, dass ich bei Diana sitzen konnte. Ich wollte zumindest nicht neben der anderen Frau sitzen. Ich wollte auch hier auf keinen Fall den Eindruck erwecken – und besonders nicht bei Stefanie – zwischen ihr und mir könnte was laufen. Dass ich gerade erst eine Beziehung beendet hatte, davon hab ich aber auch niemandem etwas gesagt und Diana äußerte sich auch nicht dazu.

* * *

Zwei Tage später fingen dann Stefanie und ich an, uns direkt über einen Messenger-Dienst zu schreiben. Ich erwartete gar nichts, ich fand sie einfach nur nett. So, wie Diana gesagt hatte. Wir fingen am Dienstagabend an zu schreiben und sprachen über das vergangene Wochenende. Harmlos, freundschaftlich. Doch irgendwie hörten wir nicht auf zu schreiben. Insgesamt war es nur eine Stunde, aber in der Zeit gingen viele Nachrichten zwischen uns hin und her. Sie wollte dann schlafen gehen, da sie am nächsten Tag früh aufstehen musste. Zum Schluss bot ich an, dass wir mal telefonieren könnten und haben das Gespräch erst einmal auf den nächsten Tag verlegt. Sie fand das auch gut und sagte zum Abschluss: „Ich finde es sehr angenehm, mit dir zu schreiben." Das klang gut und ich genoss es auch. Das Letzte von ihr an dem Tag war dann: „Ich wünsche dir jetzt eine gute Nacht, schlaf schön und träum was Schönes. Bis morgen", gefolgt von einem Kuss-Smiley.

Echt jetzt? Ein Kuss-Smiley? Wird so was jetzt schon von Anfang an gespammt? Aber ich wollte darüber nicht nachdenken. Und ernst nehmen konnte ich es auch nicht. Ich denke, sie wollte damit nur zum Ausdruck bringen, dass ihr das Gespräch mit mir auch gefallen hatte.

Sie schrieb tatsächlich wieder gleich am nächsten Morgen. Ihr Ernst? Aber gut. Ich schrieb nur kurz zurück und wünschte ihr auch einen guten Morgen. Am Abend schrieben wir dann wieder einige Zeit, bis sie mich dann anrief und wir eineinhalb Stunden telefonierten.

Am nächsten Tag hatte ich frei und fast schon traditionell war Diana in ihrer Mittagspause an meinem freien Tag bei mir und wir aßen Mittag. Ich hatte ihr natürlich schon davon erzählt, dass ich lebhaft mit Stefanie schrieb und sie war überrascht. Sie hätte nicht damit gerechnet, dass wir überhaupt miteinander kommunizieren würden und erst recht nicht, dass es so schnell ging. Ich sagte daraufhin zu ihr: „Ich dachte, du wolltest, dass ich Stefanie kennenlerne? Es hat sich für mich fast so angefühlt als, wenn du uns beide verkuppeln wolltest." Sie antworte: „Nein, ich wollte nur, dass du auf andere Gedanken kommst und dir ein paar meiner Freunde vorstellen." Ich beruhigte sie: „Mach dir keine Gedanken, wir reden nur miteinander." Ich hatte echt keine Lust auf Stress, aber ich kam nicht umhin mir einzugestehen, dass ich Stefanies Art mochte. Diana erlaubte sich dann noch einen Scherz, während wir aßen. Sie fotografierte mich und schickte es Stefanie. Na toll. Sie schrieb auch gleich: „Jetzt habe ich ein schönes Foto von dir." Fast schon war ich verlegen. Aber warum denn?

Wir telefonierten wieder am Abend. Und sie schrieb mir danach, wie schön sie es fand, mit mir zu reden. Und ich erwiderte das. Ja, es war schön, mit ihr zu reden. Und es war von jetzt auf gleich jeden Tag! Ruhe nach Alexandra? Pustekuchen! Ich dachte gar nicht mehr an sie. Stefanie trat in mein Leben und ich hatte für nichts anderes mehr Platz in meinen Gedanken. Das war auch gut so. Fast war es, als wäre Alexandra nicht mehr existent und das, was vorher passierte war, nie geschehen.

Diana war das ganze schon unheimlich. Und mir, offen gesagt, auch. Zwar war ich ehrlich immer erfreut und gespannt von Stefanie zu lesen und noch mehr mit ihr zu telefonieren, aber ich war mir nicht sicher, ob mir die Richtung, die das ganze nahm, wirklich gefallen würde. Oder ob ich einfach nur das Gefühl genoss, dass mich eine Frau so interessant fand. Würde sie mir wirklich gefallen? Oder was würde passieren, wenn wir uns wiedersehen? Ich musste es herausfinden, denn mittlerweile redeten wir auch sehr intensiv über Privates und flirteten wie wild miteinander.

Es ging schon sehr bald so weit, dass Stefanie nicht mal zu einer Party mit Freunden gehen wollte, weil ich nicht mitkonnte. Das wollte ich aber bestimmt nicht. Ich sperre niemanden ein und verbiete ihm, ohne mich Spaß zu haben. Kommt natürlich auf den Spaß an, aber fortzugehen und Freunde zu treffen ist dabei ja völlig in Ordnung. Das sagte ich ihr auch. Ich bin kein eifersüchtiger Mensch, was nicht bedeutet, dass mir der andere egal ist. Ich vertraue ihm einfach. Wenn mich jemand belügen oder betrügen will, dann macht er das – aber ich gehe immer vom Guten aus. Und wenn mich wer aufrichtig mag, dann wird er das auch nicht ausnutzen.

Ich musste nun wirklich feststellen, was passiert, wenn wir uns wiedersehen. Würde das gute Gefühl, das ich bei unseren Telefonaten und den Nachrichten immer hatte, bleiben? Ich wollte wissen, ob ich mir etwas vormachte bevor ich so tief in der Sache drinsteckte und Stefanie möglicherweise verletzt würde, wenn es nicht so wäre.

Wir verabredeten uns für den Sonntagabend – also nur eine Woche nachdem wir uns kennengelernt haben. Voll-Speed? Kann ich! Ich brachte die Jungs nach Hause zu ihrer Mutter und fuhr dann direkt weiter nach München. Wir wollten uns vor der Freizeithalle treffen, in der wir uns auch kennengelernt hatten. Diese hatte zwar geschlossen, aber wir wollten von dort aus spazieren gehen und uns unterhalten.

Wir trafen beide ziemlich gleichzeitig dort an. Wir sahen uns und nahmen uns sofort in den Arm. Wow! Schmetterlinge scheinen nicht so wählerisch zu sein, wie lange sie brauchen, um woanders hinzufliegen. Vor zwei Wochen noch waren die bei Alexandra, jetzt bei Stefanie. Wir küssten uns sofort. Hmm. Das gute Gefühl blieb und verschwand nicht. Wir gingen den ganzen Abend spazieren und dann noch in einen Biergarten. Es war ein wunderschöner Abend – das Wetter war sonnig und die Begleitung charmant, witzig und offensichtlich genauso verliebt wie ich.

* * *

Die Kommunikation änderte sich danach. Man merkte, dass wir beide ziemlich verknallt ineinander waren. „Schatz", „ich hab dich sehr lieb", Kuss-Smileys und Herzen über die Maßen. Es war echt unheimlich. Aber niemand von uns konnte oder wollte vom Gas gehen und es langsamer angehen lassen. Wir waren wie im freien Fall – hoffentlich hatten wir Fallschirme dabei oder ein weiches Kissen am Boden. Ansonsten könnte es ein harter Aufprall werden.

Das Wort „Liebe" fiel dann auch schon sehr bald. Wir telefonierten so gut wie jeden Tag und schrieben unendlich viele Nachrichten. Ich konnte es nicht erwarten, sie bald wiederzusehen. Aber das dauerte auch nur wieder eine Woche. Wir gingen essen und dann spazieren. Das Wochenende drauf trafen wir uns dann von der Facebook-Gruppe an einem See. Ich brachte die Jungs mit an den See und Stefanie kam auch mit ihrer erwachsenen Tochter und ihrem Enkel. Zwar hielten wir uns hier ein wenig zurück, aber es war ein sehr schöner Abend mit vielen Leuten, Lagerfeuer, Musik und tollem Wetter. Nachdem ich die Jungs am Sonntag heim gebracht hatte, sahen wir uns direkt wieder und gingen in einem nahegelegenen Park spazieren.

Diana war etwas schockiert, als sie erfuhr, dass wir jetzt schon sagen würden, dass wir uns liebten. Aber für mich fühlte sich das richtig an. „Ihr habt doch noch nicht einmal miteinander geschlafen, oder?", fragte sie. „Nein. Aber das heißt doch nicht, dass die Gefühle deswegen nicht da wären. Sex und Liebe gehören zwar zusammen, doch man kann durchaus auch lieben, ohne Sex gehabt zu haben," antwortete ich. Sie war da etwas anderer Meinung: „Und wenn ihr dann merkt, dass der Sex zwischen euch nicht gut ist?" „Das wird er aber sein", da war ich mir ganz sicher.

Am selben Abend verließ ich die Facebook-Single-Gruppe, in der ich war. Ich brauchte das nicht mehr. Und auch damit zeigte ich Stefanie, dass ich es sehr ernst nahm. Sie war von diesem Schritt mehr als angetan. Sie selbst wollte aber dort bleiben. Das war auch in Ordnung für mich. Zum einen schrieb sie in diese Gruppe fast nie etwas (ich selbst hatte dort nie etwas von ihr gelesen), zum anderen hatte sie dort einige Freunde gefunden, mit denen sie in Kontakt bleiben wollte. Und so würde ich über Stefanie über anstehende Partys informiert werden. Denn einige von den Menschen dort würde ich auch gern wiedersehen.

Ein paar Tage später sagte Stefanie mir, dass sie mit ihrer ganzen Familie im bald anstehenden Urlaub nach Italien fahren würde. Und dann fragte sie mich, ob ich nicht mit dorthin kommen wollte. Ja, würde ich gern, aber konnte ich mir das leisten? Das war das Eine. Wie komme ich hin? War das Andere, was ich klären musste. Und dann wären ja eigentlich auch meine Jungs bei mir. Ich musste das klären. Ich erfuhr, dass ein Fernbus direkt an den Ort fahren würde und das auch noch unschlagbar günstig. Und ich redete mit Regina und bat sie, mir die Jungs ein paar Tage später zu bringen. Somit konnte ich dann 4 Tage mit Stefanie in Italien verbringen. Ich fragte sie ein paar Mal, ob das für sie wirklich in Ordnung sei, doch sie wollte es auch unbedingt.

Dann besuchte mich Stefanie bei mir zu Hause. Ich hatte die Jungs da, aber sie würden bald ins Bett gehen und ich freute mich darauf, dass Stefanie zu mir kam. Sie war etwas nervös, als ich anfing sie zu küssen, aber wir machten einfach weiter. Die Jungs schliefen im Nebenzimmer und ich wollte sie endlich für mich haben. Es wurde leider nur ein Quickie, aber es war trotzdem sehr schön. Schöner wäre es natürlich gewesen, wenn wir ganz allein gewesen wären, aber das war doch schon mal ein Anfang.

Mit Diana redete ich in der Zeit auch sehr viel. Auch

unsere gemeinsamen Mittagessen blieben zwischen uns ein fester Bestandteil. Doch sie fand es es recht „komisch", wie schnell das mit mir und Stefanie ging und hatte zwischendurch auch mal ein schlechtes Gewissen. „Warum?", fragte ich. „Wenn es schiefgeht mit euch, dann bin ich schuld, weil ich euch einander vorgestellt habe", antwortete sie. Ich entgegnete: „Quatsch, ich bin dir sehr dankbar dafür. Wenn es schiefgeht mit Stefanie und mir, dann vermasseln wir das ganz allein." Aber wir redeten nicht nur über mich, sondern auch über sie. Diana war nicht so ganz glücklich in der Zeit mit ihrem Freund. Sie liebte ihn über alles, aber er distanzierte sich immer wieder von ihr. Das lag aber daran, dass er psychisch nicht so stabil war. Für mich klang das fast so, wie bei Alexandra und mir. Ich sprach ihr Mut zu, so wie sie mir auch zuvor. Freunde sind füreinander da.

Stefanie und ich trafen uns regelmäßig. Ich fuhr oft zu ihr nach Hause und wir redeten sehr viel. Ihre Töchter waren auch sehr freundlich und wohnten beide mit ihr zusammen – und auch ihr Enkel. Aber das war immer schön. Und wenn ich die Jungs da hatte, haben wir uns auch häufig getroffen und ich hab sie mitgenommen. Irgendwie wollte ich das am Anfang bei Alexandra ja nie, aber bei Stefanie war es anders. Ich hatte ihr die Jungs gleich vorgestellt und wir hatten auch gleich schon Zeit mit ihnen verbracht. Sie hatte auch kein Problem mit den Jungs und mochte sie und umgekehrt mochten die Jungs auch Stefanie.

Stefanies Urlaub begann eine Woche bevor ich hinfahren würde. Mir war klar, dass wir nicht so viel telefonieren oder schreiben würden, wenn sie am Meer wäre, aber das war auch in Ordnung für mich. Und bald danach würde ich ja auch hinfahren. Ich freute mich schon sehr darauf, war aber auch aufgeregt. Zwar verbrachten wir viel Zeit miteinander, aber ganze vier Tage am Stück war ja noch mal etwas anderes.

* * *

Ich kam mit dem Bus an dem Ferienort an und Stefanie holte mich ab. Ihr Enkel war etwas kränklich und hustete viel. Darum fragte sie mich: „Ist es für dich in Ordnung, wenn meine Tochter und mein Enkel heute Nacht noch bei mir im Bett schlafen?" Was sollte ich dazu sagen? Es gefiel mir nicht wirklich, denn ich hätte die Nächte gerne mit ihr zusammen verbracht. Aber ich konnte mich doch nicht über ein krankes Kind stellen? „Das ist schon in Ordnung. Wir haben ja noch mehr Zeit füreinander", antwortete ich ihr. Doch als wir in der Ferienwohnung ankamen, wusste ich, dass es chaotisch werden würde.

Ihr Bruder war mit seiner Familie auch in der Anlage und hatte eine große Ferienwohnung. Die jüngere Tochter von Stefanie wohnte während des Urlaubs bei ihm. Das war wohl immer so. Die Ferienwohnung von Stefanie war allerdings sehr klein. Sie bestand aus einer Wohnküche mit Zustellbett, einem Schlafzimmer und Bad. Sie bot also Platz für zwei und allerhöchstens für drei Personen. Wir waren mit dem Kleinen aber schon vier Leute. Wie sollte das gehen? Mir wurde da schon klar, dass gemeinsame Nächte eher nicht stattfinden würden. Und so war es dann auch. Ich schlief in der Küche auf dem Bett und ihre Tochter und Enkel im Schlafzimmer.

Viel schlimmer war allerdings, dass Stefanie zu mir so ganz anders war als sonst. Sie war eher teilnahmslos und kümmerte sich um alles, aber nicht um mich. Oder fast nicht. Am Strand waren wir einige Zeit gemeinsam oder an der Strandbar, doch sonst nicht. Dafür war ihr Bruder sehr gastfreundlich und ich redete viel mit ihm. Insgesamt war es dort sehr schön, doch hätte ich das auch allein genauso genießen können.

Stefanie bemutterte ihre erwachsene Tochter die ganze Zeit und sagte ihr, was sie mit ihrem Sohn machen sollte. Sie war auch nicht so erfahren, aber sie hatte gar keine Chance eigene Erfahrungen zu sammeln, denn Stefanie ließ sie gar nicht. Der Kleine hatte etwas? Oma ging mit ihm zum Arzt. Eigentlich hatte ich mehr den Eindruck, dass sie die Mama von dem Kleinen war und nicht ihre Tochter. Auch das sagte ich ihr, aber sie hörte mich dazu gar nicht richtig an. „Francesca ist noch zu jung, sie weiß nicht, was sie tun muss." Ich wollte mich da nicht einmischen, aber ich dachte mir meinen Teil. Und dann wurde auch noch Stefanies Mutter, die auch in München lebte, krank – und nun machte sie sich auch um sie Sorgen. Permanent telefonierte sie mit den Ärzten, Nachbarn, Mutter und noch mehr Leuten, um die Hilfe für sie zu organisieren. Dabei fehlte ihrer Mutter eigentlich gar nichts. Ich war mehr und mehr genervt. Am liebsten wäre ich gleich wieder abgereist.

Vier Tage können manchmal ganz schön lang werden. Als ich abreiste, brachte mich Stefanie gar nicht mehr zum Bus. Wir hatten uns nicht gestritten, es gab kein einziges böses Wort zwischen ihr und mir und wir küssten uns auch. Ihre Tochter war darüber auch sehr erstaunt. „Mama, bringst du Michael nicht zum Bus?", fragte sie. Ich wartete gar nicht auf eine Antwort und sagte: „Ich wollte eh noch eine Kleinigkeit einkaufen für die Rückfahrt. Das passt schon. Ich wünsche euch noch einen schönen restlichen Urlaub." Dann drückte ich Stefanie und ging zum Bus. Es war ja auch nicht weit. Etwa einen Kilometer. Und ich wollte da jetzt einfach nur noch weg.

Diana rief mich von unterwegs aus an und wir redeten lange miteinander. Ich beschrieb ihr, wie sich das für mich angefühlt hatte und sagte ihr auch, dass ich abwarten wollte, wie es sich entwickelt, wenn Stefanie wieder zu Hause sei. Wenn dann nicht wieder alles so wie vorher werden würde, dann würde ich mich von ihr trennen. Ich hatte aber eigentlich keine Hoffnung mehr.

Ich kam nach Hause zurück und Regina brachte mir meine Jungs. Ich war froh, dass sie da waren. So konnte ich mich gut ablenken. Ein paar Tage später war dann auch Stefanie aus dem Urlaub zurück und ich wollte unbedingt mit ihr reden. Ich fragte sie: „Sag mir bitte, ist alles in Ordnung zwischen uns?" Sie antwortete: „Ja, ist es. Mach dir keine Gedanken." Aber sie blieb so anders. So wie ich sie nicht kannte und so, wie ich auf keinen Fall mit ihr zusammenbleiben wollte – also war es alles andere als „in Ordnung". Wieder. Wieder wurde ich hinten angestellt. Hinter alles Andere und das sagte ich ihr auch. Und dann sagte ich ihr, dass wir das Thema lassen sollten und beendete diese Beziehung.

Es tat mir weh. Ja. Aber besser so, als später. Es war jetzt Ende August. Sechs Wochen. Wieder sechs Wochen. Sollte das mein neuer Rhythmus sein? Verdammter Mist! Ich will runter von der Achterbahn und wieder aufs Kinderkarussell! Ich hatte nun keine Lust mehr, irgendwen kennenzulernen. Besser allein als ständig solche Hochs und Tiefs.

KAPITEL ZWANZIG

Pause!

Ich denke, ich habe mir an dieser Stelle eine Pause redlich verdient. Insgesamt 13 Wochen Hoffen und Bangen, Glück und Trauer, Liebe und Gleichgültigkeit. Ich konnte nicht mehr. Ich wollte auch nicht mehr. Und ich wusste, ich machte etwas verkehrt. Mein ganzes Leben lang (zumindest seit ich aus der Pubertät war) hatte ich mich nach einer Partnerin in meinem Leben gesehnt. Familie stand, und tut es immer noch, an erster Stelle. Und auch ich wollte eine glückliche Familie, oder zumindest Partnerschaft, haben. Ich bin hoffnungsloser Romantiker. Ich hoffe immer noch darauf, eines Tages eine Beziehung führen zu können, die bedingungslos und bis zum Tod funktioniert.

Nach diesen beiden gescheiterten und kurzfristigen (ja, was eigentlich?) Beziehungen brauchte ich dringend eine Auszeit. Ich vermied es, auf Partys zu gehen und ich stürzte mich mehr in meine Arbeit und trank nach Feierabend lieber ein Bier mit Kollegen, als irgendwo hinzufahren. Auch mit Diana hatte ich viel Kontakt. Sie war aber trotzdem ziemlich sauer auf mich, da wir gerade in der Zeit mit Stefanie weniger geredet hatten. Und sie litt. Das merkte ich. Sie litt unter den Depressionen und Stimmungsschwankungen ihres Freundes. Doch wie könnte ich ihr beistehen? Wie sollte ich ihr da raushelfen? Ich konnte nur für sie da sein, zuhören und sie versuchen zu trösten und zu stärken.

Dann kam der Tag, als er sich von ihr trennte. Sie war fix und fertig. Ich versuchte, mit ihr zu reden und Mut zu machen, doch sie missverstand mich und warf mir Gleichgültigkeit vor. Ich denke, sie hatte gar nicht richtig zugehört, oder ich hatte die völlig falschen Worte gewählt. Alles, was ich wollte, war ihr beizustehen. Doch sie blockierte mich dann plötzlich und doch recht unvermittelt. Was eine Scheiße! Sie war zu dem Zeitpunkt meine beste Freundin, eigentlich schon wie meine kleine Schwester. Aber ich konnte ihr nicht mehr helfen und sie wollte sich auch nicht helfen lassen.

„Drei wichtige Frauen innerhalb von vier Monaten verloren. Das Leben kann auch mal netter sein zu mir", dachte ich bei mir. Ich besann mich auf das, was mir noch blieb. Meine Kinder und meine Schwester. Und ich merkte, dass ich auch ohne Partnerin sehr glücklich war. Ich hatte einen guten Job, eine Wohnung, genügend zu essen und Familie. Ich war reicher als viele andere Menschen – und das in vielerlei Hinsicht. Als ich mir das bewusst machte, wurde alles sehr viel leichter. Ich konnte tun und lassen, was ich wollte. Ich musste niemandem Rechenschaft ablegen. Das war auch ein sehr positiver Aspekt.

Ich dachte mehr darüber nach, was ich wollte. Und darüber, was ich tun sollte. Aber ich war noch mehr abgelenkt. Denn meine großen Kinder hatten sich zu einem Besuch bei mir angemeldet. Gemeinsam wollten wir dann auch auf das Oktoberfest gehen. Ich war selbst auch noch nie dort gewesen, obwohl ich ja schon 8 Jahre in Bayern gelebt hatte. Und ich dachte darüber nach, dass ich wegen eines Autos nicht mehr von meinem Chef abhängig sein wollte und suchte deshalb nach einem relativ guten, aber bezahlbaren, fahrbaren Untersatz.

Das mit dem Auto stellte sich dann bald als sehr gute Idee heraus. Ich fand eines, das irgendwie zu mir passte. Es hatte eine ungewöhnliche Form. Ich fand es gut. Normal sein kann ja jeder, ich bin schließlich was Besonderes. Ich kaufte also einen Citroën C4 Coupé. Super! Jetzt war ich deutlich mobiler als vorher und bezahlen konnte ich es auch, da ich einige Monate zuvor wieder gute Umsätze hatte. Das war vor allem deshalb eine gute Idee gewesen, da zwei Wochen später ein Kollege mit dem Auto, das ich sonst immer nutzen konnte, einen Unfall hatte und mein Chef kein neues als Ersatz anschaffen wollte. Zufall? Ja. Es ist mir zu gefallen. Was das bedeutet? Ich bekomme das, was ich anziehe und das, was ich brauche.

Ich brauchte noch etwas. Oder jemanden. Einen besonderen Menschen, den ich viel zu lange vernachlässigt hatte, mit dem ich aber über all die Zeit in sporadischem Kontakt geblieben war. Nur nicht in der Chaos-Zeit mit den beiden Frauen. Es war Sabrina. Ich wollte wieder mehr mit ihr reden. Nicht weil ich versuchen wollte, mit ihr noch einmal etwas anzufangen, sondern weil sie wirklich ein Mensch war, mit dem ich mich sehr verbunden fühlte. Wir schrieben wieder regelmäßiger und tauschten uns aus. Es war, als wäre sie nie wirklich weg gewesen und wir verstanden uns auf Anhieb wieder. Es fühlte sich gut an, eine „Verbündete" zu haben.

Ende September kamen dann mein Sohn mit seiner neuen Freundin und auch meine Tochter zu mir. Besonders die Freundin meines Sohnes brannte darauf, den Papa ihres Freundes, also mich, kennenzulernen. Darüber freute ich mich sehr. Überhaupt machte sie einen sehr guten Eindruck und ich war stolz auf meinen Sohn, eine so liebe und hübsche Freundin gefunden zu haben. Meine Tochter hatte sich jedoch derweil von ihrem Freund getrennt. Schade eigentlich, denn ich mochte ihn. Aber es war ihr Leben und ich kannte ihn auch nicht wirklich. Die drei blieben eine Woche bei mir und ich hatte dafür extra Urlaub genommen. Wir fuhren erst einmal in die Stadt und ich zeigte ihnen München. Na ja. Zumindest die Innenstadt. Und das Hofbräuhaus und Viktualienmarkt. Den Rest machten wir über eine Sightseeingtour.

Zweimal waren wir dann auf dem Oktoberfest und hatten beide Male sehr, sehr viel Spaß. Am Wochenende waren dann auch die beiden kleinen Jungs bei mir und gemeinsam fuhren wir an den Chiemsee und besuchten auch das Schloss. Am nächsten Tag fuhren wir dann an den Tegernsee und gingen rauf auf den Riederstein zur Kapelle. Einen Weg, den ich wirklich jedem, der mal am Tegernsee ist, empfehlen kann. Anstrengend, aber eine sehr schöne Aussicht belohnt diese. Und auf der Galauner Alm kann man sich gut ausruhen und wieder stärken.

Die Zeit mit meinen Kindern ging viel zu schnell vorbei. Aber wir genossen jeden Tag, redeten ganz viel und waren alle miteinander sehr glücklich. Eine viel tiefere Verbundenheit als zu jeder Frau! DAS war etwas, was ich nicht mehr missen wollte. Ich liebte meine Kinder einfach über alles! Auch die beiden Kleinen waren einfach super stolz auf ihre großen Geschwister und ihr großer Bruder hatte es beiden besonders angetan. Umgekehrt war es genauso. Wir alle SIND eine Familie!

Alles in allem war es eine sehr schöne Zeit. Ich bekam meinen Kopf frei und dachte mehr an mich. Mir war das aber zu der Zeit gar nicht so ganz klar, was ich dadurch gewonnen hatte. Und dass ich besonders daran, das zu tun, was MIR gut tat, weiterarbeiten sollte und es auch weiterhin genießen. Dann wäre mir sicher noch das eine oder andere Kapitel erspart geblieben.

KAPITEL EINUNDZWANZIG

Ein Tanzabend mit Folgen

Ich genoss meine Zeit als Single. Ich hatte auch keine Mitgliedschaft auf irgendeiner Dating-App oder Facebook-Gruppe. Ich war ganz mit mir zufrieden. Dann erhielt ich von einer Bekannten Anfang November eine Nachricht. Es war so eine Nachricht, wie man sie zwanzig Mal oder öfter pro Jahr bekommt. Eigentlich nichts anderes als ein Kettenbrief. Diese Art von Nachrichten mag ich eigentlich gar nicht, doch diese war anders. Sie war schön geschrieben und es ging darum, jemandem zu sagen, dass man ihn mag und froh ist, dass man diese Person kennengelernt hat. Und selbstverständlich sollte man diese Nachricht an möglichst viele Personen weiterschicken.

Nachdem sie so schön geschrieben und durch und durch positiv war, überlegte ich, an wen ich sie auch senden könnte. Ich scrollte also durch meine Kontakte und fand den Eintrag von Alexandra. Ich hatte ihre Nummer nie gelöscht. Ich stutzte und überlegte. Sollte ich ihr diese Nachricht schicken? Doch dann dachte ich, dass es Zeit wäre den Ärger und Groll zu vergessen. Ich war sowieso der Typ Mensch, der sich lieber an die schönen Momente im Leben erinnerte – und nachtragend war ich auch noch nie. Und ja, ich war trotz allem was passiert war froh, dass ich sie kennengelernt hatte.

Ich tippte auf den Kontakt, um die Nachricht weiterzuleiten, doch das ging nicht. Ach ja! Ich hatte sie ja blockiert. Also musste ich sie erst einmal freigeben. Ich tat es. Und ich schickte die Nachricht ab. Ich hatte nicht wirklich erwartet, dass sie antworten würde. Aber schon 15 Minuten später erhielt ich ein „?" zurück. Ich schrieb ihr: „Ich will damit nur sagen, dass ich es nicht bereue, dich kennengelernt zu haben. Und dass du ein liebenswerter Mensch bist." Es folgten noch ein paar weitere Nachrichten, denn sie war der Meinung, dass ich nie wieder etwas mit ihr zu tun haben wollte und sich nun wunderte, dass ich ihr geschrieben hatte. „Ich möchte einfach anfangen, mit dem Jahr meinen Frieden zu machen. Und ich möchte, dass du weißt, dass ich dir nicht mehr böse bin", erklärte ich ihr.

Die Nachrichten gingen noch weiter. Ich wollte ihr aber eigentlich doch nur sagen, dass ich ihr nicht mehr böse war – und keinen Marathon schreiben. Aber ich denke, es gab einiges zu klären zwischen uns. Und ich wollte ja, dass es zu einem versöhnlichen Abschluss käme. Damals war alles so schnell gegangen und vieles blieb einfach nur im Raum stehen. Unbeantwortet und ohne Chance auf Heilung. Sie schrieb dann, dass es ihr leidtat, wie es gelaufen war. Ihr war es in der Zwischenzeit wohl auch nicht gut ergangen.

Was soll ich sagen? Es hörte nicht wieder auf. Wir schrieben wieder miteinander. Hätte ich die Nachricht nicht schicken sollen? Sie hatte dann auch gleich wieder eine Frage, wo sie Hilfe bei der Einrichtung einer E-Mail brauchte und ich konnte wieder nicht anders, als ihr zu erklären, wie das ging. Aber es fühlte sich nicht so toll an. Ich will nicht sagen, dass ich genervt war, aber kaum schrieb ich ihr ein mal, „musste" ich ihr gleich wieder helfen.

Zwei Tage danach fragte sie mich: „Hast du die Kinder am Wochenende?" Ich ahnte schon fast, was kommen würde. Ich antwortete: „Nein, an dem Wochenende hab ich frei."

„Können wir mal kurz telefonieren?", fragte sie nach. „Ja, können wir." Warum hab ich nicht einfach gesagt, dass ich keine Zeit am Wochenende hätte? Aber wir telefonierten. Etwa zwei Stunden dauerte das „kurze" Gespräch. Sie wollte mit mir tanzen gehen. Ich überlegte während des Gesprächs. Würde ich mit ihr tanzen gehen wollen??? Würde ich es tun, weil ich es wollte? Oder nur um ihr einen Gefallen zu tun? Wollte ich sie überhaupt wiedersehen? Ich entschied, dass ich mit ihr nur befreundet sein wollte. Das, was damals passiert war, sollte sich nicht wiederholen. Und ich war mir sicher, dass sie das genauso sah. Ich sagte also zu. Ja, ich tanze auch gerne. Und es sprach dann auch nichts mehr dagegen, ab und zu mit ihr tanzen zu gehen. Mehr nicht.

Wir verabredeten, dass ich sie von zu Hause abholen und auch noch eine Freundin und einen Bekannten mitnehmen würde. Damit wären wieder einige Leute dabei, was unser Wiedersehen nach der Zeit hoffentlich unverkrampfter machen würde. Und neue Leute kennenzulernen, darauf freute ich mich auch.

Dann stand der Samstag vor der Tür und ich würde Alexandra wiedersehen. Ich war schon etwas aufgeregt, aber ich machte mir keine Sorgen. So wie wir wieder miteinander schrieben, würde das ein schöner Abend werden. Doch was mich dann doch etwas verwunderte, war eine Nachricht von ihr, die sie mir kurz bevor ich sie abholen wollte, schrieb: „Ab halb 8 kannst du mich abholen, ich bin dann fertig und aufgehübscht für dich". Wie bitte? Warum sollte sie sich für MICH hübsch machen? Das machte doch gar keinen Sinn. Ich ignorierte diesen Kommentar und antwortete nur: „Dann bis nachher."

* * *

Ich war pünktlich bei ihr und ihre Freundin war auch schon da. Ich nahm sie zur Begrüßung freundschaftlich in den Arm und ich merkte, dass die beiden gut drauf waren. Kurz darauf fuhren wir dann zu dem Tanzlokal und auf dem Weg sammelten wir noch einen Bekannten von ihr auf. Als wir an dem Lokal ankamen, trafen noch weitere ihrer Bekannten ein und wir waren eine recht lustige Gruppe von etwa 8 oder 9 Leuten. Wir tranken erst einmal etwas und unterhielten uns in der Runde, doch schon recht bald wollte Alexandra tanzen. Wir gingen also auf die Tanzfläche und tanzten auf ein paar Lieder. Das ging wirklich gut und fühlte sich gleich wieder sehr vertraut an. Meine Nervosität verflog nach den ersten Takten und auch Alexandra hatte sichtlich Spaß daran. Danach unterhielten wir uns erst einmal wieder mit der Gruppe. Alle waren fröhlich und hatten Spaß.

Wir tanzten immer wieder und dann fiel mir etwas auf, was mich verwirrte: Alexandra strahlte mich beim Tanzen wieder so an wie früher. Hatte sie einfach nur Spaß? Oder war da mehr? Mir gefiel, wie sie mich anlächelte, doch das führte nur dazu, dass ich sie wieder mehr mögen würde. Ich wollte mir nicht mehr vorstellen, als nur mit ihr freundschaftlich umzugehen. Und auch die anderen bemerkten, wie gut wir zusammen tanzten und sagten uns das auch. Ich fand nicht, dass ich ein besonders guter Tänzer war, denn irgendwie tanzten wir immer die gleichen Figuren, aber es war trotzdem schön so etwas von anderen zu hören.

Nach einer Weile taten ihr die Füße weh und sie fragte mich, ob sie meinen Autoschlüssel haben könnte, um andere Schuhe anzuziehen, die sie vorsorglich mitgenommen hatte. Ich wollte sie aber nicht im Dunklen allein zum Auto lassen, also ging ich mit. Sie zog sich andere Schuhe an und wir waren auf dem Rückweg ins Lokal, als Alexandra mich plötzlich an die Hand nahm, zu sich heranzog und küsste. Ich war fast schon erschrocken. Ich ließ sie los und ging etwas zurück. „Wer hat dir das erlaubt?", fragte ich sie, mehr überrascht als darüber böse zu sein. Ich meine: Wer ist schon böse, wenn eine hübsche Frau einen küssen will? Sie schaute mich nur an, lächelte und sagte: „Ich darf das!" Oh Mann! Wirklich? Gerade das wollte ich eigentlich nicht! Doch es fühlte sich so gut und vertraut an. Ich zog sie an mich heran und küsste sie ebenfalls. Dann nahmen wir uns an den Händen und gingen wieder rein.

Ihre Freunde bemerkten natürlich sehr bald, dass sich zwischen uns etwas verändert hatte. Auch wenn wir im Lokal nicht turtelten, außer beim Tanzen, so fiel es wohl doch ziemlich auf. Bald kam ein Freund von ihr zu mir und nahm mich etwas an die Seite: „Pass bloß gut auf Alexandra auf und behandel sie gut. Sie hat es verdient, nach dem, was sie alles erlebt hat." Ich antwortete ihm: „Du, ich weiß. Ich kenne die Geschichte. Ich kenne Alexandra schon etwas länger." Ich wusste ja nicht, was Alexandra denen erzählt hatte, denn es wusste wohl kaum einer besser, was abgelaufen war, als ich. Das dachte ich zumindest. Diese Leute kannten Alexandra auf jeden Fall nicht so lange, wie ich sie kannte. Und von unserer gemeinsamen Geschichte wussten sie überhaupt nichts.

Später am Abend gingen wir dann in einen anderen Bereich, in dem Rockmusik gespielt wurde. Dort unterhielten wir uns mehr und Alexandra und ich schauten uns immer wieder verliebt an und küssten uns. Viel zu schnell ging der Abend zu Ende und wir fuhren wieder nach Hause. Jetzt einzuschlafen war schwierig. Zu viel drehte sich in meinem Kopf und meine Gedanken fuhren Karussell. Was sollte das alles?

KAPITEL ZWEIUNDZWANZIG

Es wiederholt sich

Was war das gestern Abend? Was sollte das? Fragen, die ich mir in der Nacht gestellt hatte. Doch Alexandra beantwortete mir diese schon am nächsten Tag, ohne dass ich sie ihr hätte stellen müssen. Sie schrieb mir am Morgen, nachdem wir ein, zwei Nachrichten ausgetauscht hatten: „Ich hab von dir geträumt. Und es ist mir so viel durch meinen Kopf gegangenen. Es tut mir alles so leid, was passiert ist. Ich hab gestern erst wieder gemerkt, was ich da verloren hatte. Und dass ich noch sehr an dir hänge. Du tust mir einfach wahnsinnig gut." Diese Nachricht fühlte sich auch für mich gut an. Und auch ich hatte schnell gemerkt, wie schön es sich angefühlt hatte, Alexandra wiederzusehen, mit ihr zu tanzen, sie in den Arm zu nehmen und zu küssen. Doch ich hatte auch nicht vergessen, wie es damals mit uns anfing und vor allem nicht, wie es endete. Ich war vorsichtig.

Ich schrieb ihr zurück: „Ich hab nicht erwartet, dass wir mehr als nur tanzen würden. Du hast mich (schon wieder) überfahren und ich war darauf nicht vorbereitet. Ja, ich mag dich auch immer noch sehr. Und ja, es hat mir auch gutgetan gestern Abend und hat sich auch gut angefühlt. Vielleicht können wir demnächst einfach etwas reden." „Ich wollte dich nicht überfahren. Entschuldige bitte. Ich hoffe, du bist mir nicht böse. Ich könnte dich seit gestern nur noch drücken und würde so gerne einfach stundenlang in deinen Armen liegen", kam als ihre Antwort. Scheinbar waren in ihr wieder die Emotionen hochgegangen. Und bei mir war es ja ähnlich. Doch ich musste ihr noch einmal etwas sagen: „Ich hätte nicht gedacht, dass du mich noch einmal küssen würdest. Ich wollte dir vor ein paar Tagen nur sagen, dass ich dir nicht mehr böse bin und mich trotz allem, was passiert war, gefreut hatte dich kennenzulernen. Nicht mehr, nicht weniger. Dass du gerne mit mir tanzt, war mir klar. Und ich tanze auch gerne mit dir. Von daher bin ich auch nur deshalb mitgekommen. Du musst dich nicht dafür entschuldigen, dass du mich geküsst hast. Ich hätte es ja auch ablehnen können. Es hat sich nur einfach gut angefühlt, auch wenn ich überrascht war. Tja, es scheint, du hast ein Talent dafür, mein Leben durcheinander zu bringen."

Sie schrieb mir dann noch etwas, das mich wieder voll in Beziehungsmodus versetzte, auch wenn es nicht mal direkt etwas damit zu tun hatte: „Michael, ich will dich nie wieder so enttäuschen. Ich habe einen sehr großen Fehler gemacht. Ich kann nur noch einmal sagen, dass es mir leidtut. Und danke, dass du mir nicht böse bist" „Es fällt mir einfach schwer, dir böse zu sein – und erst recht, wenn du mich so anstrahlst, wie gestern Abend." Wie wahr war doch dieser Satz. Ein Lächeln von ihr und ich war wieder hin und weg.

Wir schrieben wieder fast den ganzen Tag miteinander. Und es drehte sich nur um uns und darum, wie sich jeder von uns eine Beziehung vorstellte. Damit war klar, dass wir wieder zusammen waren. Ich war aufgeregt und glücklich – doch es blieb ein vorsichtiges Gefühl. Sie hatte mir damals nicht die Wahrheit gesagt, wie ihre Beziehung zu Thomas wirklich war. Sie hatte mir nicht gesagt, dass sie, als sie mich kennenlernte, doch noch mehr oder weniger mit ihm zusammen war. Und ich sollte erst ein paar Tage später erfahren, dass dieses Kapitel mit ihm nicht geendet hatte, als wir damals die Aktion mit der Polizei hatten. Sie ging weiter. Alexandra hatte sich wieder auf ihn eingelassen und war mehr als unglücklich darüber. Doch nun war das vorbei. Und sie wollte mich! Doch könnte ich darauf vertrauen, dass es dieses Mal anders werden würde?

* * *

Ich textete mal wieder ein englisches Lied um, das zu der Situation mit Alexandra passte. Zum zweiten Mal hatte ich das Bedürfnis, meine Gedanken in einem Liedtext zu verarbeiten. Dieses Mal machte ich es aber nicht so aufwändig und sang einfach an meinem PC und versuchte dann mit einer Software meinen „Gesang" etwas schöner klingen zu lassen.

War das alles nur in meiner Fantasie?

Wo bist du jetzt?

Warst du nur eine Einbildung?

Verschwunden.

Verloren.

Vergessen.

Auf einmal warst du wieder da und ich dachte,

ich lass dich geh'n,

es gibt kein uns.

Ich wollte ihr und uns aber noch eine Chance geben. Und diese Frau faszinierte mich einfach. Ich weiß bis heute nicht, was sie an sich hatte, dass ich mich so sehr zu ihr hingezogen fühlte. Ja, sie war (in meinen Augen) hübsch. Aber auch sie war sicherlich kein Modell. Doch ihre Ausstrahlung und besonders die Art, wie sie mich anschaute, ließ mich einfach dahinschmelzen. Ich hatte nie überhaupt nur eine Chance, ihr zu widerstehen. Sie war wie eine Sucht, wie Kokain, für mich.

Alexandra hatte natürlich noch ihr Thema mit Thomas. Er belästigte sie per E-Mail weiterhin und hatte in den letzten Monaten einiges getan, was sie noch klären musste. Er hatte sie bestohlen, ihr immer wieder gedroht und wollte sie mit allen Mitteln für sich zurückgewinnen. Doch Alexandra hatte sich entschieden, die Kraft aufzubringen, dagegen vorzugehen.

Ich erfuhr, dass sie mit ihm tatsächlich noch kurz bevor wir wieder Kontakt hatten, zusammen war. Das schockte mich doch einigermaßen, denn ich ging davon aus, dass sie den Absprung schon längst geschafft hatte. Doch Alexandra war nun ehrlich zu mir. Sie erzählte mir einfach alles und schickte mir jede Nachricht, jede E-Mail, die sie von ihm erhalten hatte. Auf der einen Seite war ich froh darüber. Es zeigte mir, dass sie es mit mir ernst meinte. Auf der anderen Seite nervte es mich total. Immer wieder musste ich mich, ob ich es wollte oder nicht, mit diesem Typen auseinandersetzen. Doch ich tat es und stand ihr bei.

* * *

Wir hatten eine wirklich schöne Zeit miteinander, seit wir wieder zusammen waren. Ich fuhr drei bis vier Mal pro Woche zu ihr und wir führten nun eine richtige Beziehung miteinander. Und das war auch anders als vorher. Ihre Kinder wussten Bescheid und ich fühlte mich immer richtig wohl bei ihr.

Ich bin eher ein ruheloser Typ. Ich muss mich immer mit irgendetwas beschäftigen. So kommt es immer wieder vor, dass ich während ich, zum Beispiel, telefoniere auch gleichzeitig noch aufräume, koche oder bügel. Ich kann eher schlecht still sitzen. Doch wann auch immer ich zu ihr fuhr, reichte es mir, mit ihr auf der Couch zu sitzen, mich an sie anzulehnen (oder umgekehrt) und nichts zu tun. Bei ihr konnte ich richtig entspannen und mir fehlte nichts mehr. Es reichte vollkommen, dass sie bei mir war. Sie war wie ein Ruhepol für mich und ich genoss es.

Und noch etwas passierte mit mir: War ich vorher sehr zufrieden mit mir selbst und genoss es zu tun, was mir gefiel, war das nun wieder anders. Ich wollte für Alexandra da sein. Ihr beistehen, ihr helfen, sie glücklich machen. Dabei dachte ich dann aber überhaupt nicht mehr an mich. Ich dachte nur noch an sie. Ja, es war das, was ich wollte. Ich liebte sie von ganzem Herzen. Doch wann immer sie ein Problem oder eine Frage hatte, war ich da, um ihr zu helfen. Egal, ob ich etwas anderes vorgehabt hätte und egal, ob mich das Problem nervte: Ich tat, was zu tun war. Und ich tat es für sie. Sie konnte sich felsenfest darauf verlassen, dass ich immer einspringen würde, wenn es notwendig war.

Wie gesagt, wir hatten eine wunderschöne Zeit. Wir gingen auch regelmäßig aus und meistens um tanzen zu gehen. Ich war einfach nur glücklich. Wenn ich zurückdenke, glaube ich, dass ich nie mit einer Frau glücklicher war, als mit ihr. Nicht einmal mit meiner ersten großen Liebe. Ich hatte auch schon einige Nächte bei ihr verbracht und auch das funktionierte sehr gut. Aber ich tat auch alles, um es ihr einfacher zu machen.

Die Wochen vergingen und es kam die Weihnachtszeit. Natürlich war nicht immer alles so rosarot. Besonders, weil Alexandra immer noch mit den Hinterlassenschaften von Thomas beschäftigt war. Es ging ihr öfter mal nicht gut. Sie war dem Druck nicht gut gewappnet und darüber hinaus ging es ihr sowieso bei schlechtem, trüben Wetter oft nicht gut. Aber das kannte ich schon und nahm es hin. Ich stand ihr bei, so gut es mir möglich war. Wir planten, wie Weihnachten ablaufen sollte und ich sagte ihr, dass ich zwischen Weihnachten und Silvester auf jeden Fall meine Kinder haben würde. Das war schon seit Wochen mit meiner Exfrau so abgesprochen. Das gefiel ihr nicht so gut, denn sie hätte mich an den Feiertagen schon gerne mal allein gehabt. Aber wir fanden einen Kompromiss.

Kurz vor Weihnachten sprachen wir dann auch über den Sommerurlaub. Für mich war das Thema noch weit weg, aber Alexandra wollte gerne mit mir zusammen in den Urlaub fahren. Wir schauten nach Angeboten und sprachen darüber, wo es hingehen sollte. Sie war für Bulgarien. Alexandra war dort im Jahr zuvor schon einmal mit ihrer Tochter und es hatte ihr sehr gut gefallen. Daher guckten wir nach diesem Hotel. Ich fand ein günstiges Angebot und wollte nur schauen, wie teuer es wirklich für uns drei werden würde und bin dabei buchstäblich einen Schritt zu weit gegangen und die Reise verbindlich gebucht. Mir war nicht wohl dabei. Es würden fast 9 Monate vergehen, bis wir die Reise antreten würden. Wer weiß, was in der Zeit noch alles passieren würde? Es war ja nicht so, dass wir schon ewig zusammen gewesen wären. Im Gegenteil, wir hatten ja gerade erst wieder zueinander gefunden. Aber es ließ sich jetzt nicht mehr ändern. Der Urlaub war gebucht und wenn ich ihn stornieren würde, dann würden schon jetzt Kosten anfallen.

Am Heiligen Abend war ich dann erst bei meiner Exfrau und wir feierten dort schon am Nachmittag Weihnachten. Anschließend packte ich meine Jungs ein und wir fuhren zu Alexandra. Dort waren dann auch ihre Kinder und wir feierten am Abend noch einmal gemeinsam. Das war schon eine große Herausforderung für Alexandra, denn ihre kleine Wohnung war nun komplett voll. Aber es verlief alles gut und wir hatten auch an diesem Abend ein sehr schönes Fest. Wir hatten uns gegenseitig ein paar Geschenke gemacht und Alexandra dachte dabei auch an meine Jungs. Auch meine beiden Kleinen zeigten sich von ihrer besten Seite an dem Abend. Über mein Geschenk freute ich mich ganz besonders:

Es war ein mehrteiliges Lederarmband. Ich liebte es und legte es nur mehr ab, wenn ich duschen ging – oder manchmal, wenn ich mein normales Silberarmband tragen wollte, das ich zuvor immer trug. Für mich war das ein richtig schönes Zeichen ihrer Zuneigung, denn sie traf ganz genau meinen Geschmack.

Doch schon zwei Tage später war sie wieder schlecht drauf. Sie beklagte sich, dass meine Kinder noch da waren. Wir hätten ja auch noch zusammen Zeit verbringen können. Ich sagte ihr, dass ich ihr Ruhe gönnen wollte und wir das vorher ja noch so abgesprochen hatten. Klar hätte ich auch mit meinen Kindern zu ihr fahren können, aber das hatten wir gar nicht mehr angesprochen und ich war der Meinung, dass es ihr vielleicht zu viel werden würde. Das war der Zeitpunkt, wo es schon wieder zu kriseln anfing.

Am Silvestertag brachte ich meine Jungs zurück zu meiner Exfrau. Sie war nicht besonders begeistert, da sie eigentlich davon ausging, dass die Jungs bei mir bleiben würden. Doch ich sagte ihr, dass wir das genau so abgesprochen hatten. „Ich bringe die Jungs Silvester wieder heim." Das war auch das erste Mal, dass ich Silvester nicht mit den beiden gefeiert hatte. Ich fuhr zu Alexandra und wir feierten zu dritt mit ihrer Tochter ins Neue Jahr und ich blieb auch wieder über Nacht. Am nächsten Tag fuhren wir dann nach Österreich in die Berge. Doch dort fing dann plötzlich Alexandras Tochter an sich zu beklagen, dass sie gerne etwas Zeit mit ihrer Mutter verbringen wollte. Ich ließ daraufhin die beiden für etwa zwei Stunden allein. Danach hatte sich die Kleine wieder beruhigt und wir ließen den Tag dort in entspannter Stimmung ausklingen.

Und dann fing es an: Ich musste am 2. Januar wieder arbeiten und war natürlich wieder bei mir daheim. Alexandra ging es mal wieder nicht so gut, aber das Ergebnis war, dass sie wieder unsere Beziehung infrage stellte. Ich konnte es kaum fassen. Hatten wir das nicht alles schon einmal durch? Doch es blieb so. Den einen Tag war sie super drauf und alles war schön und einen Tag später war dann alles nur noch Scheiße. Es kostete mich viel Kraft, das zu ertragen. Es war wieder diese Achterbahn, die ich nicht mehr wollte!

Eine Woche später haben wir dann etwas länger und intensiver miteinander geredet. Darüber, was sie wollte und darüber, was ich wollte. Und wir kamen zu dem Schluss, dass wir beide unterschiedliche Dinge wollten. Daraufhin sagte ich ihr: „Dann sollten wir besser keine Beziehung führen." Ich sprach nur aus, was sie auch dachte. Aber eines wussten wir: Wir wollten uns nicht im Bösen trennen, sondern auch weiterhin gemeinsam feiern und tanzen gehen. Freunde bleiben? Würde das gehen? Mit unserer Geschichte? Ich wusste nur, dass ich nicht mit ihr und nicht ohne sie leben konnte. Alexandra sagte dann zu mir: „Lass uns tanzen gehen, feiern und wenn wir Lust aufeinander haben, auch Spaß haben." Ich kannte das ja schon von meiner Beziehung mit Franziska. Und mir war auch klar, dass das nicht ewig anhalten würde. Aber ich wollte sie nicht verlieren. Ja, ich liebte Alexandra trotz allem.

KAPITEL DREIUNDZWANZIG

Freundschaft? Plus?

Ein paar Tage später sagte mir Alexandra, dass wir das vereinbarte „Plus" in unserer Freundschaft erst einmal lassen sollten. Sie hatte in der Zeit zwischen Thomas und mir einen Mann kennengelernt, von dem sie immer noch etwas wollte und der sich wieder bei ihr meldete. Mir gefiel das ganz und gar nicht und ich war wieder mal enttäuscht. Warum eigentlich? Wie gesagt, wir konnten nicht mit und nicht ohne einander. Alexandra hatte immer so starke Stimmungsschwankungen, die zum großen Teil durch ihre Krankheit herrührten, aber auch daher kamen, dass ich nicht wirklich der Mann war, den sie sich vorstellte. Das sagte sie mir auch immer wieder.

Sie genoss es zwar, dass ich immer für sie da war und ihr bei allem half, aber sie wollte eigentlich einen Kerl, der sie in ihre Grenzen wies. Ich denke, dass das für sie nahezu unerreichbar sein würde, denn sie war trotz allem sehr selbstbewusst und ließ sich ungern etwas sagen. Aber ich war immer noch von ihr fasziniert und wollte so viel Zeit wie möglich mit ihr verbringen. Darum tat es mir weh, dass sie sich mit einem anderen Mann treffen wollte.

Ich ging zwei Tage später alleine fort. Für mich war es mal wieder Zeit auf eine Party zu gehen, mit Menschen, die ich auch kennen würde. Also ging ich wieder in „meine" Partylocation. Ich wusste, dass ich dort einige treffen würde, die ich kannte. Tatsächlich konnte ich mit einigen dort reden. Die meisten kannte ich nur flüchtig aus meiner alten Facebook-Gruppe, aber ich freute mich, sie wiederzusehen. Ich redete mit einigen ganz unverbindlich und hatte auch eine gute Zeit. Ein wenig was trinken, ein wenig reden, ein wenig tanzen. Alles easy. Es ergab sich dann aber, dass ich mehr und mehr mit einer Frau redete, die auch aus der alten Gruppe war, aber wir nie wirklich Gelegenheit hatten, miteinander zu sprechen. Es war ein entspanntes Gespräch und wir fingen an, uns gegenseitig Drinks auszugeben. Und zum Ende des Abends fingen wir dann auch an zu knutschen. Als die Feier zu Ende war, fragte sie mich, wie ich nach Hause kommen würde. Ich sagte ihr, dass ich mit dem Zug gekommen sei. Sie war auch mit der Bahn da und ich bot an, sie zu ihrer Bahn zu bringen, damit sie nicht in der Nacht alleine dorthin musste.

Ich brachte sie also Richtung ihrer Bahn. Doch dann fragte sie mich: „Wollen wir noch zusammen frühstücken?" Ich dachte erst, sie meinte, dass wir in einer Bäckerei oder Café, das so früh schon aufhatte, gehen würden, aber sie meinte bei sich zu Hause. Ich überlegte kurz. Warum nicht? Ich könnte auch später mit meiner Bahn nach Hause fahren, es war Sonntag und ich hatte nichts vor. Wir fuhren dann also zu ihr, sie machte Frühstück und wir redeten weiter. Auf einmal meinte sie: „Wenn du willst, kannst du ja auch bei mir schlafen." Was? Echt? Aber da war keine Anspielung. Es klang so natürlich, als wenn sie das einer Freundin anbieten würde. Ich war auch echt müde. Also sagte ich: „Ich muss dich aber warnen, ich schnarche." Sie lachte und antwortete: „Ich hab einen tiefen Schlaf, das macht nichts." Wir gingen also in ihr Schlafzimmer, zogen uns aus und legten uns ins Bett. Dabei kuschelte ich mich an sie heran. Und sie erwiderte das. Es blieb dann nicht beim Kuscheln, sondern wir schliefen miteinander. Mehrfach. Oha! Was für ein Abend.

Ich fuhr dann am frühen Nachmittag nach Hause. Wir schrieben ein wenig, aber nicht viel. Am Dienstagabend trafen wir uns dann wieder und wir schliefen wieder miteinander und ich blieb über Nacht. Eigentlich war das schön. Aber irgendwie auch nicht, denn wir waren doch recht verschieden in unseren Ansichten. Besonders über Beziehungen. Wir schrieben alle paar Tage einmal und verabredeten uns dann noch einmal fürs Kino. Was war das denn schon wieder? Das letzte Mal, nachdem Alexandra und ich uns getrennt hatten, lernte ich sofort danach Stefanie kennen, jetzt wieder eine Frau. Ich dachte mir schon, dass das nicht gutgehen konnte.

Mit Alexandra schrieb ich auch nur alle paar Tage mal, sagte ihr aber, dass das mit dem Plus in unserer Freundschaft auch von meiner Seite erst einmal ausfällt. Das war für uns beide in Ordnung. Aber dann fing Alexandra an, sich über den Typen, den sie eigentlich wollte (und für den sie mehr empfand als sie zugeben wollte) zu beklagen. Er behandelte sie eigentlich genau so, wie sie es von mir erwartet hätte. Er lebte sein Leben, machte, worauf er Lust hatte und schrieb ihr oder telefonierte mit ihr nur dann, wenn er es wollte. Also quasi ließ er sie immer wieder links liegen. Und auch mir ging es mit der Frau nicht so gut. Aber OK, es war, wie es war.

* * *

Meine Verabredung ins Kino kam und ich sagte ihr nach dem Film, dass ich keine Zukunft für eine gemeinsame Beziehung sehe. Um ihr nicht das Gefühl zu geben, dass sie etwas falsch gemacht hätte oder ihre Gefühle zu verletzen, sagte ich ihr: „Es tut mir sehr leid, aber ich hänge noch an meiner Exfreundin." Wir trennten uns den Abend im Guten und ich brachte sie noch nach Hause. Und so richtig gelogen war das ja auch nicht. Denn ich hing wirklich noch sehr an Alexandra.

Zwischendurch hatte Alexandra mir ein paar Mal geschrieben. Sie erzählte mir, dass sie am Abend Party machen wollte und mit einer Freundin fortgehen wollte. Und dass etwas passiert wäre. Ich schrieb ihr, nachdem ich aus dem Kino kam und die Frau nach Hause gebracht hatte.

Alexandra fragte mich dann, ob ich Lust hätte, auch zu dieser Location zu kommen. Ich war nicht richtig für eine Party angezogen, weil ich ja im Kino war, aber ich sagte zu. War ja auch klar. Ich konnte doch nicht nein sagen, wenn Alexandra etwas wollte. Wir trafen uns also in dem Club, tranken etwas und redeten dann. Sie erzählte mir, dass sie den Typen in den Wind geschossen hatte. Ich guckte sie an und musste lachen. „Wieso lachst Du?", ich denke, sie fand das nicht komisch. „Ich muss gerade lachen, weil ich meiner auch gerade gesagt habe, dass ich keine Zukunft für uns sehe." Da musste Alexandra allerdings auch lachen. Wir genossen den Abend, tanzten wieder miteinander und nahmen uns zwischendurch auch in den Arm und küssten uns.

Sie erzählte mir danach auch mehr. Dass sie Gefühle für diesen Typen schon hatte, bevor wir wieder Kontakt hatten und er sie kurz davor abserviert hatte. Das heißt also, dass unser Wiedersehen eigentlich unter einem schlechten Stern stand, denn sie vermisste ihn schon auch. Ich weiß nicht, ob ich für sie eine Art Lückenbüßer war, oder sie es ernst gemeint hatte, was sie mir sagte und schrieb. Aber ein fahler Nachgeschmack blieb natürlich. Besonders nachdem wir uns so kurz danach wieder auseinandergelebt hatten und sie gleich danach wieder zu diesem Typen zurückwollte. Was ich ihr allerdings hoch anrechne war, dass sie es mir erzählte. Klar. Eigentlich wieder zu spät und nicht gleich sofort, aber immerhin erzählte sie es mir.

Ein Punkt, der immer wieder zu Streitigkeiten zwischen uns geführt hatte, war, dass ich Alexandras Meinung nach manchmal ein „emotionaler Holzklotz" sei, wie sie es nannte. Ich konnte das nicht so ganz nachvollziehen. Ja, manchmal habe ich einen etwas schrägen Humor, sage etwas mit Ironie, aber ich wollte sie damit nie verletzen. Das kam bei ihr aber oft anders an und sie verstand meine Art nicht so ganz. Außerdem regte es sie oft auf, dass ich in einem Gespräch lachte, obwohl das Thema nicht lustig war. Ganz besonders passierte das bei Themen, die meine Exfrau und die Art, wie sie mit unseren Kindern umging, betrafen. Dass meine Exfrau die Jungs sehr gerne bei mir ablieferte und auf bestimmte Dinge bestand, obwohl die für die Jungs nicht unbedingt gut waren. Ich ging über einige dieser Bemerkungen oft mit einem Achselzucken und einem Lächeln hinweg. Das fand sie mehr als unpassend. Auch über die Art, wie ich mit meinen Jungs umging, waren wir oft unterschiedlicher Meinung. Ja, ich war eher großzügig in meiner Erziehung. Aber ich achtete trotzdem darauf, dass die Jungs es nicht übertrieben und setzte ihnen immer klare Grenzen. Alexandra jedoch war eher eine „Übermutter". Von einer Seite schätzte ich ihre Art, denn ich fing an, über bestimmte Dinge mehr nachzudenken und zu hinterfragen, auf der anderen Seite fand ich einige Dinge einfach übertrieben.

Alexandra hatte meine Jungs nur ein paar Mal gesehen und beim ersten Mal klammerten sie sich dabei sehr an mich. Sie war für die Jungs ja auch eine Fremde und die Situation war ungewohnt für die beiden. Aber Alexandra ging auch nicht besonders auf sie ein. Tja. Auch so ein Ding. Sie wollte am liebsten sowieso einen Mann, der keine Kinder hat. Aber darauf lass ich mich nicht ein. Ich bleibe meinem Prinzip treu: Mich gibt es nur mit meinen Kindern. Ich weiß nicht, was sie sich davon erhoffte, aber sie wusste es von Anfang an. Auch ihr gegenüber hatte ich meine Kinder nie versteckt. Und eigentlich fand sie den älteren meiner beiden Kleinen auch sehr süß, aber das reichte wohl nicht so ganz. Sie wusste zwar, dass sie mir gerade in diesem Punkt unrecht tat, aber sie konnte einfach nicht aus ihrer Haut.

* * *

Wir waren nach unserer beiden kurzen „Ausflug" wieder mehr zusammen. Nicht direkt zusammen, aber wir unternahmen halt sehr viel miteinander. Und wieder breitete sich Hoffnung aus, dass wir vielleicht nach einiger Zeit doch eine gemeinsame Zukunft haben könnten. Ja, ich gebe zu, ich war in diesem Punkt unverbesserlich. Auch in der Arbeit redete eine Kollegin mit mir öfter über meine Beziehung zu ihr. Ich sagte dann immer: „Ich habe doch mit Alexandra gar keine Beziehung, es ist nur Freundschaft", und lächelte dabei. Sie guckte mich dann oft komisch an und sagte: „Stimmt, wenn man sich 2-3x pro Woche sieht und täglich schreibt oder telefoniert, dann hat man ja keine Beziehung." Ich denke, dass sie wusste, wie es in mir aussah. Auch wenn ich das nicht so zum Ausdruck brachte. Dass ich mit der Situation nicht glücklich war. Aber ich lächelte meist nur dazu. Ich war froh, dass es so war und ich nicht ganz auf sie verzichten musste. Und ich war nach wie vor der Einzige, mit dem Alexandra Sex hatte. Egal ob Beziehung oder „Freundschaft Plus": ich durfte sie in den Arm nehmen, küssen und mit ihr schlafen. Sonst niemand. Ich redete mir also weiterhin ein, dass es besser war, offiziell keine Beziehung zu haben und mit ihr trotzdem Zeit zu verbringen, als auf ihre Nähe verzichten zu müssen.

Mein Geburtstag sollte bald kommen und ich lud Alexandra ein, mitzukommen. Es sollte nur eine ganz kleine Feier mit drei Kollegen in einem Restaurant sein. Sie war sich nicht sicher, sagte dann aber doch zu. Für sie war das merkwürdig, denn sie wusste ja, dass meine Kollegen unsere Geschichte von Anfang bis Ende kannten. Doch sie behandelten sie gut. Alexandra blieb allerdings auch nicht allzu lange. Trotzdem hatte ich mich sehr darüber gefreut, dass sie mit da war.

Es blieb so ein On-/Off-Ding zwischen uns. Wir sahen uns relativ oft, meist 2x pro Woche, und kuschelten miteinander, küssten uns, aber stritten auch. Ich ließ mir nicht mehr alles gefallen, doch meistens, wenn sie ein Problem hatte oder etwas wollte, war ich sofort da. Ich kann gar nicht so recht beschreiben, wie unsere „Beziehung" lief. Es blieb irgendwie immer noch eine Achterbahn der Gefühle. Zwar waren wir offiziell kein Paar, aber ich wollte natürlich nach wie vor etwas von ihr. Was das anging, machte ich mir auch nichts vor. Und irgendwie kam mir das so bekannt vor – nur erheblich intensiver.

Auch an ihrem Geburtstag, fünf Wochen nach meinem, war ich eingeladen. Ich kam etwas früher zu ihr, um ihr bei den Vorbereitungen zu helfen. Und wieder hatten wir Sex miteinander. Bevor die Gäste kamen. Ich machte ihr ein recht großzügiges Geschenk und ihre anderen Freunde, die da waren, sagten, dass es schade wäre, dass wir nicht mehr zusammen wären. Wir wären so ein süßes Paar. Tatsächlich hörte ich das auch öfter von verschiedenen Leuten. Auch von einer gemeinsamen Bekannten, die Alexandra allerdings schon länger kannte als mich. Doch obwohl wir nicht die Finger voneinander lassen konnten, gab es immer wieder Streit. Und im nächsten Moment fuhr ich wieder zu ihr, um ihr bei irgendetwas zu helfen. Es war ein Teufelskreis.

Und wieder verarbeitete ich meine Gedanken in einem Lied:

Das mit uns

ist kompliziert

und doch so leicht

Wenn ich mit dir tanz,

oder du bei mir bist,

schau ich in deine Augen und bin froh,

dass es dich gibt.

Du liegst neben mir

und wir träumen uns weit weg.

Wir träumen zusammen

und doch jeder für sich.

Alexandra war darüber sehr überrascht, denn so etwas hatte auch noch niemand für sie getan – und dann gleich zwei Lieder. Aber ich musste es tun!

Im April dann fuhr ich mit ihr und ihrer Tochter noch einmal nach Österreich. Ich hatte es ihr versprochen und wir verlebten einen wunderschönen Tag gemeinsam. Ich suchte etwas aus, von dem ich genau wusste, dass sie es lieben würde. Wir fuhren in die Swarovski Kristallwelten. Ganz viel „blink blink", das sie sehr mochte. Es war ein Ausflug, fast wie eine kleine Familie und wieder sehr harmonisch. Wir hatten alle viel Freude an diesem Tag. Doch der Tag verging und der nächste Streit war bald wieder da.

Weitere vier Wochen vergingen. Wir tanzten immer noch regelmäßig, aber wir beschlossen das etwas weiter einzuschränken, damit wir uns eben nicht mehr so häufig stritten. Also sahen wir uns nur noch 1x pro Woche. Aber damit entfernten wir uns auch weiter voneinander. Mir ging es damit immer schlechter. Ich wollte Alexandra nicht verlieren, aber sie tat mir immer wieder weh. Und ich ihr sicherlich auch. Wir wollten das nicht, aber es passierte. Es musste etwas geschehen. Ich überlegte bald sehr genau, bevor ich ihr irgendetwas schrieb. Ich versuchte es so liebevoll und eindeutig zu formulieren, wie es ging. Und einige Zeit lang funktionierte das auch sehr gut.

Als meine Kinder dann wieder ein Wochenende bei mir waren, stellte ich danach fest, dass mein Armband, das Alexandra mir zu Weihnachten geschenkt hatte, weg war. Ich suchte überall und fragte auch meine Kinder, ob sie es gesehen hatten, aber es blieb verschwunden. Ich war darüber sehr traurig, denn es gefiel mir so sehr. Außerdem würde

Alexandra vielleicht fragen, wo es wäre, wenn ich es nicht mehr tragen würde. Und ihr erzählen, dass ich es verloren hätte, wollte ich ganz bestimmt nicht. Also kaufte ich das Gleiche noch einmal. Sie bemerkte nichts davon.

* * *

Ich merkte aber, dass es nicht mehr besser werden würde zwischen uns. Und mittlerweile war ich auch nicht mehr bereit, alles hinzunehmen oder über alles hinwegzusehen. Ich war es leid, dass es nach einem liebevollen Treffen immer wieder zu blöden Situationen danach kam. Der Höhepunkt war, als wir eines Abends wieder gemeinsam tanzen wollten. Alexandras Tochter würde bei einer Freundin schlafen und Alexandra fragte mich vorher, ob ich bei ihr übernachten wolle. Genauer gesagt schrieb sie: „Du willst bestimmt zu Hause schlafen, oder? Aber du kannst gerne auch bei mir schlafen." Für mich klang das eher so, als ob es ihr lieber wäre, wenn ich zu Hause schlafen würde. Aber ich nahm mein Bettzeug und Kulturbeutel mit. Wir schliefen, bevor wir zum Tanzen fuhren, noch miteinander und verbrachten dann wieder einen schönen Abend. Danach fuhr ich sie natürlich nach Hause. Vor ihrer Haustür nahm ich sie dann in den Arm und fragte: „Wärst du böse, wenn ich nach Hause fahren würde?" Ich hätte es vielleicht anders formulieren sollen. Eigentlich wollte ich nur, dass sie sagt: „Bleib bitte bei mir." Zumal wir für den nächsten Tag eh wieder verabredet waren. Doch Alexandra antwortete nur: „Nein, das passt schon." Ich verabschiedete mich also von ihr und fuhr heim. Am nächsten Morgen war ich schon wieder bei ihr und brachte Frühstück mit. Und auch dieser Tag verlief sehr schön und harmonisch. Aber als ich am späten Nachmittag dann wieder heimfuhr, kam dann die Beschwerde: „Du hattest deinen Spaß und musstest dann ja nicht bei mir bleiben, oder?" Echt jetzt? Das hielt sie von mir? Warum hatte sie nicht einfach gesagt, dass ich bleiben soll? Und das schrieb ich ihr auch. Und dass ich gerne geblieben wäre, mir aber gedacht hatte, dass sie nachts ohne mich besser schlafen könnte. Außerdem wollte ich nicht, dass sich ihre Tochter wundert, warum ich über Nacht geblieben bin. Sie hatte ihren Kindern ja erzählt, dass wir nicht mehr zusammen waren. Aber auch das konnte sie nicht richtig nachvollziehen und war beleidigt.

Diese ganzen Umstände führten dazu, dass ich mehr nachdachte und mir immer klarer wurde, dass es nur noch eine Frage der Zeit sein würde, bevor es ganz vorbei sei. Unser gemeinsam geplanter Urlaub bereitete mir auch Bauchschmerzen. Was würde passieren, wenn wir uns jeden Tag 24 Stunden lang sehen würden? Wenn wir jetzt schon immer wieder stritten? Klar, man könnte sich dort sicher auch aus dem Weg gehen, aber dann bräuchte ich auch nicht mit ihr in den Urlaub zu fahren. Dieser Gedanke setzte sich immer weiter fest. Aber ich wollte auch nicht ihre Tochter enttäuschen, die sich auch auf den Urlaub freute. Aber eigentlich ging mich das ja nichts an. Es war ihre Tochter, nicht meine.

* * *

Der Urlaub sollte von uns beiden bezahlt werden. Es war also nicht so, dass ich Alexandra und ihre Tochter in den Urlaub eingeladen hätte. Sie wollte zwei Drittel bezahlen, ich mein Drittel. Aber ich wollte nicht mehr mit ihr fahren und begann beim Reiseveranstalter zu fragen, ob man auch nur einen Teil stornieren bzw. den Flug umbuchen könnte. Ich überlegte, dass ich statt Alexandra und ihrer Tochter meine beiden Jungs mitnehme. Doch das war nicht möglich. Entweder den Urlaub antreten oder stornieren. Mehr ging nicht.

Ich redete mit ein paar Kollegen darüber und die sagten mir, dass ich die Reise stornieren sollte. Und auch die gemeinsame Bekannte von mir und Alexandra sagte: „Sieh zu, dass du die Reise stornierst! Fahr nicht mit ihr in den

Urlaub!" Ende Mai hörte ich dann auf sie und stornierte den gemeinsamen Urlaub. Mir war nicht wohl dabei, denn ich müsste ja auch Alexandra davon erzählen. Aber ich war nun entschlossen, nicht mit ihr zu fahren und wusste sehr wohl, dass ich damit auch unsere Freundschaft und erst recht das „Plus" aufs Spiel setzte. Aber auch das wollte ich nicht mehr. Und auf der Anzahlung blieb ich natürlich sitzen, doch auch das war mir egal.

Alexandra tat mir nicht gut. Es war, als würde sie mich vergiften. Zu der Zeit wurde oft ein Lied im Radio gespielt, dessen Übersetzung sehr gut auf die Situation passte: „Gehe nicht einfach fort von ihr, sondern renne! Sie ist süß, aber sie wird dir den Verstand rauben!" Ich hatte das endlich begriffen und wollte nur noch fort von ihr und mein Leben zurück haben.

Es kam so, wie ich es vermutet hatte. Alexandra explodierte, als ich ihr das sagte. Es folgten wüste Beschimpfungen darüber, was für ein Arschloch ich doch sei. Aber das prasselte alles an mir ab. Ich war endlich frei und Alexandra machte es mir sehr leicht. Und dann blockierte sie mich überall. Wir hatten noch ein Wochenende zusammen am Bodensee geplant und ich hatte dazu eine Pension gebucht und auch bezahlt. Das wollte ich ihr aber nicht nehmen. Ich konnte es einfach nicht. Ich schrieb ihr also per E-Mail, dass sie mit ihrer Tochter hinfahren sollte und dass alles bezahlt sei. Darauf erhielt ich noch eine kurze E-Mail von ihr zurück, in der sie sich dafür bedankte. Das war dann das Letzte, was ich von ihr hörte und bis heute habe ich sie nicht mehr gesehen. Das passte gut zur letzten Zeile meines ersten Lieds: „Verloren. Für immer."

Ich weiß nicht, was ich für Alexandra war. Und das ist vielleicht das, was mich auch jetzt noch etwas quält. Die Ungewissheit. Andererseits will ich es auch gar nicht wissen, weil mich das vielleicht immer noch verletzen könnte. Und ob Alexandra überhaupt in der Lage wäre, mir dazu eine Antwort zu geben, ist auch fraglich. Sie war immer mal so, mal so. Schade. Und gut, dass wir uns nicht mehr sehen oder hören. Denn wenn sie heute vor meiner Tür stehen würde, ich wüsste nicht, ob ich ihr widerstehen könnte. Wahrscheinlich nicht. Sie hat etwas, was mich einfach triggert – und ich würde gerne herausfinden, warum ich so auf sie reagiere. Vielleicht werde ich das eines Tages.

Kurze Zeit nach diesen Ereignissen, verlor ich das „ominöse" Armband, erneut. Es war, als ob es – und damit auch sie – einfach nicht zu mir gehören würde.

KAPITEL VIERUNDZWANZIG

Glücklich (fast) allein

Es machte mir am Anfang wieder zu schaffen, dass ich Alexandra erneut verloren hatte. Und dieses Mal sicher für immer. Ich machte mir keine Illusionen mehr. Ich war nie wirklich der Typ, den sie wollte. Aber ich denke, dass sie, auch wenn sie immer das Gegenteil behauptet hatte, es genoss, dass ich immer für sie da war. Dass sie nur etwas sagen musste, ja nicht einmal direkt darum bitten, und ich war zur Stelle. Gleichzeitig hatte ich mich dadurch aber auch sehr uninteressant gemacht. Ich stellte sie auf ein Podest. Mehr noch: ich machte sie eher zu einem Denkmal oder Kunstwerk. Es war wie ein schöner Traum und ich liebte es, sie einfach nur anzusehen. Ich hatte mir nicht vorstellten können, dass ich mit so einer Frau zusammen sein könnte. Doch ich war der glücklichste Mann, als ich es dennoch war. Ich fühlte mich ihr nicht unterlegen oder weniger wert, aber ich wollte einfach alles für sie tun und ich denke, dass ich es ganz genau damit „versaut" hatte.

Wie auch immer: Alexandra war weg. Und nach kurzer Zeit merkte ich, dass es mir damit auch gut ging. Zwar dachte ich Anfangs noch jeden Tag an sie und vermisste sie schon auch arg, aber es wurde weniger und mir ging es immer besser. Von Frauen hatte ich erst einmal genug. Und ich wollte auf keinen Fall wieder in meinen alten „Arschlochmodus" zurückfallen. Frauen einfach nur für Spaß zu haben, das konnte ich mir nicht mehr vorstellen. Aber die Frage stellte sich auch nicht, denn ich wollte wirklich allein bleiben und erst einmal mit mir selbst ins Reine kommen.

Ich führte mir vor Augen, dass es mir eigentlich gut ging. Ich konnte tun, was ich wollte, ich hatte meine Kinder, meinen Job, ein Auto und ein Dach über dem Kopf. Und ich lernte, dass allein sein wirklich viele Vorteile hatte. Es war ein Prozess, aber es ging doch recht schnell voran. Ich beschäftigte mich wieder mehr und mehr mit mir selbst und damit, was mir guttat. Und Sabrina half mir dabei.

Sabrina hatte neben ihrer Tätigkeit mit Kindern auch eine Praxis. Sie war Heilpraktikerin und auf Hypnose und Reiki spezialisiert. Und sie war meine Freundin. Sie hatte zuvor schon immer guten Rat für mich. Ich beschäftigte mich mit mehren Themen, von denen ich dachte, dass ich mehr darüber erfahren sollte. Das, was mich dabei am meisten interessierte war, warum mein Verhältnis zu meiner Mutter nicht so toll war und ich ihr immer lieber aus dem Weg ging. Und das andere war, dass ich das Gefühl hatte, dass in meiner Kindheit irgendetwas vorgefallen war, wovon ich nichts mehr wusste. Ich hatte nicht das Gefühl, dass es etwas Schlimmes war, aber doch war ich der Meinung, es fehlte mir da etwas oder es bestünde ein Zusammenhang zwischen diesen beiden Themen. Ich vermutete auch, dass das ein Grund dafür sein könnte, dass ich immer wieder in dasselbe Muster fiel. Mein „Helfersyndrom". Wie gesagt, ich kannte mich selbst ein wenig mit der Psyche aus und wusste, dass es da ganz viele Dinge gab, die mein Unterbewusstsein programmiert hatten. Und dass mich genau das immer wieder dasselbe tun oder suchen ließ.

Ich sprach mit Sabrina darüber und ich wollte mich von ihr dazu hypnotisieren lassen. Doch sie kannte mich besser und sah eine dringlichere Baustelle an mir. Denn auch sie spürte, dass ich zunächst einmal ein Thema abschließen sollte, bevor ich an eine andere Baustelle gehen würde. Ich ließ mich darauf ein und hatte 3 Sitzungen mit ihr. Darin ging es aber um meine toxischen Beziehungen zu Frauen wie Alexandra. Das half mir auch sehr über Alexandra hinwegzukommen. Und es führte dazu, dass ich viel mehr darüber nachdachte, was ICH eigentlich wollte und weniger darüber, was andere von mir erwarten könnten. Und das ganz besonders in Bezug auf eine Beziehung.

Ich merkte, dass ich auch ohne weibliche Zuneigung glücklich war. Ich war endlich glücklich aus mir selbst heraus. Ich hatte oft mein Glück aus meinen Beziehungen bezogen oder dafür verantwortlich gemacht, aber dadurch legte ich meine Bedürfnisse nur in fremde Hände. Doch ich lernte, dass ich wirklich mir selbst genügte. Und es war kein gespieltes Glück, es war echt! Ja, ich würde mich nach wie vor über eine intakte und harmonische Beziehung freuen, aber ich sehe es mittlerweile als ein Bonus und nicht als Voraussetzung um glücklich zu sein. Und wie kann ich erwarten, dass mich wer anders glücklich macht, wenn ich es nicht einmal selbst schaffe? Ich kenne mich doch am besten und weiß am ehesten, was mir guttut. DAS hatte ich lange Zeit vergessen und besonders mit Alexandra.

* * *

Die Zeit verging und mir fehlte es an nichts. Aber ich vermied auch jede Gelegenheit, in der ich Frauen hätte kennenlernen können. Ich war mit meinen Kollegen oder Kindern zusammen und das reichte mir vollkommen. Feiern und Party machen wollte ich erst einmal nicht. Ich fand, dass ich noch nicht dazu bereit wäre. Ich müsste erst einmal eine längere Zeit alleine sein, um mich selbst zu finden und nicht wieder in mein altes Verhalten zurückzufallen. Und ich wollte erst wieder eine Frau kennenlernen, wenn ich mir selbst sicher sein konnte, dass ich das überwunden hätte. Das würde aber Zeit brauchen. Ich setzte mich dabei auch nicht unter Druck. Das hatte ich hinter mir lassen können.

In der Zwischenzeit war es mal wieder Zeit, meine Schwester zu besuchen. Ich nahm also meine beiden kleinen Jungs mit und fuhr zu ihr. Selbstverständlich wollte ich auch wieder meine großen Kinder dort treffen und auch meine Mutter. Sie sollte nach Jahren mal wieder ihre Enkel sehen. Ich wusste, dass es für mich wieder schwer werden würde, aber ich wollte auch, dass meine Kinder ihre Oma kennenlernten. Seit mein Vater gestorben war, hatte ich kaum noch Kontakt zu meiner Mutter. Ich wollte einfach nicht, dass sie wieder von alten Sachen anfing – und erst recht wollte ich sie nicht weinen sehen, denn das würde unweigerlich passieren.

Natürlich weinte meine Mutter, als sie mich und die Kleinen sah. Aber ich nahm sie in den Arm und tröstete sie. Außerdem hatte ich ihr ein Fotoalbum mit Bildern von den Jungs mitgebracht. Ich war aber froh, dass das Treffen mit meiner Mutter nicht allzu lange dauerte. Ich kann einfach keine richtige Nähe zu meiner Mutter aufbauen. Ich liebe sie, keine Frage! Aber sie äußert immer noch so viel Negatives und lebt in der Vergangenheit – das ertrage ich einfach nicht!

Als ich nun also bei meiner Schwester war, kamen auch meine beiden großen Kinder mit dahin und wir redeten viel. Besonders über ein Ereignis, dass mich betraf. Kurz zur Erklärung: Ein Jahr zuvor hatte meine Exfrau, Jennifer, meine Schwester angeschrieben und ihr gegenüber, wohl in einem Anfall von Sentimentalität, den Wunsch geäußert, mit mir unsere „Silberhochzeit" feiern zu wollen. Wir wären dort nämlich tatsächlich 25 Jahre verheiratet gewesen.

* * *

Wie auch immer, ich bin zu der Zeit gar nicht darauf eingegangen. Jedoch erinnerte ich mich wieder daran, als ich plante, zu meiner Schwester zu fahren. Also schrieb ich

Jennifer und fragte sie, ob sie mit mir was essen gehen wollte. Sie war einverstanden und so verabredeten wir uns zu einem gemeinsamen Abendessen. Ich wollte außerdem die Gelegenheit nutzen, mit ihr zu reden und vor allem, um die Vergangenheit endgültig abzuschließen. Ich wollte einfach nur sicherstellen, dass es keine bösen Gedanken mehr zwischen uns gab.

Mein Schwager war allerdings auch ein durchaus lustiger Mensch, der es liebte, andere aufzuziehen. Daher sagte er dann öfter so etwas wie: „Ja, da gibt's dann bestimmt bald noch ein Kind (oder Geschwisterchen zu meinen Kindern)", und: „Du kommst in der Nacht sowieso nicht nach Hause", und so weiter. Er meinte das nicht böse. Aber er machte sich darüber lustig, dass ich mit meiner Exfrau nach all der Zeit „Silberhochzeit" feiern wollte. Meine großen Kinder waren auch sehr gespannt, wie ihre Mutter auf mich reagieren würde. Aber sie durften ja nicht mit dabei sein. Jennifer und ich wollten alleine miteinander sprechen.

Die Idee von der „Silberhochzeit" feiern kam ja ursprünglich von ihr. Aber ich machte den Scherz nun doch vollkommen. Ich zog mir was Nettes an und fuhr dann zu einem Blumenladen und kaufte Blumen für meine „Frau". Außerdem steckte ich eine Karte hinein, auf der stand: „Alles Gute zur Silberhochzeit". Und dann fuhr ich in das Restaurant, indem wir verabredet waren. Zuvor stellte ich mein Auto auf einen Parkplatz eines Supermarktes. Meine Schwester hatte mir zuvor erklärt, dass dieser eine Kooperation mit dem Restaurant hätte und ich dort parken könnte.

Ich wartete vor dem Restaurant auf Jennifer, denn ich war etwas zu früh dort. Ich musste nicht lange warten, denn bald schon kam sie auch. Ich begrüßte sie und gab ihr die Blumen. Sie freute sich auch über unser Wiedersehen, das konnte ich deutlich erkennen. Es war irgendwie so, als ob es nie etwas Böses zwischen uns gegeben hätte. Und darüber war ich sehr froh, denn es waren ja auch schon Jahre vergangen. Wir verbrachten einen wirklich schönen Abend im Restaurant und unterhielten uns ausgezeichnet. Außerdem erzählte ich ihr, dass unsere Kinder – und besonders mein Schwager – mich damit aufgezogen hatten, was heute passieren könnte. Ich fragte sie dann, ob sie einen Spaß mitmacht, denn ich hatte vor, ein Selfie zu machen, wo wir beide uns küssen. Jennifer verstand noch immer Spaß und so machten wir auch dieses Selfie und ich schickte es an meine Familiengruppe. Sollten die doch denken, was sie wollten!

Wir merkten gar nicht, wie schnell die Zeit verging. Irgendwann wurde es dann Zeit, zu gehen. Wir teilten uns die Rechnung und wollten jeder nach Hause fahren. Da gab es dann aber eine böse Überraschung: Jennifer parkte auch auf demselben Parkplatz wie ich. Auch sie dachte, dass das in Ordnung wäre. War es aber nicht. Die Kooperation zwischen dem Supermarkt und dem Restaurant war aufgelöst worden und der Parkplatz nach Ladenschluss ebenfalls abgeschlossen. Wir kamen also nicht mehr weg!

Jennifer und ich sahen uns an und berieten, was wir nun tun sollten. Auch ein Zug würde nicht mehr fahren. Busse sowieso nicht. Also beschlossen wir, uns ein Zimmer in einem nahe gelegenen Hotel zu nehmen. Ich rief meine Schwester an, erzählte ihr, was passiert war und sagte ihr, dass ich am nächsten Morgen nach Hause kommen und mit Jennifer im Hotel schlafen würde. Irgendwie passte das jetzt doch ganz gut zu dem, was mein Schwager im Vorfeld „geahnt" hatte.

Wir tranken noch etwas an der Hotelbar und gingen dann zu Bett. Tatsächlich kuschelten wir sogar noch etwas miteinander, aber ansonsten blieben wir „brav". Somit verbrachte ich nach 16 Jahren mal wieder eine Nacht mit meiner „Frau". Ich fand es einfach nur amüsant. Und ich war froh, dass ich mich mit Jennifer so gut verstanden hatte – und wir inzwischen wirklich Frieden mit unserer gemeinsamen Vergangenheit gemacht hatten.

Ich musste mir am nächsten Tag natürlich noch einiges von meinem Schwager anhören – und auch meiner Tochter war etwas „mulmig". Sie haute nur Sprüche raus wie: „Nur Gulasch schmeckt aufgewärmt gut", und: „Ich hoffe, ihr macht keinen Blödsinn." Aber ich zerstreute ihre Bedenken und erzählte ihr, dass wir uns einfach nur gut unterhalten und verstanden haben. Obwohl ich es nicht lassen konnte, ihr ein paar mal „Angst" zu machen, wenn ich ihr erzählt habe, dass ich mich mit ihrer Mama ja so richtig gut verstehe. Und ja, ich freute mich auch darüber.

* * *

Wieder zu Hause überlegte ich mir etwas für den Urlaub. Ich würde mit meinen beiden Jungs und meinem Stiefsohn fahren und plante hier alles ganz genau. Ich hatte schon ein Mobilheim in Kroatien direkt am Meer gebucht und bereitete langsam aber sicher alles vor. Was ich noch alles kaufen müsste, was ich mitnehmen wollte und so weiter. Und ich überlegte, ob mein Auto dafür groß genug sein würde.

Ach ja, mein Auto. Es war schon etwas älter und der TÜV wäre auch bald fällig. Außerdem machte mir die Kupplung Sorgen. Die würde schon bald ausgetauscht werden müssen. Und auch der Antriebsriemen war für den Austausch fällig. Insgesamt hätte ich wohl um die 2.000 Euro in mein Auto stecken müssen und hätte dann immer noch ein altes Auto. Ich beschloss, dass es Zeit für ein neues werden würde und ich begann nach Alternativen zu suchen.

Bevor es aber soweit war, bekam ich noch einmal Besuch von Susanne. Sie hatte mal wieder Stress mit Rolf. Vorher telefonierten wir einige Male und ich war schockiert, dass ich wohl nicht der Einzige war, der immer wieder auf denselben Menschen hereinfiel. Sie hatte sich nach unserer Trennung wieder mit ihm versöhnt und sie beschlossen, dass sie das mit einem Baby zeigen wollten. Als ich das hörte, verdrehte ich innerlich die Augen. Das war ja sogar mir klar, dass das keine gute Idee sein konnte. Und so war es auch. Er hatte eine Affäre mit seiner Arbeitskollegin und ließ Susanne mal wieder im Stich. Ich sagte ihr also, dass sie zu mir kommen könnte, um ein wenig was anderes zu sehen und mal raus zu kommen. Allerdings war mir nicht so wohl dabei, sie einzuladen – und ich hätte auch nicht gedacht, dass sie so schnell zusagen würde. Doch ich steh zu meinem Wort. Wenn ich etwas verspreche, dann halte ich es auch, sofern es von mir abhängt.

Sie kam mit sechs von ihren Kindern. In meine kleine Bude! Es wurde eng! Sehr eng, zumal auch meine beiden Jungs am Wochenende da sein würden! Und eigentlich war es mir auch viel zu viel. Aber ich hatte es ihr versprochen. Und sie hatte es verdient, auch mal gut behandelt zu werden. Wir redeten natürlich viel darüber und wir unternahmen dann auch einiges mit den Kindern gemeinsam. Aber ich merkte da ganz deutlich, dass ich selbst auch keine Frau mehr mit kleinen – und erst recht nicht mit so vielen – Kindern wollte. Und da sie bei mir mit im Bett schlief, passierte es natürlich auch wieder – wir hatten Sex miteinander. Es war aber anders als vorher. Ich hatte keine Gefühle dabei und auch unsere Gespräche drehten sich nicht um uns, sondern um ihren Mann. So widersprüchlich es klingt, so widersprüchlich fühlte es sich auch für mich an. Sie war mit ihren Gedanken bei ihrem Mann.

Wir planten einen gemeinsamen Ausflug mit den Kindern in einem Freizeitpark und hatten dort viel Spaß. Susanne kam mal wieder auf andere Gedanken. Ich freute mich, sie mal wieder lächeln zu sehen. Auch ihre Kinder waren froh, dass sie mal aus ihrer gewohnten Umgebung herauskamen und obwohl es bei mir eng und chaotisch zuging, war niemand schlecht drauf, sondern alle hatten gute Laune. Susanne wollte dann ein paar Wochen später noch einmal zu mir kommen – kurz vor meinem Urlaub mit den Jungs. Dazu kam es dann nicht mehr, denn meine Mitbewohnerin sagte mir, dass sie den Trubel nicht vertragen würde und von daher etwas dagegen hätte. Das respektierte ich natürlich. Offiziell. Denn offen gesagt, war mir das auch lieber so.

Danach interessierte sich auch ein Arbeitskollege von mir für den Kauf eines neuen Autos und wir fuhren gemeinsam zu einem Händler, um uns dort ein wenig umzuschauen. Es war ein Händler einer Automarke, die ich schon früher sehr gern gefahren war und von der ich gern wieder ein Auto hätte. Wir schauten uns ein wenig um, ließen uns beraten und ich vereinbarte mit dem Verkäufer einen Termin für den nächsten Tag, um ein oder zwei Autos Probe zu fahren. Tatsächlich fand ich auch eines, dass ich direkt kaufte. Es war fast neu, zumindest sehr wenig gefahren und hatte alles, was ich mir vorgestellt hatte. Eigentlich hätte ich ein anderes Auto haben wollen. Doch das war für meine Bedürfnisse etwas zu klein. Ich entschied mich daher für ein etwas größeres Modell. Mir war in dem Moment nur nicht klar, dass ich mir damit ein Auto gekauft hatte, dass es unzählige Male gab. Fast wie ein Golf von der Häufigkeit. Das gefiel mir zwar nicht besonders gut, aber ich bereute es trotzdem nicht.

Kurze Zeit danach fuhr ich mit meinen beiden Jungs und meinem Stiefsohn in den Urlaub. Ein richtiger Männerurlaub war das und ich war auch etwas aufgeregt. Ich war noch nie mit meinen Kindern im Urlaub gewesen und schon gar nicht allein. Aber es verlief alles super schön und wir hatten eine richtig tolle Zeit am Meer. Wir waren jeden Tag schnorcheln, machten Ausflüge und genossen die gemeinsame Zeit. Wir aßen jeden Tag in der Früh und am Abend zusammen und alle halfen mit. Dieser Urlaub war genau richtig. Er zeigte mir auch noch einmal auf eindrucksvolle Weise, dass ich auch dafür keine Frau brauchte. Und auch die Jungs vermissten in der Zeit ihre Mutter nicht. Dieser Urlaub war der schönste Urlaub, den ich je hatte. Und der, der mir am meisten zurückgegeben hatte. In diesem Urlaub war ich einer der glücklichsten Menschen der Welt.

EPILOG

Was soll ich sagen? Dieser Urlaub ist nun, wo ich diese Zeilen schreibe, drei Monate her. Ich genieße meine Freiheit und vor allem die Zeit, die ich mit meinen Jungs verbringen kann. Ich bin viel in Kontakt mit Sabrina und wir reden über so ziemlich alles. Und auch das hilft mir.

Vor acht Wochen war meine Tochter wieder bei mir – dieses Mal konnte mein Sohn aufgrund von seiner Meisterprüfung leider nicht – und wir waren gemeinsam wieder auf dem Oktoberfest. Vorher waren wir noch gemeinsam shoppen, denn sie brauchte ein neues Dirndl. Ich hab mich richtig gefreut, dass sie schlussendlich doch meiner Empfehlung gefolgt war. Sie sieht darin einfach nur zuckersüß aus! Und wieder haben wir uns ganz viel unterhalten und unsere gemeinsame Zeit genossen. Zum ersten Mal seit ewiger Zeit nur Vater und Tochter. Das war so schön!

Vor etwa 6 Wochen habe ich mir meinen Arm gebrochen und lag 1 Woche im Krankenhaus. Dort hatte ich aber doch bemerkt, dass etwas nicht so ist, wie ich mein Leben gern führen würde. Tatsächlich habe ich etwas vermisst. Ich lag immer mit nur einem Bettnachbarn in meinem Zimmer. Jeder von ihnen hatte jeden Tag Besuch, nur ich nicht. Nicht mal

Regina fuhr zu mir, damit meine Jungs mich hätten sehen können. Ich fühlte mich sehr allein. Ich sprach mit Xaver darüber und gemeinsam kamen wir auf die Idee, meine Geschichte aufzuschreiben. Und nun, da mein Arm langsam verheilt, nutze ich die Zeit dazu, sie zu erzählen. Zumindest all die Bereiche, die mich bewegt haben und die mir auch heute noch wichtig sind. Das war nicht leicht. Es kamen dabei so viele Emotionen hoch, dass wir einige Male unterbrechen mussten, damit ich mich mit etwas Anderem beschäftigen konnte – und machten dann erst einige Tage später weiter.

Ich weiß, dass ich weiterhin an mir arbeiten muss. Mir ist klar geworden, dass ich im Umgang mit meinen Mitmenschen selbstbewusst bin, ich kann gut zuhören, ich gehe auf Menschen zu. Mein Defizit ist meine Unsicherheit bei Frauen. Natürlich nur bei denen, die mir gefallen und mit denen ich mir auch vorstellen könnte, sie besser kennenzulernen.

Sabrina sagte mir, dass Frauen sich einen selbstsicheren und authentischen Mann wünschen. Einen Mann, dem es auf der einen Seite egal ist, was seine Partnerin gerade möchte und einfach das tut, was ihm gefällt, auf der anderen Seite dann aber auch seine Partnerin hofiert und ihr seine Zuneigung zeigt. Ein Mann, der seine Prinzipien nicht aufgibt für seine Frau. Ich bin mir nicht sicher, ob ich meine Prinzipien für meine Frauen verleugnet habe. Ob ich mich anders verhalten habe, als sonst. Einem Standpunkt von mir bin ich immer treu geblieben: Meine Kinder habe ich weder verleugnet, noch für eine Frau vernachlässigt. Meine Kinder waren und sind mir wichtiger als irgendeine Frau in meinem Leben. Und wer das nicht verstehen und akzeptieren kann, kommt als Partnerin für mich nicht in Betracht.

* * *

Was die Selbstsicherheit angeht, ja, da habe ich sehr großen Nachholbedarf. Und ich hoffe, dass ich das in den Griff bekomme. Habe ich MICH selbst für meine Beziehungen aufgegeben? Ich denke, das könnte man ein Stück weit so sehen. Aber ich habe es immer gern getan. Ich wollte immer für meine Partnerin da sein und sie bei allem unterstützen. Und ich denke, dass ich sie vielleicht sogar gerade dadurch verloren habe. Wie auch immer: ich habe beschlossen, der Sache auf den Grund zu gehen und zunächst einmal keine Beziehung zu einer Frau zuzulassen. Auch wenn ich mir nach wie vor eine liebevolle Frau an meiner Seite wünsche, so ist es für mich im Moment nicht erstrebenswert. Ich denke nicht, dass mir das zurzeit guttun würde. Zuerst muss ich diese Ambivalenz überwinden, denn ich weiß, dass es sonst wieder in einer emotionalen Katastrophe enden wird.

Und noch etwas ist Sabrina aufgefallen: Wann immer ich mit einem Menschen über etwas spreche, was mich betrifft und eigentlich gar nicht gut ist, lache ich. Ich lache es weg. Wir sprachen über die Situation im Krankenhaus und dass ich keinen Besuch bekam. Ich lachte darüber. Sie fragte mich, warum ich darüber lachen würde, denn es wäre ganz und gar nicht lustig. Das stimmt. Und ich weiß es nicht. Ich erinnere mich daran, dass Alexandra das auch ein paar Mal zu mir sagte, doch ich konnte nichts dagegen tun. Ich lache ja auch nicht, wenn meinem Gesprächspartner etwas Schlechtes widerfahren ist. Ich zeige dann Mitgefühl. Ich muss auch diesem nachgehen und schauen, warum ich das tue. Ich habe die Vermutung, dass ich Mitgefühl mir gegenüber vermeiden will. Ich möchte nicht, dass man meinetwegen ein ungutes Gefühl hat. Ich möchte immer, dass alle Menschen in meinem Umfeld fröhlich sind und möchte Positives in ihnen auslösen. Aber vielleicht – und nur vielleicht – ist dies auch ein Schutz, damit ich mich nicht selbst damit beschäftigen muss. Ich lache, also muss es gut sein. So soll es bei dem anderen ankommen. Aber im Inneren weiß ich, dass nicht alles gut ist, worüber ich lache. Dass es mir weh tut. Dass es mir Energie raubt. Daran werde ich auch arbeiten. Versprochen.

Ich bin auch sehr dankbar. Dankbar dafür, dass ich mich mit Jennifer und Regina wieder richtig gut verstehe. Ich mag keinen „Krieg". Ich mag es nicht, dass ein Mensch, den ich mal geliebt habe, böses von mir denkt – und umgekehrt natürlich auch nicht. Ich bin „harmoniesüchtig". Bei zwei meiner Beziehungen ist mir das leider noch nicht gelungen. Ich würde mich sehr freuen, wenn ich wüsste, dass auch Petra und Alexandra nicht mehr böse auf mich sind. Aber das werde ich vermutlich nicht mehr erfahren. Doch ich werde es versuchen!

Und „meiner" Musik bleibe ich natürlich auch treu! Xaver hatte schon recht, als er sagte, dass dies auch eine Säule in meinem Leben ist. Das war mir nur nicht so bewusst – doch jetzt denke ich anders darüber.

Ich denke, dass es mir gutgetan hat, meine Geschichte zu erzählen. Ich hoffe, dass meine Erfahrungen auch anderen dabei helfen können, ein wenig mehr über sich nachzudenken und über das, was einem jeden selbst guttut und was nicht.

Ich für meinen Teil werde weiter an mir arbeiten. Meine „Baustellen" ernst nehmen und mich damit beschäftigen. Und ganz besonders darf ich zwei Dinge nicht aus den Augen verlieren: das, was MICH glücklich macht und dass ich es WERT bin geliebt zu werden! Und das gilt für alle Menschen gleichermaßen.

Ich bin froh, dass ich auf diesem Weg Hilfe habe. Sabrina und Xaver werden mir dabei zur Seite stehen, mich immer wieder daran zu erinnern.

NACHWORT

Michael hat mir seine Geschichte sehr einfühlsam erzählt. Wie er selbst sagte, war das nicht immer leicht. Es gab Tränen und viele emotionale Momente. Aber letztlich war es sein eigener Wunsch. Herausgekommen ist dieses Buch. Ich danke dir, dass du es gelesen hast. Ich hoffe, dass es dich zum Nachdenken anregt. Gerade in Bezug darauf, dass DU der wichtigste Mensch in DEINEM Leben bist – und dass du das nie vergessen darfst!

Abschließend sei gesagt, dass Michael gute Fortschritte macht. Er arbeitet kontinuierlich an sich und ist glücklich. Er ist mittlerweile schon so weit, dass er alte „Dämonen" begegnete und ihnen widerstehen konnte.

Wir haben gemeinsam herausgefunden, dass hinter seinem „weglachen" mehr steckt, als falscher Optimismus. Es ist vielmehr seine Annahme, dass seine Probleme für andere nicht wichtig genug seien. Und dahinter steckt einfach nur Schmerz. Er möchte diesem Schmerz nicht begegnen und daran erinnert werden, was dafür verantwortlich war. Es ist also noch ein langer Weg für ihn. Doch wir sind guter Dinge.

Achte daher auch auf dich selbst – und sei nicht zu stolz, dir Hilfe zu holen.

Wir sind dann mal weg. Zu Sabrina. Einen Igel filmen.